Melissa Foster

Geheilte Herzen

Die Bradens in Peaceful Harbor

DIE AUTORIN

Melissa Foster ist eine preisgekrönte *New-York-Times-* und *USA-Today*-Bestsellerautorin. Ihre Bücher werden vom *USA-Today-Bücherblog*, vom *Hagerstown Magazin*, von *The Patriot* und vielen anderen Printmedien empfohlen. Melissa hat mehrere Wandgemälde für das *Hospital for Sick Children*, eine Kinderklinik in Washington, D. C., gemalt.

Besuchen Sie Melissa auf ihrer Website oder chatten Sie mit ihr in den sozialen Netzwerken. Sie diskutiert gern mit Lesezirkeln und Bücherclubs über ihre Romane und freut sich über Einladungen. Melissas Bücher sind bei den meisten Online-Buchhändlern als Taschenbuch und E-Book erhältlich.

www.MelissaFoster.com

Melissa Foster

Geheilte Herzen

Die Bradens in Peaceful Harbor

LOVE IN BLOOM – HERZEN IM AUFBRUCH

Aus dem Amerikanischen von Rita Kloosterziel

Die Originalausgabe erschien erstmals 2015 unter dem Titel
»Healed by Love – The Bradens« bei World Literary Press, MD, USA.

Deutsche Erstveröffentlichung
2018 bei World Literary Press, MD, USA
© 2015 der Originalausgabe: Melissa Foster
© 2018 der deutschsprachigen Ausgabe: Melissa Foster
Lektorat: Judith Zimmer, Hamburg
Umschlaggestaltung: Natasha Brown

ISBN: 978-1948868082

Für die, die gefallen sind.
Und für die, die sie zurückgelassen haben.

Vorwort

Es gibt wohl kaum etwas Intensiveres, als wenn aus Freundschaft Liebe wird. Wenn jedoch der Tod eines Bruders und besten Freundes mit hineinspielt, steigert sich die Intensität der Emotionen noch. Die Geschichte von Nate und Jewel handelt von wahrer Liebe und tiefen Gefühlen, und ich hoffe, dass Sie sich ebenso in die beiden verlieben, wie ich es getan habe.

Mit Nates Geschichte beginnt die Serie über die Bradens in Peaceful Harbor. Die Bände über seine fünf Geschwister sind in Vorbereitung und erscheinen in Kürze auf Deutsch. Um sicherzugehen, dass Sie keine Neuerscheinung verpassen, abonnieren Sie meinen Newsletter:

www.melissafoster.com/Newsletter_German

Falls dies Ihr erstes Buch über die Bradens ist, haben Sie eine ganze Familie von unverschämt sinnlichen und ganz schön unanständigen Bradens aufzuholen, die füreinander durchs Feuer gehen würden. Die ersten sechs Bände handeln von den Bradens in Weston, Colorado. Die Bradens in Trusty und in Peaceful Harbor sind ihre Cousins und Cousinen. Sie alle gehören zur Reihe *Love in Bloom – Herzen im Aufbruch*, die noch einige weitere heiße Heldinnen und Helden zu bieten hat. Die Figuren aus den einzelnen Serien (Die Snow-Schwestern, Die Bradens, Die Remingtons und Seaside Summers) tauchen auch in den weiteren Bänden auf, sodass Sie sich immer auf ein Wiedersehen freuen können. Am Ende des Buches finden Sie eine vollständige Liste aller *Herzen im Aufbruch*-Titel.

Melissa Foster

Eins

»Bist du sicher, dass ich nicht zurückkommen soll, wenn sie weg sind?« Jewel Fisher holte ihre Handtasche unter der Registrierkasse hervor und überflog noch einmal den Dienstplan, um sicherzugehen, dass sie wirklich erst am Montag wieder arbeiten musste.

»Ja. Ganz sicher. Geh und amüsier dich ein bisschen. Du hast seit Monaten kein freies Wochenende gehabt.« Chelsea Helms, Jewels Chefin und Besitzerin von *Chelseas Boutique*, schob sie sanft von der Kasse weg. Jewel arbeitete seit zwei Jahren bei ihr, kannte sie aber schon viel länger. Chelsea war mit Rick, Jewels älterem Bruder, zur Highschool gegangen. Vor zwei Jahren war Rick bei einem Militäreinsatz in Afghanistan ums Leben gekommen.

»Im Februar hatte ich ein Wochenende frei.« Auf dem Weg zur Ladentür rückte Jewel die Stapel auf den Tischen mit den Auslagen zurecht.

Chelsea verdrehte die Augen. »Das ist zwei Monate her. Und außerdem weißt du genau, dass ich nicht nur den Laden meine, sondern auch deine Familie. Ein bisschen Abstand von beidem würde dir guttun. Mach irgendwas Verrücktes. Vielleicht bist du dann endlich keine Jungfrau mehr, wenn du

"

am Montag wiederkommst.«

Jewel hatte weder vor, sich von ihrer Familie freizunehmen, noch, ihre Unschuld zu verlieren. Nicht, dass sie ihre Jungfräulichkeit für etwas Besonderes gehalten hätte, das es wert wäre, bewahrt zu werden. Das Thema beschäftigte sie einfach nicht. Als sie noch zur Schule ging, hatte sie ihrer Mutter nebenher bei der Betreuung der jüngeren Geschwister geholfen, und nun arbeitete sie den ganzen Tag in der Boutique. Da blieb ihr wenig Freizeit. Doch auch, wenn sie selten an Sex dachte, war sie sich der Tatsache bewusst, dass er allgegenwärtig war. Während des Studiums hatte sie zu Hause gewohnt, um ihre Mutter unterstützen zu können. Dadurch war sie der sexgeladenen Atmosphäre in den Wohnheimen entronnen, wo in jedem Blick und jedem verführerischen Lächeln ein Versprechen mitzuschwingen schien. Die wenigen Dates, die sie nach dem College gehabt hatte und die allesamt von Chelsea eingefädelt worden waren, hatten sich als glatter Reinfall erwiesen. Jungs in ihrem Alter waren ihr einfach zu unreif, und sie hatte weder die Zeit noch das Interesse, sich auf die Suche nach einem älteren Typ zu machen.

Und außerdem war da dieser Kuss gewesen …

Dieser Kuss, der sie nachts nicht einschlafen ließ und wegen dem sie eben doch davon träumte, wie ein ganz bestimmter Mann seine Hände über ihren Körper gleiten ließ …

»Erde an Jewel.« Chelsea holte Jewel abrupt in die Wirklichkeit zurück und betrachtete sie stirnrunzelnd.

»Tut mir leid. Ich, ähm …« – *kann nur an einen denken, und der ist fast eins neunzig groß und weit, weit weg in dem Krieg, in dem mein Bruder sein Leben gelassen hat.* »Ich glaube, ich werde eine lange Wanderung machen, um mal wieder einen klaren Kopf zu kriegen. Es kommt mir vor, als würde ich seit

Ewigkeiten auf Hochtouren laufen.«

»Das tust du auch, Jewel. Und nun raus mit dir. Geh wandern. Lies ein Buch. Tu irgendwas Entspannendes.« Chelsea hob die Brauen. »Aber ich denke immer noch, dass es zum Stressabbau nichts Besseres gibt als Sex.«

Als das Telefon läutete, winkte Chelsea ihr zum Abschied zu. Jewel stieg in ihren Jeep, der vor der Tür parkte, und machte sich auf den Weg zum Haus ihrer Mutter. Sie gab sich alle Mühe, *nicht* an Nate Braden zu denken, denn der Gedanke an Nate brachte sie vollends durcheinander. Den Kuss, den sie nicht vergessen konnte, hatte er ihr bei einer Silvesterparty im Mr. B. gegeben, dem Pub, der zur Mikrobrauerei seiner Eltern gehörte. Als er sich Punkt Mitternacht umdrehte und sie in die Arme nahm, hätte er jede andere Frau im Raum haben können. Sie hatte einfach am nächsten gestanden. Und es war ein Segen gewesen, dass er seine starken Arme um sie gelegt und sie festgehalten hatte, denn der Kuss hatte sie geradezu dahinschmelzen lassen.

Sie schob den Gedanken an Nate endgültig beiseite. Als sie am Haus ihrer Mutter ankam, saß ihre jüngere Schwester Krissy schmollend auf der Treppe. Sie hatte das Kinn in die Handfläche gestützt und sah angestrengt zu Boden. Krissy und ihre anderen Geschwister sollten das Wochenende bei ihrer Tante in der Nachbarstadt verbringen.

Jewel setzte sich zu ihr auf die Treppe. »Was ist los, Krissy?« Mit ihren zwölf Jahren war Krissy fast genauso launisch wie der fünfzehnjährige Patrick.

»Ich habe die Rolle nicht bekommen, die ich unbedingt haben wollte.«

Ihr Vater war gestorben, als Krissy vier war. Zwei Jahre später ging ihr ältester Bruder Rick zum Militär, und Krissy kam überhaupt nicht damit zurecht, dass er weg war. Schließlich meinte ihre Mutter, dass sie etwas brauchte, das ihr Spaß machte und sie von der klaffenden Lücke ablenkte, die Vater und Bruder hinterlassen hatten. Es war genau die richtige Idee. Krissy war die geborene Tänzerin, und als Rick getötet wurde, war das Tanzen für Krissy wie ein Rettungsanker.

Jewel strich ihrer Schwester über das glatte, blonde Haar. Durch die zehn Jahre Altersunterschied zwischen ihnen kam sie sich eher vor wie eine gern gesehene Tante und nicht so sehr wie eine ältere Schwester. Es machte sie traurig, dass Krissy nicht die Rolle bekommen hatte, von der sie geträumt hatte, doch gleichzeitig war sie froh, dass sich ihre Geschwister mit den gleichen Problemen herumschlugen wie ihre Altersgenossen. Jewel hatte alles dafür getan, damit sie nicht dieselben Pflichten übernehmen mussten wie sie und Rick. Sie haderte nicht mit den komplizierten Verhältnissen in ihrer Familie, aber als Sechzehnjährige die Verantwortung für drei jüngere Geschwister schultern zu müssen – das wünschte sie niemandem. In den vergangenen sechs Jahren hatte sie auf vieles verzichtet.

»Das tut mir leid, aber bestimmt klappt es beim nächsten Mal«, versuchte Jewel, ihrer Schwester Mut zu machen.

»Hoffentlich. Diesmal hat Selina die Rolle bekommen. Sie ist wirklich gut und hat es verdient, aber ich hatte es mir so sehr gewünscht. Sie tritt zusammen mit Tray Martino auf und er ist der süßeste Junge in der ganzen Tanzklasse.«

Wie konnte es sein, dass eine Zwölfjährige mehr Interesse an Jungen hatte als Jewel mit zweiundzwanzig?

Als hinter ihr die Haustür aufging, drehte sie sich um. Mit einem Koffer in der einen und einer Einkaufstüte in der anderen Hand hetzte ihre Mutter Anita an ihnen vorbei die Treppe hinunter. Das Haar hatte sie zu einem unordentlichen

Pferdeschwanz gebunden.

»Jewel, Schätzchen, du hättest nicht herkommen müssen. Ich habe dir doch gesagt, dass wir zurechtkommen.« In ausgebleichten Jeans und T-Shirt sah man ihrer Mutter ihre siebenundvierzig Jahre nicht an. Sie war knapp zwanzig gewesen, als Rick zur Welt kam, und obwohl sie innerhalb von sechs Jahren ihren Sohn und ihren Mann verloren hatte, hatte sie sich nicht nur ihre seelische Gesundheit bewahrt, sondern war ihren Kindern auch eine fantastische Mutter, selbst wenn sie ständig unter Zeitmangel litt. Bevor ihr Mann starb, hatte sie stundenweise von zu Hause aus als Buchhalterin gearbeitet, aber einen Monat nach seinem Tod hatte sie einen Vollzeitjob in einem Büro angenommen. Mittlerweile hatte sie sich zu einer leitenden Position hochgearbeitet, und jetzt belegte sie nebenher Kurse, um ihren Collegeabschluss nachzuholen. Als Rick geboren wurde, hatte sie ihre Ausbildung abgebrochen.

Jewel klopfte Krissy auf die Schulter. »Gib nicht auf. Bestimmt bekommst du die Rolle im nächsten Jahr.« Sie erhob sich und holte zwei Tüten, die an der Tür standen. »Ich wollte Patrick nur an sein Biologieprojekt erinnern. Und Taylor muss den Text mitnehmen, den sie für die Theateraufführung lernen soll«, sagte sie zu ihrer Mutter.

Anita half ihr, die Tüten ins Auto zu legen. »Biologieprojekt?«, fragte sie stirnrunzelnd. »Er hat mir gesagt, dass er es im Laufe der Woche fertig gemacht hat.«

»Hast du es dir zeigen lassen?«, fragte Jewel.

Patrick kam aus dem Haus geschlurft. Er war groß und schlaksig, wie Rick als Teenager, hatte dichtes blondes Haar und die gleichen mandelförmigen blauen Augen wie ihr Vater. In letzter Zeit wirkte Patrick in sich gekehrt und grüblerisch, und das machte Jewel Sorgen.

»Ich bin seine Mutter. Natürlich habe ich mir die Arbeit zeigen lassen.«

»Ihr braucht mich nicht zu kontrollieren«, maulte Patrick, öffnete die Autotür und ließ sich auf den Beifahrersitz sinken.

»Hast du das Buch eingepackt, das du für Englisch lesen musst?«, fragte Jewel.

Er seufzte und schwieg.

Jewel warf ihrer Mutter einen Blick zu, die das Buch aus der Seitentasche seines Koffers zog.

»Jewel, es ist alles da«, beharrte ihre Mutter. Sie musste hart arbeiten, um über die Runden zu kommen, aber wie sollte sie gleichzeitig im Büro sein, sich um ihre Kinder kümmern und sie durch die Gegend kutschieren? Ganz zu schweigen von Einkäufen, Arztterminen und natürlich dem Versuch, den Verlust des Mannes zu verkraften, den sie seit der Highschool geliebt hatte. Rick hatte nach dem Tod des Vaters sein Studium abgebrochen und war nach Hause zurückgekehrt, um bei allem zu helfen, was ihre Mutter nicht bewältigen konnte, ohne ihren neuen Job zu riskieren. Als er zwei Jahre später zum Militär ging, hatte Jewel diese Pflichten übernommen und kümmerte sich seitdem um all die Kleinigkeiten, die tagtäglich anfielen.

»Ich weiß, Mom, aber es kann ja nicht schaden, noch einmal nachzusehen.«

Die Haustür wurde aufgerissen. Taylor stemmte die Hände in die Hüften und brüllte: »Jewel? Wo sind meine roten Turnschuhe?«

Taylors welliges, blondes Haar reichte ihr fast bis zur Taille. Sie hatte niedliche rote Shorts und ein weißes T-Shirt mit rundem Ausschnitt an und sah eher wie dreizehn als wie zehn aus.

»Im Schuhschrank im Flur. Du hattest sie letztens an, als du bei Katie warst, erinnerst du dich?«

»Ach ja, stimmt.« Sie rannte zurück ins Haus.

»Und du, Schatz? Was hast du in den nächsten zwei Tagen vor?«, fragte ihre Mutter.

»Heute Nachmittag gehe ich wandern und morgen koche ich das Abendessen für die Woche vor und friere alles ein. Und wahrscheinlich fange ich mit dem Buch an, das du mir geliehen hast.«

Ihre Mutter presste die Lippen aufeinander. »Warum rufst du nicht eine Freundin an und ihr macht euch einen netten Abend? Trinkt etwas, geht zusammen essen. Unternehmt etwas. Du musst nicht immer für uns kochen, Jewel. Ich bin eure Mutter. Ich schaffe das.«

»Ich weiß, und du bist die beste Mutter überhaupt. Aber ich helfe gerne. Außerdem hast du zwischen dem Büro und dem Abendkurs kaum Zeit, Luft zu holen.« Ihre Mutter war stolz, sie würde nie um Hilfe bitten. Tatsächlich hatte sie sich zuerst gegen Ricks und dann gegen Jewels Einsatz gesträubt, bis ihr klar wurde, dass die beiden helfen würden, egal was geschah. Anita arbeitete in ihrer Freizeit ebenso hart wie in den Stunden, für die sie bezahlt wurde, und umso mehr bemühte sich Jewel, sie zu unterstützen, so gut es ging.

»Und wo wir gerade beim Thema Luftholen sind«, sagte ihre Mutter und umarmte sie. »Ich liebe dich und weiß zu schätzen, was du alles für mich tust, aber du solltest wirklich ein bisschen Spaß haben. Tu es um meinetwillen. Als ich in deinem Alter war, war ich verheiratet und hatte Kinder, und du hast noch nicht einmal eine ernsthafte Beziehung. Geh tanzen oder so. Mach all die Dinge, die für Dad und mich selbstverständlich waren.«

»Ja, Mom, versprochen.« Eine Wanderung war zwar nicht

das, was ihre Mutter oder Chelsea unter Spaß verstanden, doch Jewel freute sich darauf. Sie half, das Gepäck ins Auto zu laden, und winkte Mutter und Geschwistern nach, als sie losfuhren. Dann stieß sie einen tiefen Seufzer aus, doch zugleich zog sich ihr Herz zusammen. Die geheimen Ängste, die sie immer wieder in die Nähe ihrer Familie trieben, ließen sich nicht so leicht verdrängen.

Wenn die Familie getrennt war, kam nichts Gutes dabei heraus. Das hatte sie am eigenen Leib erfahren müssen.

»Ich denke, ich werde mich einfach von Jewel fernhalten.« Nate Braden füllte einen Bierkrug, schob ihn über den Tresen seinem älteren Bruder Sam hin und sah seine Schwester Tempest fragend an. »Tempe? Für dich auch eins?«

»Klar«, sagte Tempe, ohne von ihrem Notizheft aufzusehen. Das blonde Haar fiel ihr ins Gesicht. Sie war Musiktherapeutin und arbeitete gerade an einem neuen Lied, aber Nate war überzeugt, dass sie jedes Wort mitbekam, das sie sprachen. Sie war eine ausgezeichnete Zuhörerin. Wer sie nicht kannte, hielt sie für lieb und sanftmütig, weil sie zierlich war und ein freundliches Naturell hatte, doch Nate wusste es besser. Sie war ziemlich geradeheraus und ließ sich nichts vormachen, was er für gewöhnlich schätzte. »Nein, wirst du nicht.«

»Was werde ich nicht?«, fragte Nate, während er ihr Bier zapfte. Es war Samstagabend und Nate hatte gerade das Mr. B. zugemacht, die Kneipe, die der Kleinbrauerei seiner Familie angeschlossen war. Vor einer Woche war er nach sechs Jahren beim Militär als Zivilist nach Hause zurückgekehrt. Nun half er seinen Eltern aus, während er überlegte, wie seine Zukunft aussehen sollte.

»Du wirst dich nicht von Jewel Fisher fernhalten«, sagte Tempe.

»Und ob.« Nate zapfte sich selbst ein Bier und trank einen großen Schluck. Bisher hatte er weder mit seiner Familie noch mit sonst jemandem über seine Gefühle für Jewel gesprochen. Leider konnte er nichts vor seiner Familie geheim halten, und aus irgendeinem Grund hatten Sam und Tempe heute beschlossen, das Thema auszuwalzen.

Sam schnaubte verächtlich und nippte an seinem Bier. Er fuhr sich mit der Hand durch das kurze, dunkle Haar und stützte sich mit einem Ellenbogen auf den Tresen. Sam war der Besitzer von Rough Riders, einer Firma, die Abenteuerurlaube mit Raftingtouren anbot. Dass er den größten Teil seiner Zeit auf dem Wasser verbrachte, weil er seine Kunden bei ihren Ausflügen begleitete, sah man ihm an: Er war muskulös und rund ums Jahr braun gebrannt.

»Du kannst es nicht.« Tempe schüttelte den Kopf. »Du schaffst es einfach nicht, dich fernzuhalten.«

»Aber ich kann es verdammt noch mal versuchen.« Nate spannte den Kiefer an. Er wusste, dass Tempe recht hatte. Vor sechs Jahren, nachdem er mit dem College fertig war und seine Ausbildung zum Reserveoffizier beendet hatte, war er zusammen mit seinem Freund Rick zur Armee gegangen. Vor zwei Jahren hatte Nate hin und her überlegt, wie er Rick sagen sollte, dass er Jewel sehr mochte und sich gerne mit ihr verabreden wollte. Ihn plötzlich mit *Ich liebe deine Schwester* zu überfallen, war wohl nicht das Richtige. Eigentlich war es verrückt, denn Nate und Jewel hatten noch nicht einmal ein Date gehabt. Aus Rücksicht auf Rick und angesichts der Tatsache, dass Nate ganze fünf Jahre älter war als Jewel, hatte

Nate seine Gefühle für sie immer für sich behalten. Aber sechs Jahre waren eine lange Zeit, um gegen seine Gefühle für ein Mädchen anzugehen, das man die meiste Zeit seines Lebens beinahe jeden Tag gesehen hatte. Die Entfernung half. Wenn er in Peaceful Harbor in Maryland geblieben wäre, hätte er nicht verbergen können, was er für sie empfand. Bei jedem Heimaturlaub war es eine Qual für ihn gewesen zu sehen, wie Jewel zu einer hinreißenden jungen Frau heranwuchs, und sich gleichzeitig von ihr fernhalten zu müssen.

Nate vertraute seinem Bauchgefühl und er vertraute seinem Herzen. Vor zwei Jahren war er zu dem Schluss gekommen, dass er seinem besten Freund endlich reinen Wein einschenken sollte. Ohne Ricks Segen würde er Jewel nie sagen, was er für sie empfand. Aber kurz vor dem Ende ihres Einsatzes wurde Rick bei einer ganz gewöhnlichen Versorgungsfahrt von einem Scharfschützen getötet. Nate hatte seine Ausbildung abgeschlossen und bekleidete daher den Rang eines Offiziers, während Rick ein einfacher Soldat war. Sie hatten sich riesig gefreut, als sie in derselben Einheit eingeteilt wurden, doch Nate hätte nie gedacht, dass er derjenige sein würde, der Rick seinen letzten Befehl erteilte.

Rick war in einer Kiste aus Kiefernholz nach Hause zurückgekehrt, und Nate hatte es nicht fertiggebracht, sich der Stadt zu stellen, in der er und Rick zusammen aufgewachsen waren – und seinen Gefühlen für Jewel schon gar nicht. Er hatte sich für weitere zwei Jahre verpflichtet, doch diese Zeit hatte den Schuldgefühlen, die ihn verzehrten, nichts von ihrer Schärfe genommen.

Es war schlimm genug, wieder in Peaceful Harbor zu sein und all die Orte zu sehen, an denen er und Rick ihre Jugend verbracht hatten. Außerdem hatte ihm Rick mit seinem letzten

Atemzug aufgetragen, sich um seine Familie zu kümmern und sie zu beschützen – und seine Pläne für ein Leben mit Jewel waren sowieso null und nichtig. Er galt als Kriegsheld, war hochdekoriert von seinem Einsatz zurückgekehrt, doch seine Schuldgefühle waren so übermächtig, dass er kaum an Rick denken konnte, ohne den Verstand zu verlieren. Dass seine Liebe zu Jewel keine Zukunft hatte, machte alles noch schlimmer.

»Tempe hat recht, Nate.« Sam hielt den Blick seines Bruders fest. Er war der zweitälteste von Nates fünf Geschwistern. Er redete nie um den heißen Brei herum, doch heute Abend ging Nate seine unverblümte Art auf die Nerven.

Es war schlimm genug, dass Nate in jener Silvesternacht, als er auf Urlaub in Peaceful Harbor gewesen war, seinen Gefühlen für Jewel nachgegeben hatte. Sie hatten sich geküsst und es hatte sich umwerfend angefühlt, aber gleichzeitig wusste er, dass er die Finger von ihr lassen musste. Schließlich war er derjenige gewesen, der Rick in die Schusslinie des verdammten Scharfschützen geschickt hatte.

»Du hast immer schon auf Jewel gestanden, ob du es willst oder nicht«, fuhr Sam fort. »Das wird sich nicht plötzlich ändern.«

Nate verkniff sich eine Antwort, weil seine Mutter in diesem Moment aus der Küche kam. Sie summte eine Melodie und lächelte ihren drei Kindern zu. Sie trug ihr dichtes blondes Haar immer offen, sodass sich ihre Locken wild auf den Schultern kräuselten. Im Vergleich zu ihr sah Nates Vater, der ihr auf dem Fuße folgte, geradezu geschniegelt aus. Er war so dunkelhaarig, wie sie blond war, und so makellos ordentlich wie sie hippiehaft. Er war groß und breitschultrig und hatte seine Statur an seine vier Söhne weitergegeben. Den wenigsten Leuten fiel auf, dass sein Gang immer ein wenig steif wirkte. Thomas »Ace« Braden war erst ein paar Jahre beim Militär gewesen, als er bei einem Unfall seinen linken Unterschenkel verloren hatte.

Maisy legte Nate die Hand auf den Arm. »Ich habe dich so sehr vermisst, Natey. Ich bin froh, dass du wieder da bist.«

Er war erleichtert über den Themenwechsel. »Ich habe dich auch vermisst, Mom, aber gewöhn dich nicht zu sehr daran, mich in der Nähe zu haben. Du weißt, dass ich noch nicht beschlossen habe, wie es bei mir weitergeht.«

Ihr Lächeln reichte bis hinauf zu ihren meerblauen Augen. Er hatte sie wirklich vermisst. Und er hatte es vermisst, mit der Familie zusammen zu sein und über etwas anderes zu reden als Kriegseinsätze und Opferzahlen, auch wenn Tempe und Sam ihm jetzt wegen Jewel zusetzten. Nach zwei Jahren hatte er endlich aufgehört, sich hinter dem Krieg zu verstecken, und war nach Hause gekommen, um sich seiner Vergangenheit zu stellen. Seine Familie hatte ihm gefehlt, und er musste sich eingestehen, dass auch Jewel ihm gefehlt hatte.

»Ich weiß, Schätzchen«, sagte seine Mutter. »Aber du bist jetzt hier und das reicht mir fürs Erste.«

»Außerdem ist es toll, wieder einen meiner Jungs hinter dem Tresen zu sehen.« Sein Vater hatte sich das dunkle Haar nach hinten gekämmt und gescheitelt. Mit seiner geraden Nase, dem Grübchen am Kinn und den gemeißelten Zügen hätte man ihn glatt mit Cary Grant verwechseln können. Selbst wenn seine Miene ernst war, lag eine Weichheit in seinem Blick, wenn er mit seinen Kindern sprach. Nate kannte ihn von seiner zornigen und von seiner fürsorglichen Seite, doch bei allem, was mit seiner Familie zu tun hatte, schwang ein Unterton bedingungsloser Liebe mit.

»Bist du schon zum alten Bahnhof rübergefahren? Ich

glaube, Rick würde wollen, dass du dir diesen Traum erfüllst, Nate«, sagte sein Vater und sah ihn so herausfordernd an, dass Nate seinem Blick nicht ausweichen konnte. Sein Vater wusste, wie sehr ihn Ricks Tod getroffen hatte, aber das hinderte ihn nicht daran, ihn immer wieder damit zu konfrontieren.

Schweigend trank Nate einen Schluck aus seinem Glas, um sich davon abzulenken, wie sehr sein Herz ihm sagte, dass Peaceful Harbor der Ort war, wo er hingehörte. Er und Rick hatten beide leidenschaftlich gern gekocht und geplant, nach ihrer Zeit bei der Armee ein Restaurant zu eröffnen. *Tap It* sollte es heißen. Noch ein Traum, den der Krieg zum Teufel gejagt hatte.

»Noch nicht«, antwortete Nate. Er hatte nicht nur einen Bogen um den alten Bahnhof gemacht, den er und Rick als den perfekten Standort für ihr Restaurant auserkoren hatten. Auch einen Besuch bei Ricks Familie hatte er bisher aufgeschoben und auch Jewel hatte er seit seiner Rückkehr noch nicht gesehen.

Manchmal war der Ort, an den man gehörte, leider nicht der Ort, an dem einem das Leben leicht fiel.

»Wir lassen euch Kinder in Ruhe. Vergesst nicht, dass wir nächsten Donnerstag den Weihnachtsbaum verbrennen. Schade, dass Shannon nicht hier sein kann, aber Ty hat versprochen, ihr Fotos zu schicken. Wenn du es schaffst, wäre das großartig, und wenn nicht«, Maisy zuckte mit den Schultern, ging auf die andere Seite des Tresens und tätschelte Sam die Schulter, »dann ist das auch okay. Und, Sammy, nimm deinen Bruder nicht zu hart ran. Er muss viel verkraften und ist schließlich gerade erst zurückgekommen.« Jedes Jahr nach Weihnachten stellten die Eltern ihren Weihnachtsbaum zum Trocknen in den Schuppen. Im April kamen dann alle zusammen, um ihn anzuzünden, gemeinsam die Flammen und Feuerfunken zu betrachten und dem Knistern zuzuhören, wenn das Holz verbrannte.

Sam verdrehte die Augen. »Bis Donnerstag, Ma.«

»Ich liebe dich auch, Sammy.« Maisy hatte vier wilde Jungen und zwei Mädchen großgezogen, die es faustdick hinter den Ohren hatten. Im Laufe der Jahre hatte sie gelernt, Augenrollen und Launen zu ignorieren.

»Nate, lass dir die Sache mit dem Restaurant noch einmal durch den Kopf gehen. Es gibt viele Möglichkeiten, unsere gefallenen Helden zu ehren.« Das Lächeln, mit dem sein Vater ihn ansah, milderte den Druck ein wenig, den Nate verspürte. »Schön, dass du wieder hier bist, mein Junge.« Er nahm Maisy bei der Hand, und sie winkte ihnen über die Schultern zu, als sie nach draußen traten.

»Mal ehrlich, Alter«, sagte Sam. »Du musst mit diesem Mist klarkommen. Rick ist nicht mehr da. Du kannst nichts dagegen tun. Aber Jewel ist immer noch hier.«

Tempe legte seufzend ihr Notizbuch beiseite. »Hast du nicht gehört, was Mom gesagt hat, Sam?«

»Hey, es ist nur die Wahrheit«, meinte Sam. »Was willst du?«

»Wie wär's mit ein bisschen Mitgefühl?«, sagte Tempe. »Nate, hast du mal darüber nachgedacht, mit einem Therapeuten über all diese Dinge zu reden?«

»Meinst du, das hätte ich nicht längst getan? Mit drei der besten Psychologen, die die Armee zu bieten hat. Ich könnte ein Buch über die Schuldgefühle eines Überlebenden schreiben. Und außerdem sparst du nicht mit Ratschlägen – selbst wenn ich dich nicht darum bitte. Tempe, es ist nicht so, als *wollte* ich mit dieser dunklen Wolke leben, die die ganze Zeit über mir schwebt.« Wenn er nur nicht so verdammt ehrgeizig gewesen wäre. Dann hätte er die Ausbildung zum Reserveoffizier sein gelassen und wäre als einfacher Soldat in den Krieg gezogen, wie Rick. Und dann müsste er jetzt nicht damit leben, seinem Freund den todbringenden Befehl gegeben zu haben. Seine eigene Familie wusste Bescheid, doch bisher hatte Nate noch nicht den Mut gehabt, Ricks Mutter und seinen Geschwistern zu sagen, was damals passiert war. Es war schon schlimm genug für sie, erst den Vater und dann den Bruder zu verlieren. Sie mussten nicht auch noch wissen, dass der Mann, den sie in ihrer Familie immer mit offenen Armen empfangen hatten, derjenige gewesen war, der Rick zu dem Einsatz geschickt hatte, von dem er nicht zurückgekehrt war.

Nate würde alles darum geben, wenn er derjenige gewesen wäre, der getötet worden war. Ricks Familie brauchte ihn. Bei Nate und seiner Familie war das anders. Rick war ein guter Mann gewesen. Als sein Vater starb, hatte er gerade zwei Jahre auf dem College absolviert, doch er hatte nicht eine Sekunde gezögert, seine eigenen Pläne hintanzustellen, nach Hause zurückzukehren und seiner Mutter und seinen jüngeren Geschwistern zu helfen. Für Nate war eine Karriere beim Militär ein lebenslanger Traum gewesen. Er hatte in die Fußstapfen seines Vaters treten und das tun wollen, was seinem Vater nicht vergönnt gewesen war. Rick dagegen hatte sich für die Armee entschieden, weil er hoffte, seiner Familie damit das Leben leichter zu machen. Er konnte jeden Monat Geld nach Hause schicken und musste sich nicht von seiner Mutter durchfüttern lassen. Er war zu gut zum Sterben, als Mann und als Freund. Nate vermisste ihn jeden Tag.

Tempe legte ihre Hand auf Nates. »Ich meine nur, dass es vielleicht helfen würde, wenn du weiterhin mit jemandem darüber sprichst. Du kannst diese Schuld nicht ständig mit dir herumtragen, Nate, und du darfst nicht zulassen, dass sie dein ganzes Leben bestimmt.«

Nate reichte es für diesen Abend. Er wusste, dass seine Familie es gut meinte, aber irgendwann war eine Grenze erreicht.

»Wisst ihr, was das Großartige an der Armee war?« Nate ging um den Tresen herum und kramte seine Schlüssel aus der Tasche. »Niemand hat sich einen Dreck um mein Privatleben geschert. Schließt ab, wenn ihr geht, okay? Ich fahre nach Hause.«

Zehn Minuten später saß Nate in seinem Truck am Stoppschild an der Ecke Main Street und Whippoorwill Avenue und dachte an Jewel. Konnte er seine Gefühle für sich behalten? Er hatte keine Ahnung, ob er es schaffen würde oder nicht, aber er musste es zumindest versuchen. Eins jedoch konnte er auf keinen Fall tun: sich ganz von den Fishers fernhalten. Er war es Rick schuldig, sein Versprechen einzulösen und sich um sie zu kümmern. Er bog in die Whippoorwill Avenue ein und fuhr langsam durch das Gewirr von Nebenstraßen zu dem bescheidenen Haus der Fishers. Die Zufahrt war leer und im Haus brannte kein Licht. Erleichterung durchflutete ihn, gefolgt von einem ganzen Berg an Schuldgefühlen. Dass Jewel fünf Jahre jünger war als er, spielte jetzt, wo sie beide erwachsen waren, keine große Rolle mehr. Seine Mitverantwortung an Ricks Tod stellte jedoch inzwischen ein viel größeres Hindernis dar, als der Altersunterschied zwischen ihnen es jemals gewesen war.

Nates Handy klingelte, während er Richtung Fluss fuhr. Er lächelte, als das Bild seiner jüngsten Schwester Shannon auf dem Bildschirm erschien.

»Hey, Schwesterherz. Wie geht's?«

»Hallo, Nate. Mir geht's prima hier draußen. Ich hatte vergessen, wie anders Colorado im Vergleich zu Peaceful Harbor ist, aber Onkel Hal und alle anderen sind wunderbar. Oh mein Gott, du solltest die Kinder von Treat und Max sehen. Sie sind so süß.« Shannon wohnte bei ihrem Onkel Hal in Weston, Colorado, während sie an einem Projekt in den Bergen arbeitete, bei dem es um die Beobachtung von Rotfüchsen ging. Treat war das älteste von Hal Bradens sechs Kindern, ihren Cousins zweiten Grades. Er und seine Frau Max hatten eine Tochter, Adriana, die nach Treats verstorbener Mutter benannt war, und einen kleinen Sohn namens Dylan.

»Ich muss zunächst einmal mein Leben auf die Reihe kriegen.« Insgeheim spielte Nate mit dem Gedanken, nach Weston zu ziehen, falls er es in Peaceful Harbor nicht aushielt. »Wann kommst du zurück?«

»Ich bin mir noch nicht sicher. Es hängt davon ab, wie schnell ich die Daten sammeln kann, die ich für meine Forschungen benötige. Tut mir leid. Ich würde dich gerne sehen.«

Nate stellte sich vor, wie sich Shannon ihr langes, dunkles Haar hinter das Ohr strich, und wünschte, sie wäre hier bei ihm in Peaceful Harbor. Sie hatten immer eine besonders enge Beziehung gehabt und Nate vermisste sie. Shannon war zwar ziemlich neugierig und steckte ihre Nase gerne in die Privatangelegenheiten ihrer Geschwister, aber er und seine Brüder hatten einen ebenso ausgeprägten Beschützerinstinkt, wenn es um sie und Tempe ging.

»Und? Wen hast du schon alles getroffen, seit du zurück bist?«, fragte sie vorsichtig.

Nate wusste, was sie meinte. Die Frage, wie seine

Begegnung mit den Fishers verlaufen würde, bewegte seine ganze Familie. Sie alle wussten, wie unendlich schwierig die Rückkehr in seine Heimatstadt für ihn war. Shannon hielt sich auf dem Laufenden, was ihre Eltern und Geschwister anging, und wahrscheinlich hatte sie bereits mit Tempe oder Sam gesprochen und wusste, dass Nate die Brauerei gerade verlassen hatte – und dass er bisher einen Bogen um die Fishers gemacht hatte.

Ob die Schuldgefühle jemals nachlassen würden? Er bog in die Mountain Road ein, die zu seinem Blockhaus führte, und brachte mühsam hervor: »Niemanden. Die Fishers waren nicht zu Hause.«

»Oh.«

In dem Schweigen, das sich zwischen ihnen ausbreitete, war die Sorge spürbar, die Shannon empfand. Nate schaltete das Fernlicht ein, nicht nur, um die Straße besser sehen zu können, sondern auch, um sich für den Bruchteil einer Sekunde von den Fishers abzulenken.

»Nate?«

»Ja?«

»Es wird alles gut. Du wirst wissen, wann die Zeit reif ist. Ich glaube an dich.«

Wenn ich mir doch auch so sicher sein könnte.

»Danke, Shan.« Dort, wo die Wanderwege abzweigten, wurde die Straße enger. Plötzlich bremste Nate scharf. Am Straßenrand stand Ricks roter Jeep. Der Aufkleber der US Army am Heck des Wagens war wie ein Stich mitten ins Herz.

»Hör mal, fährt Jewel immer noch Ricks alten Jeep?«

»Ich glaube schon. Warum?«

Nate stellte sich neben den Jeep und stellte den Motor aus. »Er ist an einem der Wanderwege geparkt, aber es ist schon nach zehn. Es ist stockfinster hier draußen und Jewel hasst die Dunkelheit.«

»Vielleicht ist sie mit Freunden unterwegs.«

»Meinst du?« Seit Ricks Tod hatte sich Jewel in eine sichere, kleine Blase zurückgezogen und sich fast nur um ihre Arbeit und die Familie gekümmert. Alle, die Jewel kannten, wussten das. Er bezweifelte, dass sie freiwillig nach Einbruch der Dunkelheit auf einem Wanderweg unterwegs sein würde.

»Nein, eigentlich nicht. Versuch, sie anzurufen.«

»Hier draußen gibt es kein zuverlässiges Netz, aber ich probiere es. Ich werde sie suchen. Ich sage dir Bescheid, wenn ich Näheres weiß.« Nate holte sein Jagdmesser und seine Stirnlampe aus dem Handschuhfach. Hinter dem Sitz zog er einen Erste-Hilfe-Rucksack hervor, hängte sich das Messer an den Gürtel und schulterte den Rucksack. Dann warf er einen Blick in ihren Jeep. Auf den Sitzen lagen keine persönlichen Gegenstände und die Türen waren verschlossen. Er war froh, dass Jewel seine Sicherheitswarnungen beherzigte. Nach Ricks Tod hatte er versucht, der Familie zu helfen, wenn er auf Urlaub war, obwohl es schwierig war, seine Gefühle für Jewel zu verbergen. Er hatte Geschenke für die Kinder mitgebracht und ihnen zum Geburtstag gratuliert, aber die Ratschläge, die er Jewel gegeben hatte, hatten nichts mit seinen Schuldgefühlen oder dem Wunsch zu tun, an die Stelle des älteren Bruders zu treten. Sie war ihm wichtig, so wichtig, dass er zu hadern begann, während er den Wanderweg entlangging.

Was waren das für Freunde, die nachts mit ihr in die Wildnis zogen, wo sie doch Angst vor der Dunkelheit hatte? Zum Glück waren Nate und Rick früher tagelang durch diese Wälder gestreift, sodass Nate sie kannte wie seine Westentasche. In dem Sommer, bevor Rick getötet wurde, hatte Nate überlegt, mit Jewel hierher zu kommen, wenn er das nächste Mal Urlaub hatte. Er wollte ihr all die geheimen Orte zeigen, die er so sehr liebte. Er hatte sogar mit dem Gedanken gespielt, ihr endlich zu gestehen, was er für sie empfand. Aber sein Auslandseinsatz sollte damals noch ein ganzes Jahr dauern. Es war nicht fair, sie zu bitten, auf ihn zu warten. Und dann starb Rick und alle Hoffnungen, jemals mit Jewel zusammen zu sein, starben mit ihm.

Schuldgefühle konnten alle Hoffnungen und Träume ersticken.

Der Lichtstrahl seiner Stirnlampe erleuchtete einen schmalen Streifen auf dem ausgetretenen Weg. Je tiefer Nate in den Wald vordrang, desto dichter wurde das Blätterdach. Er zog sein Handy hervor und wählte Jewels Nummer. Die Mailbox schaltete sich ein.

Verdammt, Jewel, wo bist du?

Er formte einen Trichter mit den Händen und rief in die Dunkelheit: »Jewel?«

Tiefe Stille war die Antwort. Bis auf sein eigenes heftiges Atmen war kein Laut zu hören. Verbissen ging er weiter den Weg entlang, rief immer wieder ihren Namen und suchte im Licht der Lampe nach Spuren. Er wusste, dass ein Stück weiter zwei Pfade vom Hauptweg abzweigten, die sich meilenweit durch den Wald schlängelten. Falls Jewel überhaupt irgendwo hier war, gab es keinen Anhaltspunkt, welchen der beiden sie genommen hatte. An der ersten Abzweigung blieb Nate stehen und betrachtete den Boden. Er konnte keine frischen Fußspuren entdecken, doch das war nicht überraschend. So früh im Jahr waren noch nicht viele Wanderer unterwegs. Er hoffte inständig, dass er auf der richtigen Fährte war, aber noch viel lieber wäre es ihm, wenn Jewel überhaupt nicht im Wald, sondern bei ihrer Mutter zu Hause oder irgendwo mit Freunden zusammen war.

Er ging weiter bis zur nächsten Abzweigung, die eine Meile entfernt lag. Er zog sein Hemd aus und wischte sich den Schweiß von der Stirn. Dann stopfte er es in seinen Rucksack und untersuchte den Boden.

Bingo. Er folgte den Fußspuren tiefer in den Wald.

Der Gedanke, dass Jewel möglicherweise allein hier draußen in der Dunkelheit war und sich fürchtete, ließ ihn weiterhasten. Immer wieder rief er ihren Namen. Er redete sich ein, dass es vielleicht eine ganz harmlose Erklärung dafür gab, warum der Jeep am Straßenrand geparkt war. Falls der Motor gestreikt hatte, hatte sie sicher einen Freund gebeten, sie abzuholen und nach Hause zu fahren. Andererseits wusste er, dass sie den Wagen brauchte, um zur Arbeit zu kommen und ihrer Mutter zu helfen, also hätte sie ihn wahrscheinlich eher abschleppen oder jemanden kommen lassen, der ihr an Ort und Stelle half.

»Jewel!«, rief er in die Dunkelheit. »Jewel!«

»Hier! Hier drüben!« Jewels zitternde Stimme ließ sein Herz bis zum Hals schlagen.

Er rannte über die Kuppe des Hügels und wäre fast über sie gestolpert. Sie lag an einem Baum. Nate kauerte sich hin und ließ rasch einen prüfenden Blick über ihre zusammengekrümmte Gestalt schweifen. Sie starrte ihn mit weit aufgerissenen Augen an. Es sah aus, als hätte sie geweint. Die zerzausten Haare hingen ihr ins Gesicht, auf einer Wange war ein schmutziger Streifen zu sehen. Sie hatte eine abgeschnittene Jeans an und an ihren bloßen Knien klebte Erde. All die Gefühle, die er so mühsam zurückgehalten hatte, bahnten sich ungehindert einen Weg an die Oberfläche.

»Nate? Wie hast du mich bloß gefunden?« Ihre Augen

füllten sich mit Tränen. »Warum bist du überhaupt hier? Ich habe mir den Fuß verknackst. Ich dachte, ich müsste bis in alle Ewigkeit hierbleiben.«

Er schloss sie vorsichtig in die Arme und achtete darauf, nicht an ihren verletzten Knöchel zu stoßen. Er drückte sie an sich und hätte sie am liebsten nie wieder losgelassen. Ihre Tränen benetzten seine Haut, während er besänftigend auf sie einredete.

»Ganz ruhig, alles wird gut. Ich bin ja bei dir. Ich habe deinen Jeep gesehen und habe mir Sorgen gemacht.«

»Ich bin so froh, dass du hier bist. Ich hatte solche Angst, Nate.«

In ihrer Stimme lagen Dankbarkeit und etwas, das tiefer ging und ihn an den Kuss in der Silvesternacht erinnerte. An die Hitze, die sie umfing, als sich ihre Lippen trafen. Er wusste, dass es nicht richtig war, aber er wollte sie wieder und wieder küssen, bis die Furcht aus ihren Augen wich. Dass er ausgerechnet jetzt daran dachte, wo sie sich bebend vor Angst an ihn schmiegte, sagte wohl eine Menge über ihn aus.

»Danke, dass du nach mir gesucht hast«, sagte sie und holte zitternd Luft.

Ihre Stimme riss ihn aus seinen Gedanken, und er schob seine Gefühle dorthin zurück, wo sie hingehörten. Wenn er etwas beim Militär gelernt hatte, dann war es die Fähigkeit, sich von seinen Emotionen zu distanzieren. Widerwillig kehrte er in die Wirklichkeit zurück und konzentrierte sich darauf, Jewels Verletzungen zu begutachten und sie in Sicherheit zu bringen.

»Wie lange ist es her, dass du dir den Knöchel verstaucht hast?«

»Ich weiß es nicht. Es war noch hell.«

Also war sie seit Stunden verletzt und allein hier draußen

gewesen. Er hätte sie längst finden können, wenn er nicht mit seiner Familie abgehangen und den Umweg zum Haus der Fishers gemacht hätte.

»Tut mir leid, Jewel. Ich wünschte, ich wäre früher hier gewesen. Warum bist du alleine hier? Wie ist es passiert?«

»Ich musste einfach mal raus. Mom hat die Kinder übers Wochenende zu Tante Giselle gebracht, also dachte ich, ich fahre hier raus und …« Sie zuckte mit den Schultern. »Ich habe mein Handy hervorgeholt und dann ist es mir aus der Hand gerutscht und den Hügel hinuntergefallen. Als ich es holen wollte, hat sich mein Fuß an dieser dummen Wurzel verfangen.« Sie deutete auf eine Wurzel, die aus dem Boden ragte.

»Es ist okay, dass du wandern gehst. Ich weiß, du bist stark und umsichtig, aber allein loszuziehen ist keine so gute Idee.«

»Ja, das weiß ich jetzt auch.« Sie lächelte und sein Blick fiel auf ihre vollen Lippen.

Widerwillig sah er weg. »Ich sollte mir deinen Knöchel mal ansehen.«

Nate richtete seine ganze Aufmerksamkeit auf ihre Verletzung und nicht darauf, wie warm und weich ihre Haut war. Behutsam drehte er ihren Fuß erst zur einen, dann zur anderen Seite.

Sie zuckte zusammen und schob seine Hände weg. »Bitte nicht.«

»Tut mir leid. Scheint nicht gebrochen zu sein, nur ein bisschen geschwollen. Ich versorge dich jetzt und dann sehe ich mich nach deinem Handy um.« Er griff nach seinem Rucksack.

»Nein. Kannst du zuerst mein Handy holen?« Mit dem flehenden Blick aus ihren blauen Augen stimmte sie ihn um.

Er suchte den steilen Abhang mit den Augen ab, aber selbst

mit der Stirnlampe konnte er kaum etwas erkennen. Er war froh, dass sie mit ihrem verletzten Knöcheln nicht versucht hatte, den Hügel hinunterzukommen.

Erst als er einen Schritt zu Seite machen wollte, bemerkte er, dass sie sich die ganze Zeit an seinem Stiefel festgeklammert hatte. Er kauerte sich wieder neben sie und reichte ihr die Stirnlampe. »Hier. Die nimmst du. Ich bin nur ganz kurz weg und du kannst mich die ganze Zeit sehen.«

Sie hielt die Lampe an die Brust gedrückt.

Er wollte sie nicht allein lassen, aber er hatte keine Wahl. »Du musst mir helfen. Richte den Lichtstrahl auf den Hügel, damit ich sehe, wohin ich trete.«

»Oh, okay.«

Sie leuchtete ihn mit der Stirnlampe an, und er spürte, wie sie ihm mit dem Blick folgte, als er den Abhang hinunterkletterte.

»Es liegt wahrscheinlich ein bisschen weiter links. Pass auf, nicht stolpern. Sei vorsichtig.« Ihre Stimme klang voller Sorge. Sie machte sich immer Sorgen um ihre Familie, da sollte sie nicht auch noch um ihn Angst haben.

»Alles in Ordnung, Jewel. Ich könnte mit verbundenen Augen hier herumklettern.« Mittlerweile hatte er sich an die Dunkelheit gewöhnt und nach kurzer Zeit hatte er das Handy tatsächlich gefunden.

»Ich habe es.« Er hielt es hoch, damit sie sehen konnte, dass mit ihm und dem Handy alles in Ordnung war. Dann erklomm er den steilen Abhang und reichte ihr das Telefon.

»Danke«, sagte sie und umklammerte das Handy mit der einen Hand und das Licht mit der anderen. »Hier draußen hat man kein zuverlässiges Netz. Ich habe versucht, mich bei meiner Mutter zu melden, weil ich wissen wollte, ob sie heil bei meiner

Tante angekommen ist, aber ich habe keine Verbindung gekriegt. Und jetzt hat das blöde Ding keinen Saft mehr.«

»Wir laden es auf. Und ich bin sicher, mit deiner Mutter ist alles in Ordnung. Deine Tante wohnt ja nur eine Stunde entfernt.« Er kramte in seinem Rucksack und zog eine elastische Binde hervor. »Ich will nur schnell deinen Knöchel bandagieren. Dann trage ich dich hier raus.«

»Bandagieren? Das tut bestimmt weh.« Ängstlich sah sie ihn an. »Und du kannst mich nicht tragen. Bis zu meinem Jeep sind es bestimmt drei Meilen.«

Sie hatte keine Ahnung, wie es war, eine militärische Ausrüstung durch die Wüste zu schleppen. Jewel war knapp eins sechzig groß, während er fast eins neunzig maß. Er hätte sie mit links zu ihrem Auto tragen können, obwohl er sie natürlich viel lieber mit beiden Händen fassen und ihre Lippen mit seinen bedecken und …

Mist. Ehrlich, Braden! Reiß dich zusammen.

Er zwang sich, sich zu konzentrieren. »Wenn ich den Knöchel nicht bandagiere, schlenkert der Fuß hin und her, während ich dich trage, und dann tut es erst recht weh.«

Sie sah ihn mit großen Augen an. »Du kannst mich nicht tragen.«

Er legte ihr den Finger auf die Lippen. »Jewel, ich trage dich«, wiederholte er sanft, aber beharrlich.

Sie blinzelte ihn durch ihre dichten blonden Wimpern an. So hilflos sah sie selten aus. Normalerweise hatte sie alles unter Kontrolle, und das spiegelte sich in ihrem ernsthaften, kompetenten Blick wider. Wie hatte er nur vergessen können, dass ein einziger Blick von Jewel ihm den Boden unter den Füßen wegzog?

»Warte«, sagte sie leise und legte ihm die Hand auf den

Arm. Für einen Moment schloss sie die Augen und umklammerte seinen Arm. »Okay. Fang an«, sagte sie dann.

Er hatte Dutzende von Männern mit den grauenhaftesten Wunden versorgt und war dabei immer ganz ruhig gewesen, doch der Anblick von Jewels angstvoll zusammengekniffenen Augen machte ihm deutlich, wie verletzlich sie war – und ließ ihn seine eigene Verletzlichkeit spüren.

Zwei

Jewel kniff die Augen zusammen und ermahnte sich, weiterzuatmen.

Atmen, atmen, atmen.

Dieses Mantra hatte sie früher öfter vor sich hin gesagt, um sich konzentrieren zu können, doch es war schon eine Weile her, dass sie darauf hatte zurückgreifen müssen. Das Wiedersehen mit Nate hatte jedoch eine Traurigkeit aufflackern lassen, die sie längst in sich begraben glaubte. Als Nate und Rick zur Armee gingen, war die Aufforderung *Atmen, atmen, atmen* ihr ständiger Begleiter gewesen. Die beiden waren seit dem Kindergarten beste Freunde gewesen und hatten zusammengehalten wie Pech und Schwefel. Sie waren ein Teil ihres Lebens, seit sie sich erinnern konnte, und sie wusste, dass Nate für sie da sein würde, wenn Rick sich nicht um sie kümmern konnte. Der Tod ihres Vaters hatte alles auf den Kopf gestellt, aber Nate war Rick nicht von der Seite gewichen. Gemeinsam hatten sie Jewel und ihren jüngeren Geschwistern durch diese schlimme Zeit geholfen.

Und dann war Rick getötet worden.

Atmen, atmen, atmen.

Als Jewel ihren Vater verlor, hatte sie sich gefragt, ob es so etwas wie Gerechtigkeit im Leben gab, doch nach Ricks Tod war ihr klar, dass Gerechtigkeit nichts damit zu tun hatte. Danach musste sie sich immer wieder daran erinnern, weiterzuatmen. Das Atmen wurde unendlich mühsam. Sie hatte sich nie erlauben können, ihren Gefühlen freien Lauf zu lassen und um ihren Bruder zu trauern, denn diese Rolle hatte ihre Mutter bereits für sich reklamiert. Die Verantwortung für den Alltag der Familie blieb also an ihr hängen. Patrick war damals dreizehn. Er hatte sich zwei Monate lang in seinem Zimmer eingeschlossen. Krissy war zehn und Taylor, die Jüngste, war acht Jahre alt gewesen. Sie hieß bei allen nur Baby Tay, bis Rick starb und sie zu ihrer Mutter sagte, dass sie nun ein großes Mädchen sein müsse, wo Rick und Dad nicht mehr da waren.

Wie oft hatte Jewel mit Taylor in ihrem Bett geschlafen, während Krissy daneben auf dem Boden lag? Wie viele Tränen hatten sie zusammen vergossen? Wie oft hatte sie *Wir schaffen das* gesagt? Lieber Himmel. Wie oft hatte sie versprochen, sie nie zu verlassen?

Atmen, atmen, atmen.

Was hätte ihr in der Nacht hier draußen schon passieren können? Vermutlich nichts, aber während sie allein dagesessen und zugesehen hatte, wie die Schatten immer länger wurden und schließlich das letzte Tageslicht verschwand, war ihr der Gedanke an Bären und Kojoten nicht mehr aus dem Kopf gegangen. Jewel lebte in ständiger Angst vor Situationen, die sie nicht kontrollieren konnte und die sie von ihrer Familie trennen würden, so wie es ihrem Vater und ihrem Bruder passiert war.

Atmen, atmen, atmen.

Und dann war Nate als Retter in der Not aufgetaucht, ohne Hemd, mit schweißglänzenden Muskeln und ernstem, besorgtem Blick. Sein Haar war ebenso weizenblond wie ihres und durch den typischen Armeehaarschnitt wirkten seine scharfen, klaren Gesichtszüge streng. Sein Anblick hatte in Jewel wieder den Schmerz auflodern lassen, den die Erinnerung an Rick mit sich brachte, doch gleich darauf waren ihre Gedanken weitergetaumelt zu jenem Kuss in seiner ganzen strahlenden Glückseligkeit.

Atmen, atmen, atmen.

»Jewel? Alles okay?«

Sie schüttelte den Kopf, um in die Gegenwart zurückzukehren. Nate reichte ihr eine Flasche Wasser, doch ihre Gedanken ließen sich nicht bändigen.

»Trink einen Schluck. Das hilft.« Stirnrunzelnd kniete er neben ihr und hob die Flasche an ihre Lippen.

Im Laufe der Jahre hatte sie gelernt, mit ihrem Kummer fertigzuwerden, indem sie sich ausklinkte und auf Autopilot schaltete. Das half ihr auch jetzt, als die Erinnerung an Rick sie überschwemmte und gleichzeitig das Verlangen aufloderte, noch einmal einen solchen Kuss zu erleben. Wie oft hatte sie sich schon gefragt, ob dieser Kuss ein Irrtum gewesen war und Nate eigentlich eine andere Frau neben sich erwartet hatte, als die Uhr Mitternacht schlug? Es gab weiß Gott genug Frauen, die hinter Nate Braden und seinen Brüdern her waren. Sie galten als die begehrtesten Junggesellen in Peaceful Harbor und Umgebung. Andererseits war es ein heißer, inniger Kuss gewesen, der sich nicht wie ein Versehen angefühlt hatte. Aber was wusste sie schon? Vielleicht küsste er alle seine Frauen mit solcher Intensität und sorgte dafür, dass sie weiche Knie bekamen.

Sie überlegte, ob sie im Autopilotmodus bleiben sollte, um nicht an ihren Bruder denken zu müssen und sich gegen die Hitze zu wappnen, die von Nate ausging. Wenn sie ihren

Gefühlen nachgab, würde sie entweder losheulen wie ein Baby oder ihre Hände über seinen unglaublichen Körper gleiten lassen und ihre Lippen auf seinen verführerischen Mund pressen. Weder das eine noch das andere erschien ihr im Augenblick vernünftig.

Nate schraubte die Wasserflasche zu und steckte sie in seinen Rucksack, den er sich über die Schulter warf. Als er sich umdrehte, umspielte ein warmes Lächeln seine Lippen. Oh, wie sehr sie sein Lächeln liebte!

Atmen, atmen.

»Macht es dir etwas aus, wenn ich auf dem Weg zur Straße die Stirnlampe nehme? Dann finde ich mich besser zurecht.«

Sie reichte ihm die Lampe. Bevor er aufgetaucht war, hatte sie wie versteinert vor Angst dagesessen, allein in der Dunkelheit. Nun betrachtete sie seine kräftigen Schultern, die festen Arme und die muskulösen Beine, die sich unter seiner Armeehose abzeichneten. Er strahlte so ein Selbstvertrauen aus, dass ihre Furcht wie weggeblasen war.

»Leg deine Arme um meinen Hals.«

Nate beugte sich zu ihr hinunter und sie schlang beide Arme um seinen Hals. Dabei streifte sie sein stoppeliges Kinn. Die Haut in seinem Nacken war schweißnass. Scheinbar mühelos hob er sie hoch und richtete sich auf.

»Hattest du noch irgendetwas dabei? Eine Tasche vielleicht?«, fragte Nate und ließ den Blick über den Waldboden schweifen.

Sie schüttelte stumm den Kopf und versuchte, sich nicht von dem Gefühl, in seinen Armen zu liegen, und von seinem betörend erdigen, männlichen Duft berauschen zu lassen. Wenn sich Kraft und Selbstbewusstsein zu einem Parfüm mischen ließen, könnte man es in Flaschen abfüllen und unter dem

Namen *Nate* verkaufen.

Schweigend trug er sie durch den Wald. Buchstäblich auf Händen getragen zu werden war für Jewel etwas ganz Ungewöhnliches. Darüber, dass es ausgerechnet Nate war, der sie in seinen Armen hielt, dachte sie lieber nicht nach. Als sie acht oder neun Jahre alt war, hatte ihr Vater sie zum letzten Mal hochgehoben, damit sie auf dem Weihnachtsmarkt die Festbeleuchtung besser sehen konnte, doch seitdem hatte sie niemand mehr auf den Arm genommen. An das Gesicht und die Stimme ihres Vaters konnte sie sich kaum erinnern, und auch wie Rick aussah, wusste sie nicht mehr recht. Bei dem Gedanken durchzuckte sie eine schmerzhafte Sehnsucht.

»Deine Mom und die Kids sind übers Wochenende nicht in der Stadt, stimmt's? Kannst du eine Freundin anrufen, die über Nacht bei dir bleibt?«, fragte Nate.

Sie war dankbar, als seine Stimme ihre Gedanken durchbrach.

»Nein, aber ich komme schon klar.« Im Geist ging sie durch, was sie alles erledigen musste. *Einkaufen, kochen, Abendessen bei Mom in der Kühltruhe verstauen.*

»Du kannst nicht laufen, Jewel. Du brauchst Hilfe. Bei deiner Mutter gibt es ja im Fernsehzimmer eine Schlafcouch, sodass du keine Treppen steigen musst, aber die Vorstellung, dass du allein bist, behagt mir nicht.« Er keuchte nicht einmal, obwohl er sie bestimmt schon zwei Meilen weit getragen hatte.

»Ich wohne nicht mehr bei meiner Mutter. Im Januar bin ich ausgezogen. Ich habe eine Wohnung in der Stadt. In der dritten Et...« Oh je. Wie sollte sie die Einkäufe all die Treppen hochschleppen? Und wie sollte sie mit dem Wagen zum Lebensmittelladen fahren?

»Nate, könntest du mich vielleicht nach Hause fahren?«

»Klar, aber nicht, wenn du dort alleine bist.«

»Tja, etwas anderes wird mir kaum übrigbleiben. Ich will nicht noch mehr Umstände machen, aber würdest du mich wohl auch zum Lebensmittelgeschäft bringen? Ich muss noch das Abendessen für meine Mutter und die Kinder für nächste Woche vorkochen.«

Seine Lippen verzogen sich zu einem Lächeln. »Das machst du also immer noch?«

»Ja, klar. Ich habe nichts Besseres zu tun.«

»Das glaube ich dir nicht. Die Jungs stehen doch bestimmt Schlange, um mit dir auszugehen.« Seine Stimme klang so ernst, dass sie lachen musste. Er hob eine Augenbraue. »Was ist?«

Dass sie in dieser Beziehung ein Loser auf der ganzen Linie war, musste sie ihm ja nicht auf die Nase binden. »Nichts.«

Schweigend ging er weiter. »Du kommst mit zu mir. Ich helfe dir beim Einkaufen und auch beim Kochen. Wie in alten Zeiten.«

Vor dem Tod ihres Vaters waren ihre Eltern am Donnerstagabend immer ausgegangen. Rick und Nate hatten sich dann um Jewel und ihre Geschwister gekümmert, und weil sie für ihr Leben gerne kochten, hatten sie die verrücktesten Sachen zubereitet, wie hausgemachte Pizza mit Käseteig und sauren Gurken. Krissy war ganz wild darauf gewesen.

Wieder überschwemmte sie eine Woge der Trauer.

Nates Handy klingelte, und ohne seinen Schritt zu verlangsamen, zog er es aus der Tasche, während er Jewel mit dem anderen Arm festhielt.

»Yo?« Seine Stimme klang rau und unglaublich sexy und zog sie aus ihren trübsinnigen Gedanken. »Nein, alles okay. Ich hab sie gefunden.«

Ich hab sie gefunden? Hatte sie schon jemand vermisst?

Leise lachend machte er einen Schritt über einen großen Stein hinweg. Jewel spürte, wie sein Lachen in seinem Brustkorb vibrierte. Lieber Himmel, sie lehnte tatsächlich an seiner *nackten* Brust. Das hatte sie sich bisher gar nicht klargemacht. Sie bemerkte, dass sich seine Bauchmuskeln bei jedem Schritt gegen ihren Oberschenkel drängten. Sie verschränkte ihre Finger in seinem Nacken, damit ihre gierigen Hände nicht über seine Haut glitten und jeden Zentimeter erkundeten. Langsam begriff sie, was Chelsea meinte, wenn sie sagte, dass bei manchen Männern ihr ganzer Körper vor Aufregung zu summen begann.

Was war bloß los mit ihr? Es war Nate Braden, der sie kannte, seit sie auf der Welt war. Nate war wie ein Bruder für sie.

Aber er war auf eine Weise verlockend männlich, wie Brüder es ganz und gar nicht waren. Wahrscheinlich war es einfach die Erinnerung an die Hitze, die sie gespürt hatte, als er sie im Wald in die Arme genommen hatte.

Sie versuchte, die Gedanken beiseitezuschieben. Um sich abzulenken, überlegte sie, wann sie zuletzt *so* an einen Mann gedacht hatte.

Jede Nacht, seit Nate mich geküsst hat.

Na prima. Jetzt konnte sie nicht mehr aufhören, an diesen Kuss zu denken. Nate telefonierte immer noch und bekam überhaupt nicht mit, wie ihr Körper plötzlich zum Leben erwachte. Während er sich lächelnd mit seinem Gesprächspartner unterhielt, ließ seine Aufmerksamkeit keinen Moment nach, er hielt sie fest und trug sie sicher. Bevor sich ihre Lippen in jener Silvesternacht trafen, hatte er sie nervös und zugleich mit einer Wärme und Vertrautheit angesehen, dass sie es nicht vergessen konnte. Sie hatte diesen Blick in ihr Gedächtnis gebrannt, hatte ihn wieder und wieder Revue passieren lassen. Kein Wunder, dass sie nicht nach einem anderen Mann Ausschau gehalten hatte. Sie war kein Loser, wenn es um Beziehungen ging. Ihr Herz war die ganze Zeit an Nate gefesselt.

Bei der Erinnerung an diesen Kuss durchfuhr sie eine heiße Woge. Sie wandte den Blick ab und hoffte, dass er nicht mitbekam, wie sehr ihr Herz raste.

»Sammy, ehrlich. Es ist alles in Ordnung«, sagte Nate ins Telefon, dann hielt er inne und lauschte. »Mm-hm. Ja. Prima. Wir sehen uns.« Er verabschiedete sich und wollte das Handy gerade in die Tasche schieben, als es erneut klingelte.

Er seufzte. »Die Bradens und ihr Buschtelefon«, murmelte er, dann sagte er: »Hi, Tempe.« Er sah Jewel mit hochgezogener Augenbraue an. Wahrscheinlich sprach er mit seiner Schwester, der einzigen Tempe, die sie kannte.

»Ja, ich habe sie gefunden und es geht ihr gut.« Er schwieg und hörte zu. »Bestimmt. Tu mir einen Gefallen und ruf Shannon an. Sag ihr, dass sich Jewel den Knöchel verstaucht hat. Sie ist bei mir und es geht ihr gut. Und sag um Himmels willen allen Bradens Bescheid, dass sie okay ist.« An seinem Lächeln erkannte Jewel, dass er nicht so genervt war, wie er tat. »Danke, Tempe. Ich hab dich auch lieb.«

Er steckte sein Handy in seine Tasche. »Ich glaube, meine Familie macht sich mehr Sorgen um dich als um mich.«

»Nein, sie sind einfach mitfühlend und warmherzig. Aber woher wissen sie überhaupt, dass ich hier draußen bin?« Es hatte sie immer schon neidisch gemacht, wie fürsorglich und aufmerksam die Bradens miteinander umgingen. In ihrer Familie standen sie einander auch nahe, aber sie hatte das Gefühl, als hätten sie die letzten acht Jahre verzweifelt versucht, mit dem Alltag Schritt zu halten. Da blieb nicht viel Zeit füreinander, während die Bradens bei jeder Gelegenheit zusammenkamen und die gemeinsame Zeit genossen.

»Ich habe gerade mit Shannon telefoniert, als ich deinen Jeep am Straßenrand sah.«

»Ah, Shannon. Also hat sie die Telefonkette in Gang gesetzt.« Sie lachte, weil er das Gesicht verzog. Nate machte sich zwar darüber lustig, dass bei den Bradens alles sofort herumgetratscht wurde, doch sie wusste, dass es ihn nicht wirklich störte. Dafür liebte er seine Familie zu sehr.

Als sie am Waldrand angekommen waren, holte Nate seinen Autoschlüssel aus der Tasche.

»Du kannst mich ruhig absetzen.«

Wieder blitzte sein schiefes Lächeln auf. Die Stirnlampe und das Mondlicht waren hell genug, sodass sie das Grübchen an seinem Kinn sehen konnte. Am liebsten hätte sie ihre Lippen darauf gedrückt, doch der Gedanke erschreckte sie auch. Sie war dabei, sich ganz schön weit aus ihrer Komfortzone herauszuwagen, was Nähe und Vertrautheit anging. *Habe ich überhaupt eine solche Komfortzone?* Und warum dachte sie eigentlich über Nähe und Vertrautheit nach? Er half ihr, weil sie gestürzt war. Es war ja nicht so, als hätte er nach dem Kuss in der Silvesternacht alles daran gesetzt, sich mit ihr zu verabreden.

»Mit deinem verstauchten Knöchel? Kommt nicht in Frage.« Er schloss die Beifahrertür seines Wagens auf und setzte sie vorsichtig auf den Sitz. »Was brauchst du aus deinem Jeep?«

»Nichts, aber du musst mich wirklich nicht zu dir mitnehmen. Ich kann auf einem Bein hüpfen, solange du mir beim Einkaufen hilfst.«

Er stützte die Unterarme auf das Wagendach und dehnte sich stöhnend. Seine Rückenmuskeln wölbten sich vor und betonten das perfekte V, das sich über seinem tief sitzenden

Hosenbund andeutete. Jewel bekam einen trockenen Mund.

»Keine Handtasche?«, fragte er, ohne auf ihren Einwand einzugehen.

»Meinen Führerschein habe ich in der Hosentasche. Du würdest mich doch umbringen, wenn ich meine Handtasche im Jeep liegen ließe.« Nate und Rick hatten ihr seit ihrer Kindheit immer wieder die wichtigsten Verhaltensregeln eingebläut. Dabei hatten sie sich nicht auf das beschränkt, was mit dem Autofahren zu tun hatte. Auch solche Hinweise wie *Lass dich nie bei einem ersten Date küssen* waren dabei gewesen. Mit sechzehn hatte sie gegen diese Regel aufbegehrt und rebelliert, aber Nates Argumente hatten sie schließlich überzeugt. Ein Mann, der sie wirklich mochte, hatte er gesagt, würde auf einen Kuss warten. Ein Mann dagegen, der nur das Eine im Sinn hatte, würde sich nie wieder mit ihr treffen.

Na prima. Jetzt waren ihre Gedanken schon wieder bei Nate und Küssen angelangt.

Er lachte, als er den Gurt um sie legte und einrasten ließ. Seine blauen Augen wurden dunkel wie die Nacht. »Ganz richtig, das würde ich.«

Nate bestand darauf, Jewel in sein Blockhaus zu tragen, als würde in seinem Herzen nicht eine regelrechte Schlacht toben. Er liebte es, ihr Gewicht auf seinen Armen zu fühlen, ihre Hände im Nacken zu spüren und ihren süßen, blumigen Duft einzusaugen. Doch kaum war er sich dieser Gefühle bewusst geworden, zogen sich Schuldgefühle wie eine Schlinge um seinen Hals zusammen.

»Warum hast du dich hier draußen niedergelassen, statt in

die Stadt zu ziehen?«, fragte sie, als er sie über die Schwelle trug.

Er setzte Jewel auf dem Sofa ab, stützte ihren Knöchel mit einem Kissen ab und beobachtete, wie sie sich umsah. Nate hatte sich in dieses Haus verliebt, so wie er sich in Jewel verliebt hatte. Gleich beim ersten Mal hatte ihn die Atmosphäre angezogen, die es ausstrahlte, und er war immer wieder hierher zurückgekehrt. Das Holzhaus hatte nichts Protziges oder Luxuriöses an sich. Es hatte zwei Schlafzimmer und ein offenes Dachgeschoss und stand nahe am Fluss. Die Rasenfläche, die es umgab, war gerade groß genug, um darauf mit ein paar Freunden Fußball zu spielen, und vier Hektar Wald ringsum sorgten für die Abgeschiedenheit, die er sich wünschte. Mit dem Haus ging es ihm wie mit Jewel: Es fühlte sich richtig an.

Natürlich erzählte er Jewel das nicht. Wahrscheinlich war es das Beste, ihr nur knapp zu antworten und über unverfängliche Themen zu reden, damit er nichts sagte, was er später bereuen würde.

»Ich schätze meine Privatsphäre«, meinte er nur. Er ging in die Küche und kam mit einer Tüte mit tiefgekühlten Erbsen, einer Packung Schmerzmittel und einem Glas Orangensaft wieder.

»Nimm die Tabletten, damit die Schwellung zurückgeht«, sagte er.

Sie schluckte die Tabletten und beäugte die Packung Erbsen. »Gefrorene Erbsen? Das ist das Heilmittel, das der große Kriegsheld gegen verstauchte Knöchel empfiehlt?« Als sie lachte, schien ihr ganzes Gesicht zu leuchten.

Aber wie ein Held fühlte er sich in letzter Zeit nun wirklich nicht.

»Mach dich ruhig lustig. Es funktioniert.« Er setzte sich neben sie und wickelte die elastische Binde ab. Dabei redete er sich ein, dass er sie nur in sein Haus gebracht hatte, damit sie ihren Knöchel schonen konnte.

Wer's glaubt, wird selig.

Da hatte er Jewel Fishers hinreißenden Körper geraume Zeit in seinen Armen getragen, und jetzt? Jetzt war er allein mit ihr in seinem Haus.

Er hätte sie nicht hierherbringen sollen. Er musste seine Körperwahrnehmung ausblenden, aber jeder Gedanke jagte seine Motoren hoch. Selbst der Beutel mit den Tiefkühlerbsen schmolz in seinen Händen.

Tiefgekühlte Erbsen. Mist. Konzentrier dich.

»Wir werden deinen Knöchel jede Stunde zwanzig Minuten lang kühlen, damit die Schwellung zurückgeht, obwohl sie gar nicht mehr so schlimm aussieht.« Er legte die Erbsentüte auf und Jewel sog zischend die Luft zwischen den Zähnen ein.

»Kalt!« Sie krallte die Hände in die Sofakissen.

Nate lachte. Er konnte einfach nicht widerstehen. Er sehnte sich so sehr danach, ihr noch näher zu sein, dass er seine Hand auf ihren anderen Fuß legte.

»Jetzt weißt du, was das Wort *tiefgekühlt* bedeutet.« Dann zog er hastig seine Hand weg und sagte knapp: »Du wirst es überleben. Hast du Hunger?«

»Und ob! Ich bin halb verhungert.« Sie sah ihm nach, als er in die Küche ging. »Ich wusste gar nicht, dass du so barsch sein kannst.«

»Barsch?«

»Ja, als du gerade meintest, dass ich es überleben werde, hast du ganz kalt und unfreundlich geklungen. So, als wolltest du sagen, dass ich mich nicht so anstellen soll.«

Er hatte sich jahrelang ermahnt, sich nicht anzustellen. Er war so sehr damit beschäftigt, sein Herz unter Kontrolle zu halten, dass er gar nicht gemerkt hatte, wie schroff er klang. »Tut mir leid, Jewel. Ich muss mich immer noch an das Leben als Zivilist gewöhnen.«

»Nate?« Ihre Stimme wurde weicher. »Das war doch nur ein Witz. Danke, dass du mir hilfst.«

Stöhnend öffnete er die Kühlschranktür. »Ich hatte ganz vergessen, dass du so nervtötend sein kannst. Was isst du neuerdings so?«

»Nervtötend?«

»Aber anbetungswürdig wie eh und je.« Die ehrlichen Worte hatte er ausgesprochen, ohne nachzudenken, und er bemühte sich, rasch das Thema zu wechseln. »Also, was isst du normalerweise?«

»Alles außer Pizza mit sauren Gurken.« Sie warf ihm ein schelmisches Lächeln zu.

»Okay, keine Gurkenpizza also.« Er war es gewohnt, sich selbst zu versorgen, und aß meist viel eiweißhaltige Kost. Seit er wieder zu Hause war, hatte er sich mit dem Kochen nicht viel Mühe gegeben, aber bei dem Gedanken, für Jewel zu kochen, fielen ihm all die verrückten Sachen ein, die Rick und er nach dem Tod ihres Vaters gezaubert hatten. Er holte Zutaten aus dem Kühlschrank und versuchte, nicht an Rick zu denken. Würde er jemals in Jewels Nähe sein können, ohne an ihn zu denken?

»Wie sieht es mit Eiern aus …?« Er blickte auf und sah, wie Jewel nach seinem Tagebuch griff, das auf dem Couchtisch lag.

Er hechtete um den Tresen herum und schnappte sich das Tagebuch.

»Tut mir leid, aber das ist, äh, nicht sehr interessant.« Als die Therapeutin ihm vorgeschlagen hatte, seine Gedanken schriftlich festzuhalten, fand er die Idee zunächst befremdlich, aber sie hatte betont, dass diese Methode anderen Überlebenden geholfen habe, mit ihren Schuldgefühlen klarzukommen. Schließlich hatte er es als läuternd empfunden, aufzuschreiben, was ihm durch den Kopf ging, obwohl es nicht nur um seine Kriegserlebnisse, sondern vor allem auch um seine Gefühle für Jewel ging.

Jewel verschränkte die Arme und kniff die Augen zusammen. »Ist das ein Tagebuch?«

»Nein«, erwiderte er ärgerlich und stellte das Buch in das Bücherregal neben dem Sofa.

»Was ist es dann?«

»Es sind einfach Aufzeichnungen.« Er ging zurück in die Küche. »Wie wär's mit Eier Benedict?«

»Eier esse ich nicht sehr oft, aber das Brötchen wäre okay. Hast du Salat? Oder Tofu?«

»Ich bin ein Mann, kein Kaninchen.« Er sah sie wieder nach dem Tagebuch greifen. Typisch Jewel. Wenn sie sich etwas in den Kopf gesetzt hatte, gab sie so schnell nicht auf. In all den Jahren hatte er noch nie etwas vor ihr geheim gehalten – abgesehen natürlich von seinen Gefühlen. Wahrscheinlich konnte sie sich gar nicht vorstellen, dass er tatsächlich nicht wollte, dass sie in dem Buch las. Blitzschnell war er bei ihr, fixierte ihre Arme neben ihrem Kopf und hielt ihren Oberkörper unter sich gefangen. Er verschränkte seine Finger mit ihren, sodass sie sich nicht mehr rühren konnte. Ihr Mund war so nah, dass er jeden ihrer Atemzüge spürte. Er müsste sich nur nach unten beugen, ihre Lippen schmecken und fühlen, wie ihre Zunge über seine strich, so wie sie es in jener Nacht getan hatte. Sein Blick fiel auf die Ader, die hektisch an ihrem Hals pochte. Einen Moment lang war er drauf und dran, seiner Begierde nachzugeben und sie zu küssen. Allerdings sah sie ihn jetzt an, als hätte er den Verstand verloren. Vermutlich atmete sie so schnell, weil er sie festhielt, und nicht, weil sie wie er die Hitze spürte, die zwischen ihnen loderte. Wahrscheinlich bildete er sich das alles nur ein.

»Jetzt will ich erst recht wissen, was in diesem Buch steht.« Als sie ihren Blick über seinen nackten Oberkörper streifen ließ, schnellte die Temperatur noch weiter in die Höhe.

»Das ist privat.« Er zwang sich, sie loszulassen, sank auf das Sofa und stützte die Ellbogen auf die Knie. *Lieber Himmel, das war knapp.* Er war kurz davor gewesen, sie zu küssen. »Vielleicht bringe ich dich jetzt besser nach Hause.«

Sie legte ihm leicht die Hand auf den Rücken und machte damit seine Zerrissenheit noch größer. »Nein. Jetzt, wo ich hier bin, möchte ich nicht in meine leere Wohnung zurück.«

Er starrte vor sich hin und versuchte, seine Gefühle in Schach zu halten. »Ich will nicht, dass du dich unbehaglich fühlst.«

»Unbehaglich?« Sie lachte. »Du hast mich kilometerweit getragen und jetzt machst du mir etwas zu essen. Bei mir zu Hause würde ich mich viel unbehaglicher fühlen.«

Sie hatte offensichtlich keine Ahnung, was in ihm vorging, und das konnte nur eins bedeuten: Sie empfand absolut nichts für ihn. Was für ein Schlamassel! Er atmete frustriert aus und ging zurück in die Küche, um Abstand zwischen ihnen zu schaffen.

»Wenn du keinen Salat hast …« Sie setzte sich auf und die Tüte Erbsen fiel krachend zu Boden.

»Bleib sitzen.« *Verdammt.* Er musste seine Gefühle wirklich in den Griff kriegen. Sie war kein Soldat und er war ihr nicht böse. Er war sauer auf sich selbst, weil er sich wie ein liebestoller Teenager benahm und sie nun auch noch anschnauzte.

»Lass nur, ich heb sie schon auf«, sagte er in weicherem Ton.

Sie stützte sich auf der Armlehne ab, stand auf und hüpfte auf einem Bein auf ihn zu. Nate fluchte leise, war mit wenigen Schritten bei ihr und hob sie hoch. Sie lachte, als er sie in die Küche trug.

»Du willst partout nicht hören. Du bist genau wie Ri…« Er schluckte den Namen seines Freundes herunter, als er sie auf den Tresen setzte.

»Wie Rick? Meinst du wirklich?« Sie sah ihn hoffnungsvoll an.

Nate schnitt die Brötchen auf und schob zwei Hälften in den Toaster. Dann öffnete er den Kühlschrank. Er wandte Jewel den Rücken zu, während er beim Gedanken an Rick von Schuldgefühlen überrollt wurde.

»Bist du Vegetarierin?«

»Nate, du kannst ruhig über Rick reden«, sagte sie vorsichtig.

Er schloss für einen Moment die Augen und hoffte, dass sie das Thema fallen lassen würde. »Isst du überhaupt kein Fleisch?«

»Ich bin nicht wirklich Vegetarierin. Es ist nur so, dass ich Fleisch und Eier und einige Käsesorten einfach nicht sonderlich mag. Ich esse sie, aber nicht oft.«

Er hörte, wie sie vom Küchentresen rutschte und mit einem dumpfen Geräusch auf dem Boden hinter ihm landete. Er wirbelte herum und sah Jewel auf einem Bein stehen und die Hände nach ihm ausstrecken. Er verengte die Augen. Mit diesem Blick wies er normalerweise jeden Soldaten in seine Schranken, doch Jewel hielt sich an seinem Hosenbund fest und hüpfte näher.

Nate stand reglos da und starrte an die Wand über ihrem Kopf. »Jewel, was machst du?«

»Ich umarme dich.« Sie schlang ihre Arme um ihn und drückte die Wange an seine Brust.

Nate rührte sich nicht. Er kämpfte gegen den Wunsch an, ihre Umarmung zu erwidern. Sie auf den Armen zu tragen hatte ihm schon alles an Selbstbeherrschung abverlangt. Sie an sich zu drücken, warm und weich, würde ihm den Rest geben.

»Jewel«, sagte er in einem Ton, der bei den Soldaten nie seine Wirkung verfehlte.

Jewel umarmte ihn nur noch fester. »Nate«, flüsterte sie.

Verdammt. Sie hatte keine Ahnung, wie lange er sich schon wünschte, dass sie ihn so hielt, ihn berührte, ihm nahe war. Und jetzt nahm sie ihn in den Arm, weil sie Mitleid mit ihm hatte? Das war nun wirklich nicht das, was er wollte.

»Warum umarmst du mich?«

»Weil du es brauchst.« Sie streckte die Hand aus und schob sich seine Arme um die Schultern. »Und ich auch.«

Nate legte locker die Arme um sie. Sie verstärkte ihren Griff, aber er wagte nicht, sich das gleiche Vergnügen zu erlauben. Er wünschte sich so viel mehr mit Jewel, doch für sie war er offensichtlich einfach ein guter Freund – oder schlimmer noch, ein Bruder.

»Lieber Himmel, Nate, kannst du mich nicht umarmen? So, dass ich es wirklich fühlen kann? Ich weiß, wie stark du bist.«

Und ich weiß, wie schwach ich bin.

Widerstrebend zog er sie fester an sich und sie schmiegte sich an ihn. Nate spürte, wie er hart wurde. Er konnte gar nichts dagegen machen, so sehr er auch versuchte, Abstand zu halten. Er löste ihre Arme von seiner Taille und trat einen Schritt zurück.

Jewel sah stirnrunzelnd zu ihm auf. Ein leiser Ärger lag in ihrem Blick. »Was ist los mit dir?«

Er packte sie um die Taille und setzte sie auf den Küchentresen, während sie ihn wütend anstarrte.

»Was soll das?«, fragte sie.

»Essen«, erwiderte er knapp. Wenn er ihr sagte, was ihm wirklich durch den Kopf ging, käme das sicher nicht gut an. »Du musst etwas essen.«

»Ich habe keinen Hunger mehr.«

Nate ließ sich nicht beirren, sondern öffnete die Kühlschranktür mit einem Ruck. Sein Blick wanderte über die Vorräte im Kühlschrank, doch vor seinem inneren Auge sah er nur Jewel, spürte ihre Hände auf seinem Rücken, ihre Wange an seiner Brust, ihren Herzschlag an seinem Bauch.

Der Timer am Toaster surrte und er war froh über die Ablenkung. Er bestrich die Brötchenhälften mit Butter und legte sie auf einen Teller, den er Jewel zuschob.

»Ich habe doch gesagt, dass ich keinen Hunger habe.«

Sein Magen krampfte sich zusammen. Trotz ihrer Beteuerung, nichts essen zu wollen, machte er eine Dose Gemüsesuppe auf und goss den Inhalt in einen Topf. Die Erinnerung an Rick hatte seine Lust zu kochen zunichtegemacht. Er füllte ein Glas mit Eiswasser und stellte es vor Jewel hin, dann lehnte er die Hüfte gegen den Tresen und konzentrierte sich auf die Suppe, die allmählich warm wurde.

»Du isst aber auch etwas davon, mit mir zusammen«, sagte sie.

Er würde alles mit ihr machen, sogar vom verdammten Eiffelturm springen, nur um unter ihr zu landen und den Aufprall zu dämpfen, wenn sie auf dem Boden aufschlug.

»Nate, niemand will mit mir über Rick reden. *Niemand.*

Kannst du dir vorstellen, wie sich das anfühlt?«

Er verschränkte die Arme und presste die Zähne so fest zusammen, dass sie schmerzten. Er wollte mit ihr über Rick sprechen. Vielleicht würde er ihm dann nicht mehr Tag und Nacht durch den Kopf spuken. Doch selbst der Gedanke an Rick verhinderte nicht, dass er in Jewels Gegenwart kaum Luft bekam.

»Weißt du, warum mir die Tränen kamen, als du mich gefunden hast?« Sie rutschte auf dem Tresen näher, bis sie ihn mit ihrer Hüfte berührte. »Dich zu sehen, hat mich traurig gemacht.«

Lieber Himmel. Er schloss die Augen.

»Ich musste daran denken, wie ihr ständig zusammengehangen habt, Rick und du. Und ich musste daran denken, wie glücklich ihr zwei an dem Tag ausgesehen habt, als ihr zur Armee gegangen seid. Damals habe ich dir diese Brieftasche gegeben, weißt du noch? Mit einem Foto von mir darin?«

Den Blick immer noch auf den Suppentopf gerichtet, griff Nate in die Seitentasche seiner Hose und reichte ihr die Brieftasche.

»Nate«, flüsterte sie. »Du hast sie immer noch?« Sie öffnete die Brieftasche, und Nate sah aus den Augenwinkeln, wie sie mit dem Finger über das Foto von ihm und Rick und dann über das Bild von sich strich.

Nate schluckte.

»Er sah so gut aus«, flüsterte sie.

»Du siehst ihm sehr ähnlich.« Diese Ähnlichkeit war Nate immer schon aufgefallen, nicht so sehr an bestimmten Gesichtszügen, sondern ganz allgemein an ihrer Persönlichkeit. In Jewel sah er eine Kombination aus wachem Verstand und Freundlichkeit, einen Sinn für Humor und ein großes Herz –

dieselben Eigenschaften, die er bei Rick gesehen hatte. Rick war jedoch für ihn wie ein Bruder gewesen, während Jewel ... Nun, Jewel war für ihn eine wunderschöne Frau, die er zu seiner eigenen machen wollte.

»Ich sehe ihm ähnlich? Tatsächlich?«

Er zuckte mit den Schultern, aber sie legte ihm die Hand auf den Arm, eine Geste, die ihm einen Stich versetzte. Für einen Moment weidete er sich nur an ihrem Anblick. Ihre blonden Haare waren wundervoll. Sie kräuselten sich leicht auf ihren Schultern und umrahmten ihr schönes Gesicht. Ihre Augen waren traurig, oder vielleicht ernst, oder beides. Genau konnte er es nicht sagen, denn seine Gefühle ließen ihn nicht mehr klar denken. Sie hatte die Lippen leicht geöffnet. Er stand vor ihr, sein Blick sog jede ihrer betörenden Eigenschaften auf, und schließlich sagte er, was sein Herz ihm vorgab.

»Du hast das gleiche Lächeln, aber deine Unterlippe ist voller. Deine Haare ...« Er streckte die Hand aus und rieb das Ende einer Strähne zwischen den Fingern. »Es ist weich ... weicher, als es aussieht.« Er räusperte sich und rief sich insgeheim zur Ordnung. Es ging doch nicht nur um Jewel, sondern auch um Rick. »Deine Augen sind so geformt wie die deines Vaters, aber sie haben die gleiche Farbe wie Ricks.«

Ihre Lippen kräuselten sich zu einem leisen Lächeln. »Nate«, flüsterte sie.

Er betrachtete ihren Hals. Seine Finger zuckten vor Verlangen, ihr über den Nacken zu streichen. Vom Hals ging sein Blick abwärts und verharrte dort, während sich ihre kleinen, aber perfekten Brüste mit jedem flachen Atemzug hoben und senkten. Dann sah er auf ihre Hände, die auf ihren Schenkeln lagen. Er konnte die Wahrheit nicht zurückhalten.

»Und deine Hände.« Er nahm ihre Hand und strich mit

dem Daumen über ihre zarten Finger. Er gab es auf, die beiden Geschwister zu vergleichen, und konzentrierte sich ausschließlich auf Jewel. »Sie sind unglaublich weiblich.« Ihre sonnengebräunte Haut war seidenweich. Er wollte ihre Hand an die Lippen heben, hielt sich aber im letzten Moment zurück und legte sie wieder auf ihrem Oberschenkel ab. Dann schob er die eigenen Hände in die Hosentaschen und zuckte bemüht beiläufig mit den Achseln.

»Du … ich …« Stirnrunzelnd hielt sie seinen Blick fest, und er wusste, dass er eine Grenze überschritten hatte.

»Es tut mir leid.« Er trat einen Schritt zurück.

Sie packte seinen Arm. »Nein, das muss dir nicht leidtun. Ich wusste nur nicht, dass du mir so viel Aufmerksamkeit geschenkt hast.« Sie errötete und fügte schnell hinzu: »Ich habe schon öfter gehört, dass ich Rick ähnlich sehe, aber so genau hat es mir noch niemand erklärt. Und dass meine Augen dieselbe Form haben wie die meines Vaters? Nate, du kannst dir nicht vorstellen, wie viel mir das bedeutet.«

»Dein Dad war ein wunderbarer Mensch.« Er war erleichtert, dass sie ihn nicht zurechtgewiesen hatte, weil er zu weit gegangen war. Mit einem sinkenden Gefühl in der Magengrube wurde ihm klar, dass sie es wahrscheinlich nicht einmal gemerkt hatte.

Drei

Sie aßen schweigend. Nate hielt den Blick auf seine Suppenschüssel gerichtet, während Jewel zu verstehen versuchte, was in ihm vorging. Immer wieder sah sie ihn verstohlen an, doch sie konnte sich keinen Reim auf ihn machen. Als er sie eben angesehen und ihr erzählt hatte, wie sehr sie ihrem Bruder und ihrem Vater glich, hatte sie sich unter seinem festen Blick gefühlt, als sei sie nackt. Es war, als könnte er hinter ihre Fassade der Stärke und Tüchtigkeit und direkt in ihr Herz sehen. Dann plötzlich war sein Blick kalt geworden, als hätte er es auch gefühlt und als habe ihm das Gefühl nicht gefallen. Oder vielleicht gefiel ihm das nicht, was ihr Anblick mit ihm anstellte. Sie hatte nicht genug Erfahrung, um seine Reaktionen zu entschlüsseln.

Nach dem Essen trug er Jewel zum Sofa, schob ihr ein Kissen unter den Knöchel und legte eine frische Tüte mit Tiefkühlgemüse auf. Ihr fiel auf, dass er sehr behutsam mit ihr umging, als sei sie aus kostbarem Porzellan. Eigentlich passte das gar nicht zu Nate. Er war ein Alphatier durch und durch und strahlte eine Selbstsicherheit aus, die Frauen reihenweise dazu brachte, sich nach ihm umzusehen, wenn er mit gestrafften Schultern und durchdringendem Blick daherkam. Er war wachsam und stark. Aber wenn er mit Jewel zusammen war, veränderte sich all diese Intensität zu etwas anderem. Sie konnte nicht sagen, was genau es war, aber es löste Gefühle in ihr aus, die sie bisher noch nie empfunden hatte – und von denen sie nicht genug bekommen konnte.

Irgendwann verschwand er in einem der Schlafzimmer und streifte sich ein T-Shirt über. Mit bloßem Oberkörper hatte er ihr besser gefallen, doch selbst unter dem Hemd ließ sich sein beeindruckender Körper erahnen.

Er ging eine Weile ruhelos auf und ab, nahm die Fernbedienung, nur um sie gleich darauf wieder hinzulegen, ohne den Fernseher einzuschalten. Er zog ein Buch aus dem Regal, blätterte kurz darin und stellte es zurück. Vielleicht würde sich seine Anspannung lösen, wenn sie ins Freie gingen. Sie hätte nicht gedacht, dass die Erinnerung an Rick ihn derart aufwühlen würde.

»Können wir nach draußen gehen und uns ans Wasser setzen?«

Er sah sie mit ernstem Blick an.

»Ich fühle mich ein bisschen eingeengt.« Dass er wie eine Giftschlange aussah, die drauf und dran war zuzuschlagen, sagte sie ihm besser nicht.

Er nickte, griff nach der Tüte mit dem Tiefkühlgemüse und schob sie in eine Seitentasche seiner Hose.

»Nimmst du die mit?«

Er hob sie hoch. Seine Armmuskeln waren stärker angespannt als auf dem Weg durch den Wald zur Straße. »Ja. Du musst deinen Knöchel weiter kühlen, damit er nicht wieder anschwillt.«

Sie wackelte ein wenig mit dem Fuß. »Es tut nicht mehr so weh wie vorhin. Bestimmt ist die ganze Sache bald ausgestanden.«

Er trug sie zum Fluss und setzte sie ins Gras. Sie beobachtete, wie sich seine Kiefer anspannten, als er sich neben ihr niederließ, ihren Knöchel auf seinen Oberschenkel hob und die Gemüsetüte darauf legte.

»Ich könnte mich daran gewöhnen, dass du mich herumschleppst. Vielleicht könntest du mich jeden Morgen zur Arbeit tragen«, sagte sie scherzhaft, in dem Versuch, die Stimmung etwas aufzulockern.

Das trug ihr ein hinreißendes Lächeln ein, bei dem ihr Magen Purzelbäume schlug.

»Und was würde ich für diesen ganz persönlichen Transportdienst bekommen?«

Sie grinste. »Mich.«

Als sie spürte, wie sich sein Oberschenkel unter ihrem Fuß plötzlich anspannte, wurde ihr klar, was sie da gesagt hatte. *Oh nein!* Sie hatte es ja gar nicht wörtlich gemeint, sondern ihn nur geneckt, wie sie es früher immer gemacht hatten.

Oder? Habe ich es vielleicht doch so gemeint?

Seine Augen verengten sich, als würde er über ihre Antwort nachdenken, und dieser hitzige Blick ließ ihre Gedanken durcheinanderwirbeln.

Wie es wohl wäre, von Nate *genommen* zu werden, ganz zu ihm zu gehören?

Chelsea hatte versucht, sie mit ein paar Typen zu verkuppeln, doch da war nie die geringste sexuelle Anziehung gewesen. Bei Nate dagegen hatte sie das Gefühl, als stünde ihre Haut in Flammen. Sie wandte den Blick ab und versuchte, die Lust, die tief in ihr köchelte, zurückzudrängen.

»Nun, das ist eine Überlegung wert.« In seiner Stimme schwang eine Sinnlichkeit mit, die sie nervös machte. Und sein schiefes Lächeln, bei dem ein Mundwinkel sich nach oben kräuselte, machte sie noch viel nervöser.

»Warum siehst du jetzt wieder so aus, als hätte ich dich gerade erst im Wald gefunden?« Er sah sie unverwandt an und Jewel suchte verzweifelt nach Worten.

»Ich … tue ich das?« Sie versuchte zu lächeln, aber es gelang ihr nicht recht. Schnell wandte sie den Blick ab. Der Gedanke, von Nate *genommen* zu werden, ging ihr einfach nicht mehr aus dem Kopf. Das wäre kein Problem, wenn sie allein wäre und einfach vor sich hinträumen könnte, aber sie war nicht allein. Sie saß *neben* ihm und begehrte ihn. Er sah sie so eindringlich an, dass sie sich fragte, ob ihr das Verlangen ins Gesicht geschrieben stand – und ob er sie ebenso heiß begehrte wie sie ihn.

Atmen, atmen.

Normalerweise erlaubte sie sich erst spät nachts, wenn sie allein in ihrem Schlafzimmer lag, die Erinnerung an diesen Kuss in all seinen Einzelheiten wieder und wieder zu durchleben. Jetzt wurde ihr klar, dass sie inzwischen recht geschickt darin war, ihr Verlangen nach Nate im Klein-Klein ihres Alltags so gründlich wegzuschieben, dass sie gar nicht gemerkt hatte, *wie oft* und *wie sehr* sie sich nach ihm verzehrte.

Bis jetzt.

»Ja, ein bisschen.« Er lächelte. »Entspann dich. Tut dir der Knöchel weh?«

Entspann dich? Meinte er das ernst? In ihrem Kopf wurde gerade eine Wahrheit nach der anderen aufgedeckt. Sie konnte sich nicht länger belügen. Es war Nate gewesen, den sie so schmerzlich vermisst hatte, nachdem er und Rick zur Armee gegangen waren, und jeder Abschied nach einem Heimaturlaub hatte die Wunde erneut aufgerissen, die seine Abwesenheit in ihr hinterließ. Und als sich Nate nach Ricks Tod für zwei weitere Jahre verpflichtet hatte, war es ihr vorgekommen, als hätte sie nicht nur ihren Bruder, sondern auch ihn verloren. Irgendwie war es ihr gelungen, diese Gefühle tief in ihrem Innern zu vergraben, bis sie sich schließlich einreden konnte, dass sie überhaupt nicht existierten. Die Tatsache, dass er in ihr offensichtlich nur Ricks Schwester sah, ließ es falsch erscheinen, so zu fühlen, während es richtig erschien, ihre Gefühle zu begraben.

»Jewel? Tut dir der Knöchel weh?«, fragte Nate noch einmal.

Nein, es ist mein Herz, das wehtut.

»Wie bitte?« *Wirklich brillant, diese Antwort.* »Nein.« Sie schob ihr Bein von seinem Schoß. »Ich spüre den Schmerz kaum noch.«

»Das ist gut.« Nate winkelte ein Bein an und stützte den Ellenbogen auf das Knie. Jetzt war er derjenige, der den Blick abwandte. Er starrte schweigend auf das Wasser, sodass sie Gelegenheit hatte, ihre aufgewühlten Gedanken in den Griff zu bekommen.

»Und? Wie geht es deinen Geschwistern?«, fragte er schließlich.

Jewel war froh, dass er ein unverfängliches Thema anschnitt. *Oh-oh. Ist er ebenso verzweifelt auf der Suche nach einem unverfänglichen Thema wie ich? Oder rede ich mir das nur ein?*

Sie hatte Mühe, im Plauderton zu antworten, als seien ihre Hormone nicht plötzlich in Alarmbereitschaft und als sei ihr Körper nicht hellwach und gierig.

»Patrick ist ein typischer Teenager. Schlimmer als das letzte Mal, als du zu Hause warst. Er ist launisch und frech. Krissy geht immer noch tanzen, sie lebt für die Proben. Und Tay hat mit ihren zehn Jahren mehr Freunde, als ich sie jemals haben werde.«

»Was ist los mit Patrick? Kann ich irgendwie helfen?«

»Ich weiß nicht.« Sie zupfte ein paar Grashalme ab und zerpflückte sie. Irgendwo musste sie ihre Nervosität ja lassen. »Er ist einfach nur launisch.«

»Steckt er in Schwierigkeiten?«

»Nicht wirklich. Er scheint ständig wütend zu sein. Er macht mir Sorgen, weil seine Lehrer die einzigen männlichen Bezugspersonen in seinem Leben sind – und für einen Halbwüchsigen wie Patrick bieten sich Lehrer nicht gerade als Vorbild an. Er hockt stundenlang am Computer und spielt irgendwelche Spiele.«

Nate presste die Lippen zusammen. »Warum unternehmen wir nicht mal was zusammen? Wir könnten alle zusammen einen Ausflug an den Fluss machen und vielleicht kann ich ihm bei dieser Gelegenheit ein bisschen auf den Zahn fühlen.«

»Nein, das ist doch nicht nötig.« Sie wusste, dass ihre Geschwister alles darum geben würden, einen Tag mit Nate zu verbringen. Und wenn sie das wilde Pochen ihres Herzens richtig deutete, ging es ihr nicht anders, doch sie wollte Nate nicht mit Patricks Problemen belasten.

»Ich würde gerne etwas mit euch machen. Ich habe die Kids seit Monaten nicht gesehen, und es wäre nett, mal wieder Zeit mit ihnen zu verbringen.« Nate blickte aufs Wasser hinaus. »Wann würde es dir denn passen?«

»Wirklich, Nate, das musst du nicht.«

»Hey.« Nate wartete, bis sie seinen Blick erwiderte. »Ich *möchte* den Tag mit dir verbringen, okay?«

Sie brachte ein Nicken zustande. *Mit mir, hat er gesagt.*

»Am Montag muss ich arbeiten und dienstags geht Krissy

tanzen, aber am Mittwoch müsste es gehen.«

»Gut, dann haben wir am Mittwoch also eine Verabredung.«

Eine Verabredung? Meinte er vielleicht ein richtiges Date? Ihr Herzklopfen ließ nach, als ihr klar wurde, dass es ein Date mit drei Halbwüchsigen war. Es kam ihr albern vor, dass ihre Gedanken sofort diese Richtung einschlugen.

»Macht es dir auch bestimmt nichts aus?«

Er streckte sich aus und stützte sich auf einen Ellbogen. In seinen Augen spiegelte sich das Mondlicht.

»Du hörst nicht besonders gut zu, oder? Ich habe doch gesagt, dass ich es gerne möchte, okay?«

Alles klar. »Okay.«

»Und was ist mit dir, Jewel? Wie geht es dir, abgesehen von deinem Knöchel?«

Sie lachte und zupfte noch ein paar Grashalme aus, auf die sie ihre ganze Aufmerksamkeit richtete. »Mir geht's gut. Ich arbeite immer noch bei Chelsea.«

»Und was machst du in deiner Freizeit?«

Sie lachte. »Ach, ich habe eigentlich keine Freizeit, Nate. Das weißt du ja. Chelsea will mir die Leitung des Ladens übergeben, aber darauf kann ich mich nicht einlassen. Schließlich muss ich mich um Patrick und die Mädchen und alles drum herum kümmern.«

Er runzelte die Stirn. »Und warum klappt das nicht?«

»Oh mein Gott, du machst Witze, oder? Krissy muss zum Tanzen gebracht werden und Tay zu ihren Verabredungen mit ihren Freundinnen, und ich sehe zu, dass sie alle Sachen haben, die sie brauchen, etwas Sauberes zum Anziehen, ihre Pausenbrote ... Meine Mutter geht neben ihrem Vollzeitjob wieder zur Schule. Sie braucht meine Hilfe.«

»Jewel, sind deine Geschwister inzwischen nicht alt genug, um sich selbst ihre Pausenbrote zu machen und ihre Wäsche zu waschen? Meine Mutter hat uns Kindern beigebracht, unsere Sachen zu waschen, sobald wir acht Jahre alt waren.«

»Das glaube ich dir nicht.« Sie kannte Nates Familie gut, aber sie hatte nie wirklich darüber nachgedacht, wie bei den Bradens die täglich anfallenden Arbeiten aufgeteilt waren.

»Doch, glaub's ruhig. Wir mussten uns um die Wäsche und um unsere Lunchpakete kümmern. Wir waren sechs Kinder. Wie hätte sie das alles schaffen sollen?« Sein Lächeln milderte die Intensität ab, die sie eben noch gespürt hatte. Oder hatte sie sich das alles nur eingebildet?

»Aber dabei haben die älteren Geschwister sicherlich den jüngeren geholfen, stimmt's? So, wie es bei uns auch läuft.«

»Wir haben uns immer schon nahegestanden. Ich meine, wir haben ständig zusammen rumgehangen und uns gegenseitig geholfen. Daran hat sich bis heute nichts geändert. Aber jeder hatte auch seinen eigenen Aufgabenbereich. Ganz oben auf der Erledigungsliste standen die Wäsche und die Schulbrote. Wenn wir außerhalb der Schulzeit etwas unternehmen wollten, mussten wir uns mit den anderen Kindern absprechen und uns um eine Mitfahrgelegenheit kümmern. Schließlich konnte meine Mutter uns nicht die ganze Zeit durch die Gegend kutschieren. Klar, später haben die älteren Geschwister die jüngeren gefahren, aber sie hatten auch ihre eigenen Verpflichtungen. Sie waren nicht für uns verantwortlich, so wie es bei dir ist.«

»Aber deine Eltern haben genug Geld. Sie hätten einen Chauffeur einstellen können.«

Nates Blick wurde wieder ernst. »Du kennst uns doch schon ewig. Haben wir unseren Wohlstand jemals hervorgekehrt?«

»Nein. So habe ich das nicht gemeint.«

Er setzte sich wieder auf. Offenbar hatte sie einen Nerv getroffen.

»Ich wollte damit nur sagen ...« Nervös verschränkte sie die Finger. »Ich weiß nicht genau, was ich damit sagen wollte, aber das meinte ich nicht. Deine Familie ist so bodenständig. Manchmal fühlt es sich an, als sei meine Familie allein auf einer Insel. Als sei *ich* alleine auf einer Insel.«

Nate starrte auf das Wasser hinaus. »Weil Rick nicht da ist, um zu helfen.«

Seine Stimme klang streng. »Ich weiß es nicht«, erwiderte Jewel leicht verärgert. »Ich gebe Rick keine Schuld.«

Sie rutschte näher, legte ihm den Finger unter das Kinn und drehte sein Gesicht so, dass sie ihn ansehen konnte. Er wandte den Blick ab, aber nicht bevor sie den gehetzten Ausdruck in seinen Augen bemerkt hatte. Sie kannte diesen Ausdruck. Sie hatte ihn in den Augen ihrer Mutter gesehen, nachdem Rick gestorben war. Ihre Mutter hatte sich die Schuld dafür gegeben, dass sie Rick nicht von seinem Plan abgebracht hatte, zur Armee zu gehen. Dabei hatte sich Rick nie irgendetwas ausreden lassen, was er sich in den Kopf gesetzt hatte.

»Ich gebe niemandem die Schuld dafür, dass mein Leben eben so ist, wie es ist, Nate«, sagte sie. »Du gibst dir nicht die Schuld daran, dass Rick nicht zurückgekommen ist, oder?«

Ein Muskel zuckte in seinem Kiefer. »Es ist spät, wir sollten reingehen.« Er stand auf und schob den Beutel mit dem Tiefkühlgemüse in seine Tasche. Als er sie hochheben wollte, packte sie seinen Arm, bewegte sich aber nicht.

»Jewel. Lass los.« Sein Tonfall war ebenso kalt wie sein Blick.

»Nein.«

Er zog seinen Arm weg und drehte ihr den Rücken zu. Mühsam stand sie auf. Ihr Knöchel schmerzte nicht mehr so wie zuvor, war aber immer noch empfindlich. Sie verlagerte den größten Teil ihres Gewichts auf den anderen Fuß und schlang von hinten ihre Arme um Nate. Sie presste ihre Wange an seinen Rücken und hielt ihn fest. Es war Ricks Entscheidung gewesen, zur Armee zu gehen. Nate hatte ihn nicht gedrängt. Der Gedanke, dass er sich vielleicht für den Tod ihres Bruders verantwortlich fühlte, war schrecklich, aber sie hatte keine Ahnung, wie sie ihm helfen sollte. Schließlich wurde sie selbst oft genug von einer Trauer überwältigt, mit der sie kaum zurechtkam.

Endlich ließ seine Anspannung nach. Er drehte sich um und hob sie schweigend hoch. Irgendwie schien sein Körper schwer auf ihrem zu lasten, obwohl *sie* ja eigentlich diejenige war, die in *seinen* Armen lag. Als würde seine Traurigkeit ihn niederdrücken. Sie konnte sich nicht vorstellen, wie es war, so stark, so männlich und so gequält zu sein. Sie wollte seinen Schmerz lindern. Sie trauerten beide um ihren Bruder, beide wünschten sie sich nichts sehnlicher, als dass der Mann, der einen so wichtigen Teil ihres Lebens dargestellt hatte, immer noch bei ihnen wäre. Sie dachte nicht darüber nach, warum sie tat, was sie nun tat. Sie zog einfach sein Gesicht zu sich heran. Es fühlte sich richtig an, als sie ihren Mund auf seinen drückte. Seine Lippen waren warm und feucht, weicher als alle anderen Lippen, die sie je geküsst hatte. Nate versuchte, sich loszureißen, aber sie umklammerte seinen Hals und hielt ihn fest. Die Rolle als Draufgängerin war neu für Jewel, aber bei Nate kam es ihr ganz natürlich vor, ihre Zunge an seinen Lippen entlanggleiten zu lassen. Er schien für den Bruchteil einer Sekunde zu zögern, bevor sich sein Mund an ihrem öffnete. Die erste Berührung seiner Zunge traf sie wie ein Schock, und als er sie fester packte und die Kontrolle über den Kuss übernahm, ihn vertiefte, sie sich zu eigen machte und Besitz von ihrem Mund ergriff, hatte sie das Gefühl, als würde sich seine Seele direkt in sie ergießen. Sie nahm sein Gesicht in beide Hände und erwiderte jeden gierigen Zungenschlag. Der Kuss wurde noch intensiver und leidenschaftlicher als der Kuss in der Silvesternacht.

Als Nate seine Lippen mit einem Stöhnen von ihren löste, sehnte sie sich nach mehr.

Seine Augen waren dunkel und er sah beinahe zornig aus, doch trotz ihrer mangelnden Erfahrung auf diesem Gebiet wusste sie, dass es keine Wut war, die seinen Blick so eindringlich machte. Es war glühendes Verlangen, und davon wollte sie mehr. Sie wollte mehr von ihm. Sie beugte sich vor, um ihn erneut zu küssen.

»Jewel«, warnte er.

»Küss mich, Nate. Küss mich einfach.«

Er stöhnte wieder – und es war das Erotischste, was sie je gehört hatte. Ihre Münder prallten aufeinander. Seine Hand glitt von ihren Knien an ihren Schenkeln hoch und schickte eine ungewohnte Wärme zwischen ihre Beine. Seine Lippen tasteten sich zu ihrem Kinn und – oh Gott – zu ihrem Hals. Oh, am Hals fühlten sich sein Mund und seine Zähne noch viel besser an. Er saugte und küsste und jagte ihr einen Schauder über den Rücken. Sie konnte nicht mehr denken, konnte nur noch fühlen und wollen und sehnen. Sie brachte seine Lippen zurück zu ihren. Er war köstlicher als Schokolade, besser als alles, was sie je erlebt hatte. Sie wollte sich nie wieder von seinem geschickten Mund trennen. Sie hielt sein Gesicht fest zwischen beiden Händen, als er versuchte, sich von ihr lösen. Sie wollte nicht, dass er sich zurückzog. Er ließ all die Sehnsucht nach denen, die sie verloren hatte, verschwinden und nahm ihr das Gefühl, allein zu sein. Sie war in Nates Armen. *Nate.* Nate, der immer da war, auf den sie sich verlassen konnte, der sich vor ihren Augen in den unglaublichsten Mann verwandelt hatte, der ihr je begegnet war. Sie hatte Nate immer geliebt – nur hatte sie vor diesem Kuss in der Silvesternacht angenommen, dass sie ihn als Bruder, als Freund liebte. Und seitdem hatte sie alles versucht, um diese neuen, tieferen und bedeutungsvolleren Gefühle zu vergessen, die sie für ihn hegte.

Sie war so blind gewesen.

So liebte man einen Bruder nicht.

So liebte man einen Mann.

Und Nate Braden war mit jeder Faser seines Körpers ein Mann.

Mit einem Ruck löste er seine Lippen von ihren und schüttelte den Kopf. »Jewel. Stopp.«

Sie erstarrte.

»Das geht nicht.« In seinen Augen spiegelten sich die Wut und das Verlangen, die sich in seinem Innern einen Kampf lieferten.

Ogottogottogott. Was hatte sie getan?

Er atmete ebenso schwer wie sie. Es hatte ihm also doch gefallen, oder? Er hatte sie geküsst, als könnte er nicht genug von ihr bekommen. Aber was wusste sie schon? Noch nie hatte sie sich so sehr gewünscht, mehr Erfahrungen mit Männern zu haben.

»Tut mir leid. Ich …«

»Es ist meine Schuld. Ich hätte aufhören sollen, aber …« Da war es wieder, dieses Stöhnen.

Sie liebte dieses Stöhnen. Es war ihr neues Lieblingsgeräusch. Dass ein Stöhnen derart erotisch klingen konnte!

»Küsse ich wirklich so schlecht? Ich habe nicht viel Erfahrung darin«, stammelte sie.

»Ob du – schlecht küsst? Zum Teufel, nein, Jewel. Du bist die beste Küsserin, die ich je …« Er setzte sie auf der Verandatreppe ab, dann ließ er sich neben ihr auf die Stufe sinken und rieb sich mit der Hand über das Gesicht.

Sie senkte den Blick und konnte nicht umhin, die beeindruckende Ausbuchtung in seiner Hose zu bemerken. *Zumindest weiß ich, dass unser Kuss nicht spurlos an dir vorübergegangen ist.* Sie war immer noch verwirrt. Hatte sie jetzt nicht nur ihre Freundschaft aufs Spiel gesetzt, sondern auch jede Chance auf mehr, falls es diese Chance jemals gegeben hatte? Sie musste verstehen, warum er sich von ihr gelöst hatte, nachdem er sie geküsst hatte, als wollte er von ihr Besitz ergreifen. Obwohl seine Erregung nicht zu leugnen war – immerhin war er ein Mann und die wurden doch beim geringsten Anlass hart, oder? –, stellte sie die Frage, auf die sie die Antwort eigentlich lieber nicht hören wollte.

»Du stehst einfach nicht auf mich, stimmt's? Okay, ich hab's kapiert. Für dich bin ich wie eine kleine Schwester. Ich dachte immer, du wärst wie ein Bruder für mich, dabei habe ich meine Gefühle versteckt. Ich habe sie die ganze Zeit ignoriert. Es ist, als hättest du den Damm gebrochen. Oder vielleicht war ich es auch, die ihn gebrochen hat, denn eigentlich habe ich dich ja zuerst geküsst. Aber ich habe ganz bestimmt nicht das Gefühl, dass du wie ein Bruder bist, denn ich wollte dich küssen. Lieber Himmel, und wie ich dich küssen wollte.« Die Worte sprudelten nur so aus ihr heraus. »Ich will dich immer noch küssen. Ich mag es, dich zu küssen. Du bist ein wunderbarer Küsser.« Schließlich hielt sie lange genug inne, um ihn anzusehen. Er hatte wieder die Lippen zusammengepresst.

Sie hatte es total vermasselt und alles völlig falsch verstanden. Verlegen verbarg sie das Gesicht in den Händen.

»Oh Gott. Nate.« Sie ließ die Hände in den Schoß sinken. »Tu einfach so, als hätte ich nie etwas gesagt. Als hätte ich dich nie geküsst. Ich –«

Er schob ihr die Hand in den Nacken, legte seinen Mund wieder auf ihren und küsste sie tief und leidenschaftlich, als hätte er sein ganzes Leben auf diesen Kuss gewartet. Seine Zunge bewegte sich langsam über ihre, als er sie auf seinen Schoß hob. Seine starken Arme umhüllten sie, hielten sie fest und pressten sie an seinen Körper. Gott, er fühlte sich gut an. Wenn er diesen Kuss nicht genoss, war sie eine komplette Idiotin, die ihn niemals verstehen würde.

Dann löste er sich langsam von ihr, als wollte er jede Sekunde auskosten, die sich ihre Lippen berührten. Mit einem Lächeln legte er dann seinen Mund wieder auf ihren, weicher diesmal, und als sie sich trennten, wollte sie etwas sagen, doch er brachte sie mit einem weiteren Kuss zum Schweigen.

Sie versuchte zu reden, er küsste.

Eigentlich keine schlechte Aufgabenteilung.

Als er sich schließlich zurückzog, konnte sie kaum noch atmen, geschweige denn sprechen.

Er legte seine Stirn an ihre. »Jewel«, flüsterte er. »Nicht reden.«

Sie lächelte.

Er küsste sie wieder. Und wieder, bis ihr Innerstes in Flammen zu stehen schien. All die Jahre hatte sie sich gefragt, ob etwas mit ihr nicht stimmte, weil sie es überhaupt nicht erotisch fand, wenn ein Mann sie küsste. Doch jetzt, wo Nate sie küsste und sie seine Erregung hart und heiß an ihrem Schenkel spürte, wusste sie, dass ihr Herz immer ihm gehört hatte.

Er fuhr ihr mit der Hand durch die Haare und umfasste ihren Hinterkopf. »Du kannst wunderbar küssen. Und ich stehe total auf dich.«

»Oh, Gott sei Dank. Ich dachte schon, ich hätte mich unsterblich blamiert.« Sie atmete erleichtert auf.

Er küsste sie wieder. »Nein. Du wusstet genau, was ich brauchte.« Er presste seine Lippen auf ihre, und sie spürte, wie sie dahinschmolz. »Ich will dich in meinem Bett haben, dich berühren, dich schmecken. Ich möchte fühlen, wie du unter mir zerfließt vor Lust. Ich möchte hören, wie du in der Hitze der Leidenschaft meinen Namen rufst, immer wieder, bis wir beide satt und zufrieden sind.«

Nates Worte ließen ihr Herz rasen und füllten ihren Körper mit einem Verlangen, das so gewaltig und zugleich so neu und ein wenig beängstigend war.

»Aber ich kann das nicht. Wir können das nicht. Ich werde es nicht tun.«

Jewel stockte der Atem und ihr Herz zersprang in tausend Stücke.

Vier

Nate tat die ganze Nacht kein Auge zu. Der Gedanke, dass Jewel nur ein paar Meter entfernt in seinem Gästezimmer lag und nichts weiter anhatte als einen Slip und das T-Shirt, das er ihr geliehen hatte, ließ ihn nicht zur Ruhe kommen. Als sie endlich aufgehört hatten, sich zu küssen, hatte er angeboten, sie nach Hause zu fahren, obwohl er sich wünschte, dass sie blieb. Jewel hatte gesagt, sie sei zu erschöpft und wolle lieber ein Bad nehmen und dann schlafen gehen, als sich von ihm quer durch die Stadt nach Hause fahren zu lassen. Er hatte gehört, wie sie die Wanne füllte. Zu wissen, dass sie nackt im Wasser lag, war die Hölle gewesen. Er hatte sich ausgemalt, wie er zu ihr kletterte, sie liebevoll wusch und sie einfach in den Armen hielt. Dann hätte er sie zu seinem Bett getragen und jeden Zoll ihres köstlichen Körpers geliebt. Er wurde hart, wenn er sich vorstellte, wie sie dalag und ihr blondes Haar sich auf dem Kopfkissen ausbreitete, wie ihre verführerischen Rundungen unter ihm lagen und ihr Körper vor Verlangen nach ihm brannte.

Heiliger Strohsack. Es war höchste Zeit, dass er seine Gedanken in den Griff bekam.

Heute konnte er wenigstens denken. Am Abend hatte er ihr

Handy auf dem Couchtisch gesehen, und als er es ihr bringen wollte, schlief sie schon fest. Sie hatte so wunderschön ausgesehen. Als er sie zudeckte, waren ihm ihre Kleider aufgefallen, die sie auf den Stuhl gelegt hatte. Sie waren bei ihrem Sturz schmutzig geworden, also hatte er sich nicht schlafen gelegt, sondern hatte sie gewaschen, damit sie am Morgen etwas Sauberes anzuziehen hatte. Als er sie in ihr Zimmer zurückbrachte, lag sie immer noch so da wie vorher. Ein schwaches Lächeln umspielte ihre Lippen. Am liebsten wäre er zu ihr unter die Decke geschlüpft, um sie festzuhalten, während sie schlief. Sie hatte so lange für alle anderen stark sein müssen. Er wollte der Mann sein, bei dem sie sich geborgen fühlte, der Mann, auf den sie sich verlassen konnte, der für sie da war und ihr half, wo immer sie Hilfe brauchte. Doch er hatte sich gezwungen, ihr Zimmer zu verlassen, ohne sie noch einmal zu betrachten. Sie brauchte keinen Mann, der Schuld auf sich geladen hatte, auch wenn sie dachte, dass sie ihn wollte. Sie würde es sich anders überlegen, wenn sie erfuhr, welche Rolle er bei Ricks Tod gespielt hatte.

Danach hatte er im Bett gelegen und schlaflos an die Decke gestarrt. Immer wieder musste er daran denken, wie er Jewel gesagt hatte, dass sie aufhören mussten, sich zu küssen. Der Blick in ihren Augen hatte ihm fast das Herz zerrissen, doch wenn er sich in diesem Moment nicht gezwungen hätte, sich von ihr zu lösen, hätte er es nie wieder geschafft. Jewel zu küssen war wunderbarer, als er es sich in seinen kühnsten Träumen vorgestellt hatte. Es war sogar besser als der Kuss in der Silvesternacht, der ihn verdammt noch mal umgehauen hatte. Ein paar glückselige Minuten lang hatte er sich erlaubt, sich in Jewel zu verlieren und alles andere zu vergessen. Es waren die besten Augenblicke seines Lebens gewesen. Zwei Jahre lang war jeder Gedanke an Jewel unausweichlich mit dem Gedanken an Rick verbunden. Immer wenn er daran gedacht hatte, nach Peaceful Harbor zurückzukehren, fiel ihm sofort ein, dass Rick nie wieder nach Hause kommen würde. Als er Jewel küsste, waren diese schmerzlichen Überlegungen für einen Moment ausgelöscht, doch kaum hatten sich ihre Lippen voneinander gelöst, hatten ihn die Schuldgefühle wieder überschwemmt. So sehr er Jewel auch wollte, er durfte ihr keine falschen Hoffnungen machen, und er konnte sie verdammt noch mal nicht in sein Bett zerren. Nicht, wenn Ricks Tod über ihm schwebte wie eine dunkle Wolke.

Gegen vier Uhr gab er den Versuch zu schlafen auf und beschloss, die angestaute Energie und Frustration zu nutzen. Er joggte die fast sieben Meilen bis zu der Stelle am Waldrand, an der Jewel den Jeep geparkt hatte, und fuhr den Wagen zu seinem Haus zurück. Im Jeep überfiel ihn wieder die Erinnerung an Rick. Sie hatten den Wagen immer Magnet genannt, denn überall, wo sie damit auftauchten, drehten die Mädchen den Kopf nach ihnen um. Vielleicht hatte ihre Aufmerksamkeit der knallroten Lackierung des Jeeps gegolten, vielleicht aber auch den beiden eingebildeten Heißspornen, die sich aufführten, als gehörte ihnen die Straße. Sie hatten ihren Spaß gehabt bei ihren Fahrten durch die Berge und in der Stadt.

Die Vergangenheit war alles, was er und Rick je haben würden. Es war alles, was Jewel und ihre Familie je haben würden. Rick würde nie erleben, wie Jewel heiratete oder seine jüngeren Geschwister die Highschool oder das College abschlossen. Nate wusste, dass er sich glücklich schätzen konnte, noch am Leben zu sein, aber zu überleben war nicht nur Glück. Ricks Geist war allgegenwärtig.

Als er wieder am Haus angekommen war, setzte er sich auf

die Veranda und schrieb ein paar Zeilen in sein Tagebuch. Meist wanderten seine Gedanken jedoch zu Jewel und dem vergangenen Abend zurück. Er hätte wissen müssen, dass es keine gute Idee war, ihr so nahe zu kommen, als sie nach dem Buch gegriffen und er sich auf sie geworfen und ihre Hände festgehalten hatte. Er wusste, dass er damit etwas heraufbeschwor, das größer war als er, aber sein Egoismus hatte sich durchgesetzt. Er hatte nicht gewollt, dass sie ging, und war froh gewesen, als sie sagte, sie wolle bleiben. Jewel beherrschte schon seit Jahren seine Fantasie, auch wenn er anfangs ein schlechtes Gewissen gehabt hatte, weil sie noch so jung war. Er hatte gesehen, wie sie zu einer schönen Frau erblühte. Er konnte sich ebenso wenig von ihr fernhalten, wie er aufhören konnte, an Rick zu denken. Jewel und Rick gehörten zu seinem Leben, und er wusste, dass sie immer ein Teil davon bleiben würden.

Wie gut sich Jewel in seinen Armen angefühlt und wie schön sie im Mondschein ausgesehen hatte. Mit ihrer geschmeidigen, schlanken Figur, ihren schmalen Hüften und den kleinen, perfekten Brüsten hatte sie nicht viel Ähnlichkeit mit den Frauen, mit denen er bisher zusammen gewesen war. Überhaupt war sie anders als die meisten Frauen, die er kannte. Sie musste sich nicht groß frisieren, damit ihr Haar schön fiel, und brauchte kein Make-up, um verführerisch auszusehen. Sie hatte eine natürliche, schlichte Schönheit, die von Herzen zu kommen schien. Für Jewel hatte ihre Familie stets an erster Stelle gestanden und das bewunderte er an ihr. Ihm ging es mit seiner Familie genauso. Er war immer überzeugt gewesen, dass er und Jewel perfekt zusammenpassten.

Doch normalerweise musste sich eine perfekte Partnerschaft nicht mit einem solchen Berg an emotionalem Gepäck herumschlagen wie sie.

Nate legte sein Tagebuch beiseite. Er konnte sich sowieso nicht auf das Schreiben konzentrieren, sondern sah lieber zu, wie die Sonne aufging. In Afghanistan hatte er Gott für jeden Sonnenaufgang gedankt, den er erleben durfte, denn jeder Sonnenaufgang bedeutete, dass er einen weiteren Tag überstanden hatte und ein Wiedersehen mit Jewel ein Stückchen näher gerückt war.

Was hatte Jewel gestern Abend in ihm gesehen? Was hatte sie dazu gebracht, ihn zu küssen, nachdem sie vorher nie den Eindruck gemacht hatte, als sei er mehr für sie als ein guter Freund? Und warum zum Teufel hatte er bloß ihren Kuss erwidert?

Versprich mir, dass du dich um meine Familie kümmerst, dass du sie beschützt. Vor allem Jewel. Sie braucht dich, Nate.

Damit hatte Rick sicher nicht gemeint, dass er seine jüngere Schwester küssen und so mit ihr reden sollte, wie er es getan hatte. Nate lehnte den Kopf zurück, schloss die Augen und erinnerte sich an den Ausdruck in Ricks Augen, kurz bevor er seinen letzten Atemzug tat. Er hatte Nate das anvertraut, was er am meisten liebte – seine Familie. Jetzt musste Nate beweisen, dass er dieses Vertrauen verdiente, und sein Versprechen einlösen.

Jewel setzte sich mit einem Ruck im Bett auf. Am Abend zuvor hatte sie vergessen, die Nachrichten auf ihrem Handy zu checken. Falls ihre Mutter sie brauchte und nicht erreicht hatte, würde sie sich schreckliche Sorgen machen. Wo hatte sie bloß ihr Handy hingelegt? Hektisch sah sie sich um und seufzte erleichtert, als sie es auf dem Nachttisch entdeckte. Es steckte in einem Ladegerät, das Nate gehören musste. Sie fragte sich, wann er es dort hingestellt hatte, und musste lächeln. Wie aufmerksam er war!

Sie sah die verpassten Anrufe durch. Chelsea hatte zweimal angerufen, außerdem hatte Nate versucht, sie zu erreichen, bevor er sie gefunden hatte. Wieder musste sie lächeln, doch ihr Lächeln erlosch, als sie daran dachte, wie er sich gestern Abend von ihr zurückgezogen hatte.

Ihre Familie hatte sich nicht gemeldet, wie Jewel erleichtert feststellte. Dann hörte sie Chelseas Nachrichten ab. Offenbar hatte Tempest, die mit Chelsea zur Schule gegangen war, sie angerufen und gefragt, ob Jewel noch immer Ricks Jeep fuhr. Bei Chelseas zweiter Nachricht musste sie wieder lächeln. *Ich hab gehört, dass Nate dich gefunden hat. Ruf mich an und erzähl mir, was passiert ist. Und zwar in allen Einzelheiten!*

Sie wählte Chelseas Nummer.

»Du hast mich den ganzen Abend hängen lassen«, beschwerte sich Chelsea.

»Ich wusste gar nicht, dass ich meine Chefin über alles informieren muss, was ich tue«, neckte Jewel ihre beste Freundin.

»Nun, dann wird es höchste Zeit, dass wir das zu deiner Stellenbeschreibung hinzufügen. Warum flüsterst du?«

»Weil ich immer noch bei Nate bin.« Sie wandte der Tür den Rücken zu, damit nichts von ihrem Gespräch nach außen drang.

»Du hast die Nacht bei ihm verbracht? Jewel, hast du …?«

»Nein. Lieber Himmel, Chelsea!«

»Tja, ich hätte jedenfalls.« Sie lachte. »Überleg es dir. Mit Nate Braden beim ersten Mal kannst du kaum falschliegen.«

Jewel schloss die Augen. Als ob sie das nicht wüsste. Nate

wurde überall von hungrigen Frauenblicken verfolgt, wo immer er auch auftauchte. Bei dem Gedanken, dass er mit einer anderen zusammen sein könnte, drehte sich ihr der Magen um.

»He, du weißt doch: Lass die Finger von dem Mann, nach dem sich deine beste Freundin seit Jahren verzehrt.« Es erschreckte sie, dass sie ihre Gefühle für Nate so lange hatte unterdrücken können. Allerdings musste sie auch Tag für Tag zusehen, wie sie zurechtkam, da blieb wenig Raum für Romantik.

»Tut mir leid. Moment mal, was hast du da gerade gesagt? Das hast du mir die ganze Zeit verschwiegen, wie? Jedes Mal, wenn ich dich nach dem Kuss an Silvester nach Nate gefragt habe, hast du nur mit den Schultern gezuckt.«

»Nun ja«, erwiderte Jewel verlegen, »was hätte es genutzt, sich nach etwas zu sehnen, was unerreichbar war? In meinem Leben habe ich genügend Verluste erlitten, herzlichen Dank.«

»Oh, Jewel. Ich hatte ja keine Ahnung. Es tut mir leid. Du hast recht. Ich hätte den Mund halten sollen.«

»Also … jedenfalls habe ich gestern Abend alle Vorsicht fahren lassen und ihn geküsst. Und er hat den Kuss erwidert, aber dann hat er plötzlich aufgehört.«

»Warum hat er aufgehört?«

»Ich weiß es nicht«, sagte Jewel gereizt. »Er sagte, er könne und wolle nicht, aber er hat mich so geküsst, als würde es ihm gefallen.«

»Ich glaube, auf deine Datenanalyse ist nicht wirklich Verlass. Ich hab's ja immer gesagt: Du hättest dich ein bisschen durch die Betten schlafen und Erfahrungen sammeln sollen. Dann wüsstest du jetzt genau, woran du bei ihm bist.«

»Meine Datenanalyse? Du hegst wohl eine geheime Liebe zur Biologie.«

»In der Schule habe ich Biologie gehasst. Ich meine deine Daten zum Thema Männer. Und Küssen. Du weißt schon: seine Augen, seine Körpersprache lesen.«

»Ja, ich hab's kapiert.«

Chelsea seufzte. »Aber deine Erfahrungen sind begrenzt, daher …«

»Er hat Sachen zu mir gesagt, die mir zeigen, dass er mich will – oder wollte.« *Ich will dich in meinem Bett haben, dich berühren, dich schmecken.* Der bloße Gedanke an seine Worte schickte einen Hitzeschwall durch ihren Körper, aber sie waren zu privat, um Chelsea davon zu erzählen.

»Er ist erst seit Kurzem wieder in der Stadt, Chels. Wahrscheinlich braucht er einfach etwas Zeit. Und das ist auch gut so, denn mit einem Typen wie Nate steigt man nicht mal eben ins Bett, wenn man …«, sie senkte die Stimme, »… noch Jungfrau ist.«

»Und ob ich das tun würde.«

»Chelsea! Ich lege jetzt auf. Wir sehen uns Montag bei der Arbeit.«

»Huch, tut mir leid. Okay, reden wir von etwas anderem. In zwei Wochen fahre ich nach Pleasant Hill. Hast du wenigstens noch einmal über mein Angebot nachgedacht?« Chelsea hatte Jewel schon vor Monaten gebeten, die Leitung des Ladens in Peaceful Harbor zu übernehmen, weil sie in Pleasant Hill eine weitere Filiale eröffnen wollte. Die Stadt lag eine Stunde entfernt. Ein Laden in eigener Regie wäre traumhaft, aber Jewel war realistisch und wusste, dass sie dieser Verantwortung nicht gerecht werden konnte.

Sie seufzte. »Ich habe dir doch gesagt, ich kann es nicht machen, so sehr ich es auch möchte. Meine Mutter braucht meine Hilfe und als Filialleiterin kann ich nicht mal eben für eine Stunde verschwinden, um Patrick und die Mädchen durch die Gegend zu kutschieren. Ich nutze deine Großzügigkeit schon genug aus. Ich weiß dein Angebot zu schätzen, aber du solltest wirklich jemand anderen einstellen.«

»Kommt nicht in Frage. Ich werde dich einfach weiter bearbeiten. Tschüss. Viel Spaß mit einem der heißesten Männer des Planeten.«

Schön wär's.

Jewel verabschiedete sich von Chelsea und stellte zaghaft die Füße auf den Boden. Sie hielt sich am Bettpfosten fest und wappnete sich gegen den Schmerz, doch als er ausblieb, machte sie ein paar vorsichtige Schritte. Ihr Knöchel war noch empfindlich, aber nicht so schlimm wie am Abend zuvor, als Nate sie gefunden hatte. Wahrscheinlich brauchte sie nur ein paar Schmerztabletten. Sie zupfte an dem T-Shirt, das ihr Nate für die Nacht geliehen hatte, und entdeckte ihre Sachen frisch gewaschen und säuberlich gefaltet auf der Kommode.

Du hast meine Sachen gewaschen?

Sie schnupperte daran. Sie dufteten wie Nates T-Shirt, aber nicht annähernd so verführerisch wie Nates nackte Haut. Sie nahm den Kleiderstapel und ging ins Bad, um zu duschen. Wann war er wohl ins Zimmer gekommen, um die Sachen zu holen? Sie hatte nichts gemerkt, obwohl sie eigentlich das Gefühl hatte, nicht besonders gut geschlafen zu haben. Hatte er sie im Schlaf beobachtet? Sie war sich nicht sicher, ob sie den Gedanken abschreckend oder verlockend fand, aber das Flattern in ihrem Bauch zeigte an, in welche Richtung sie neigte.

In der Nacht hatte sie das Gefühl gehabt, als würde er sie einhüllen. Sie hatte sein T-Shirt an und schlief in seinem Gästezimmer, das er selbst eingerichtet hatte, von den dunklen Möbeln bis hin zu den schönen Bildern an den Wänden. Sie ärgerte sich, dass sie sich zu diesem Kuss hatte hinreißen lassen, aber egal, wie sie es drehte und wendete: Sie konnte nicht leugnen, dass sie ihn genossen hatte. Nate zu küssen hatte eine Tür aufgestoßen, die sie vor langer Zeit zugeworfen und abgeschlossen und dann so getan hatte, als habe sie nie existiert. Und jetzt, wo diese Tür offen stand, drängten ihre Gefühle mit einer Macht ins Freie, die sie nicht gewohnt war.

In Nates Armen zu liegen, zu spüren, dass sein Herz ebenso aufgeregt pochte wie ihres, seine Lippen auf ihrem Mund – all das fühlte sich viel zu richtig an. Es konnte einfach kein Fehler sein.

Auch wenn *er* so getan hatte, als hätte er den Kuss bereut, sprachen sein Körper und die Art, wie er sie geküsst hatte, eine andere Sprache.

Nach dem Duschen machte sie sich auf die Suche nach Nate und fand alles still und leer. Sie sah sich neugierig um. Am Abend zuvor war sie viel zu nervös gewesen und hatte außer Nate nicht viel wahrgenommen. Das Haus hatte einen offenen Wohnbereich mit einer hohen Decke bis unter das Dach und einer ausladenden Fensterfront mit Blick auf den Fluss. Sie presste die Hände an das Glas und blickte auf das friedliche Bild, das sich ihr bot. Ihr Leben war normalerweise derart hektisch, dass sie ein paar Augenblicke brauchte, um die Aussicht und die Ruhe zu genießen. Sie stellte sich vor, wie schön der Fluss im Winter aussehen musste, umgeben von kahlen Bäumen und glitzerndem Schnee. Sie seufzte und versuchte, nicht an den Kuss unten am Wasser zu denken.

Sie ging durch das Wohnzimmer und fuhr mit dem Finger über das dunkelgrüne Sofa, als ihr einfiel, wie Nate geradezu über sie hergefallen war, als sie nach seinem Tagebuch gegriffen hatte. Es hatte sich so wunderbar angefühlt, wie er sie mit seinem Körper gefangen genommen hatte.

Lieber Himmel, Jewel.

Sie war eine sehr willige Gefangene gewesen.

Ihr Blick schweifte weiter durch das Haus. Die dunklen Eichenböden und Holzwände schufen eine rustikale und maskuline Atmosphäre. Bei den Bücherregalen, die sich fast über eine ganze Wand erstreckten, stand ein Ledersessel. Die zum Wohnraum offene Küche erreichte man durch einen bogenförmigen Durchgang. Nates Schlafzimmer und das Gästezimmer, in dem Jewel geschlafen hatte, lagen der Küche gegenüber nebeneinander. Lieber Gott, war da nichts weiter als eine dünne Wand zwischen ihnen gewesen? Vor ihrem inneren Auge tauchte das Bild einer Kettensäge auf.

Sie ging auf die Terrasse und sog die frische Frühlingsluft ein. Dann fiel ihr Blick auf Nates Tagebuch auf dem Tisch. Jewel starrte einen Moment lang darauf. Es juckte ihr in den Fingern, es aufzuschlagen und darin zu lesen. Wie lange führte er schon Tagebuch? Hatte er etwas über Rick geschrieben? Oder über sie? Den Krieg? Seine Familie?

Sie fuhr herum, als sie das Knirschen von Autoreifen auf dem Kies der Zufahrt hörte. Nate parkte seinen Truck neben ihrem Jeep. *Wie ist mein Jeep hierhergekommen?* Er trug Cargoshorts, robuste Schuhe und ein Tanktop, unter dem sich seine Muskeln abzeichneten. Er stieg aus und ihr Herz wurde ruhig. So fühlte es sich also an, wenn man einen Mann begehrte.

Sie wusste, dass sie grinste wie eine Idiotin, aber sie konnte einfach nicht aufhören.

Nate kam mit den Armen voller Einkaufstüten näher und wies mit dem Kinn auf ihren Fuß. »Wie geht es deinem Knöchel?«

Knöchel? Ach ja, mein Knöchel.

»Ist okay. Ich habe ihn mir wohl nur ein bisschen vertreten. Soll ich dir tragen helfen?«

»Nein, das geht schon.« Er blieb neben ihr stehen und hielt ihren Blick gerade so lange gefangen, dass ihr heiß wurde.

Küss mich. Küss mich. Küss mich.

»Hast du gut geschlafen?«

Okay. Kein Kuss. *O nein. Wird er so tun, als hätten wir uns nie geküsst? Und was mache ich? Den Kuss ebenfalls ignorieren?* Sie hätte Chelsea fragen sollen. Die wusste auf alles eine Antwort.

»Ja, danke. Wie kommt mein Jeep hierher?« Sie hielt ihm die Haustür auf und folgte ihm ins Haus.

»Ich bin heute Morgen hingejoggt und habe ihn geholt.« Er stellte die Tüten auf die Küchentheke.

»Du bist den ganzen Weg gelaufen? Das ist aber weit.«

»Ach was, es sind nur sechs oder sieben Meilen. Kein großes Problem. Setz dich. Ich will mir deinen Knöchel ansehen.«

»Mir geht es gut.« Sie griff in eine der Tüten, um beim Auspacken der Lebensmittel zu helfen. *Sechs oder sieben Meilen?* Nate packte sie ohne ein weiteres Wort um die Taille und setzte sie auf einen Stuhl.

»Nate! Du kannst mich doch nicht einfach hochheben und irgendwo hinpflanzen.« *Auch wenn ich es liebe.*

»Doch, kann ich«, sagte er lächelnd. Dann kniete er sich vor sie hin und betastete sanft ihren Knöchel.

»Tut das weh?«, fragte er und sah sie dabei aufmerksam an. Ihr war klar, dass er ihre Reaktion abschätzte. Konnte er fühlen, wie sich ihr Puls beschleunigte, wenn er sie berührte? Wusste er, dass sie jedes Mal, wenn er sie hochhob, insgeheim hoffte, dass er sie an sich drücken und wieder küssen würde? Konnte er das Verlangen in ihren Augen sehen?

Sie hob das Kinn und versuchte, cool und selbstsicher zu klingen. »Es geht mir gut. Es tut nur ein bisschen weh, wenn ich auftrete.«

Er presste die Lippen zusammen und runzelte die Stirn. »Hast du Schmerzmittel genommen?«

»Noch nicht. Ich bin gerade –«

Er holte bereits die Tablettenpackung aus dem Schrank und ließ Wasser in ein Glas laufen. »Nimm die und leg das Bein zur Sicherheit heute noch hoch. Auf dem Rückweg vom Laden hab ich mit Cole gesprochen. Er kommt später vorbei, um nach dir zu sehen.«

»Cole muss nicht nach mir sehen. Es geht mir gut.« Nates ältester Bruder war Arzt. Bestimmt hatte er etwas Besseres zu tun, als wegen eines verdrehten Knöchels einen Hausbesuch zu machen. Wie viele Bradens hatten gestern Abend angerufen, um sich nach ihr zu erkundigen? Nate hatte Glück, dass sich so viele Leute um ihn sorgten und hinter ihm standen.

Und sie hatte Glück, weil sie Nate offenbar so wichtig war, dass er im Dunkeln nach ihr gesucht hatte und sich jetzt um sie kümmerte. Sie war es nicht gewohnt, umsorgt zu werden, und wenn sie seine Aufmerksamkeit auch genoss, so wollte sie ihm doch auf keinen Fall zur Last fallen.

Nate reichte ihr eine Plastiktüte. »Ich war mir nicht sicher, was du brauchst.« Er nahm ihren Fuß und legte ihn auf einen zweiten Stuhl. »Meinst du, du kannst sitzen bleiben?«

»Ich bin nicht krank.« Sie verdrehte die Augen, aber eigentlich fand sie es wunderbar, von Nate versorgt zu werden.

Er drückte ihre Schulter. In der Plastiktüte entdeckte sie ein Deodorant, eine Bürste, einen Kamm, eine Zahnbürste und Zahnpasta. Vielleicht bereute er es doch nicht, sie geküsst zu haben.

»Nate, das wäre doch nicht nötig gewesen.« Seit Teenager-tagen hatte ihr niemand Sachen für den persönlichen Bedarf gekauft. Es war eine sehr intime Geste, wie die Tatsache, dass er ihre Kleider gewaschen hatte. Sie versuchte, sich keine Hoffnungen zu machen. Vermutlich wollte er einfach nur nett sein und in die Fußstapfen ihres großen Bruders treten.

Er fuhr fort, die Lebensmittel wegzuräumen. »Keine große Sache. Ich dachte nur, du fühlst dich wohler, wenn du das hast. Ich wollte nur nett sein.«

Ich bilde mir das alles ein. Eine nette Geste, mehr nicht.

»Lieb von dir. Vielen Dank. Aber ich habe das alles auch zu Hause.«

»Ich weiß, aber du musst für deine Familie kochen, und ich habe angeboten zu helfen. Je weniger du deinen Fuß belastest, umso besser, also dachte ich, wir könnten hier kochen. Ich war mir nicht sicher, was du zubereiten willst, also habe ich ein bisschen von allem geholt.«

»Nate, das kann ich doch nicht annehmen.« Als sie aufstand, drehte Nate sich um und sie stießen zusammen. Schmerz durchzuckte sie, und sie packte seinen Arm, um mit dem verletzten Fuß nicht auftreten zu müssen. Im selben Moment legte er seinen Arm um ihre Taille und hob sie hoch, sodass sie ihm direkt in die Augen sehen konnte.

Und ihr Mund ganz nah an seinem war.

Gott, wie sehr sie sich nach seinem Mund sehnte.

»Den Fuß entlasten geht aber anders«, sagte er mit einem listigen Lächeln.

Aber das ist so viel besser.

Er drückte sie lange genug an sich, um die Luft zwischen ihnen vor Verlangen zum Knistern zu bringen. Er blinzelte ein paarmal, als wollte er die Gedanken wegschieben, die hinter der

Lust in seinen Augen und der Hitze seines Körpers lauerten. Vielleicht wollte er sogar alles wegschieben, was ihn am Abend zuvor davon abgehalten hatte, sie weiter zu küssen.

Er setzte sie wieder auf den Stuhl und kauerte sich neben sie, ohne den Blick von ihr zu wenden.

»Ich habe vergessen, was für ein Dickschädel du bist.« Für einen kurzen Moment ließ die Anspannung in seinen Schultern nach.

»Ich bin kein Dickschädel.« Sie überlegte nicht lange, ob es klug war, ehrlich zu sein. Sie hatte ihm immer alles gesagt, was sie dachte. »Ich … ich verstehe dich nicht, Nate.«

Er nahm ihre Hand und strich mit dem Daumen über den Handrücken. Das Lächeln in seinen Augen ließ Hoffnung in ihrer Brust aufkeimen.

»Und ob. Du *bist* ein hinreißender Dickschädel und im Moment verstehe ich mich selbst nicht.«

»Was meinst du damit? Hast du deshalb gestern Abend aufgehört, mich zu küssen?«

Sein Daumen unterbrach seine Streichelbewegung, dann ließ er ihre Hand los und fuhr sich mit der Hand über das Gesicht. Er stand auf und wandte sich ab.

»Bitte, sag mir, was los ist.« Sie hatte keine Ahnung, woher plötzlich ihr Selbstvertrauen kam, aber nachdem sie die halbe Nacht darüber nachgedacht hatte, warum er sie beide davon abgehalten hatte, weiterzugehen, und nachdem sie endlich einen weiteren perfekten Kuss mit Nate und die wunderbarsten Gefühle erlebt hatte – so verwirrend sie auch waren –, wollte sie wissen, woran sie war.

»Du hast genug um die Ohren. Das Letzte, was du brauchst, ist ein Typ wie ich.« Er machte sich wieder daran, die Lebensmittel auszupacken.

»Ich verstehe nicht, was du damit meinst, Nate. Du warst immer ein Teil meines Lebens und wir haben uns geküsst. Es ist ja nicht so, als wären wir gleich miteinander ins Bett gehüpft.«

Sie konnte sehen, wie sich die Muskeln unter seinem Hemd zusammenballten. Er drehte sich langsam um, seine markanten Gesichtszüge waren wie in Stein gemeißelt, doch in seinen Augen schimmerte pure Lust. Jewel straffte unwillkürlich die Schultern. Sie hatte keine Ahnung, was als Nächstes kommen würde.

»Wenn wir nicht aufgehört hätten, uns zu küssen, hätte ich dich tatsächlich in mein Bett gezerrt.« Er schwieg einen Moment, und als er weitersprach, klang seine Stimme entschieden und verführerisch zugleich. »Ich denke, deutlicher kann ich es nicht sagen.«

»Ich … so weit hätte ich es nicht kommen lassen.« *Oder vielleicht doch?*

»Wirklich?« Er hob eine Augenbraue.

Sie konnte kaum atmen, als er sie ansah, als wollte er ihr die Kleider vom Leib reißen und sie an Ort und Stelle vernaschen.

»Ich … ich weiß es ehrlich gesagt nicht.« Sie schluckte, als sie die Verwirrung in seinen Augen bemerkte. »Mein Leben ist nicht normal, Nate. Ich habe nie Zeit für Dates oder für all die Dinge, die jemand in meinem Alter normalerweise macht. Ich bin keine, die mal eben mit einem Mann ins Bett steigt.« *Obwohl ich gestern Abend genau das am liebsten gemacht hätte.*

Sie starrte vor sich hin, und als sie ihn wieder ansah, wurde sein Blick weicher. »Ich habe in meinem Leben erst vier Typen geküsst. Du warst Nummer vier und ich bereue es keine Sekunde.« Sie hielt den Atem an, während er sacken ließ, was sie da gerade gesagt hatte. »Bereust du es, dass du mich geküsst hast?«

»Bereuen?« Er rieb sich den Nacken. »Nein. Ich bereue es nicht. Ich wollte dich schon lange küssen. *Viel zu lange.* Aber das ist unwichtig. Was zählt, ist, dass du Ricks Schwester bist, und ich habe versprochen, mich um dich zu kümmern, nicht, dich auszunutzen.«

»Mich ausnutzen?« Sie lachte. »Ich habe *dich* geküsst, weißt du noch?«

»Ich werde es nie vergessen.« Er wandte sich wieder ab.

»Willst du, dass ich gehe?«, fragte sie leise und hoffte, dass er Nein sagen würde.

Er drehte sich wieder zu ihr um und betrachtete sie mit gerunzelter Stirn und weichem Blick. »Ich will nicht, dass du gehst, Jewel. Ich muss einfach aufhören, dich küssen zu wollen.«

Sie lächelte und sein rechter Mundwinkel zuckte nach oben. »Wenigstens bist du ehrlich.«

Er lachte leise. »Na prima.« Er wandte seine Aufmerksamkeit den Tüten auf der Küchentheke zu. »Lass uns anfangen zu kochen, denn wenn wir noch weiter übers Küssen reden …« Er schüttelte den Kopf und wies auf die Sachen, die er eingekauft hatte. »Also, Jewel-die-ich-überhaupt-nicht-küssen-will« – seine Augen sprachen eine andere Sprache – »wo fangen wir an?«

Ich denke, wir haben schon längst angefangen. Die Frage ist nur, wie es weitergeht.

Fünf

Um drei Uhr nachmittags glich Nates Küche einem Schlachtfeld. Von dem, was sie schon zubereitet hatten, konnte Jewels Familie vier Abende lang satt werden, und gerade hatten sie noch zwei Auflaufformen mit Hähnchenbrustfilets in den Backofen geschoben. Nate genoss es, mit der Frau zu kochen, die er liebte, und fühlte sich so energiegeladen wie lange nicht mehr. Sie waren ein gutes Team, obwohl sich Jewel beschwerte, weil er sie nicht in der Küche umherlaufen ließ. Er wusste, dass sie es nicht gewohnt war, Hilfe anzunehmen, aber er wollte nicht, dass sie ihren Knöchel zu sehr belastete. Außerdem umsorgte er sie gerne und freute sich, dass er ihrer Familie helfen konnte.

»Warte! Wir haben den Oregano vergessen«, sagte Jewel und wollte aufstehen.

Nate deutete stumm auf den Stuhl. Sie verdrehte die Augen.

»Nate, du hast mich den ganzen Tag nicht helfen lassen.«

»O doch, das habe ich. Du durftest das Gemüse schneiden und die Marinade anrühren. Du hast die Schweinekoteletts gewürzt und …«

»Ich weiß, aber ich kann stehen und gehen und auch sonst alles machen. Außerdem tut mein Knöchel überhaupt nicht mehr weh.«

»Ist es so wichtig, dass du den Ofen noch einmal aufmachen musst?«

»Es ist mir so wichtig, dass ich *aufstehen* und den Ofen aufmachen werde.«

Gegen ihr hinreißendes Lächeln kam er einfach nicht an. Allerdings würde er nicht zulassen, dass sie mit ihrem verletzten Fuß herumlief. Sie sollte ihn mindestens noch einen Tag schonen.

»Okay, schließen wir also einen Kompromiss.« Er nahm sie auf die Arme.

»Nate!« Sie lachte. »Du kannst mich doch nicht überallhin schleppen.«

»Ich dachte, du magst es, wenn ich das tue.« Er konnte nicht aufhören zu lächeln, weil er es liebte, sie zu tragen. Sie fühlte sich gut an in seinen Armen, und wenn sie so vorlaut war wie jetzt, war sie verdammt süß.

»Ich habe nur Spaß gemacht«, fauchte sie.

»Nein, hast du nicht. Ich kenne dich seit einer halben Ewigkeit. Wenn du Spaß machst, zuckt einer deiner Mundwinkel, als würdest du ein Lächeln unterdrücken.«

»Lieber Himmel, wirklich? Gibt es eigentlich etwas, was du nicht über mich weißt?« Sie riss die Ofentür auf, und er zog den Gitterrost heraus, damit sie das Fleisch würzen konnte.

»Klar gibt es das.« *Ich weiß nicht, wie der Rest von dir schmeckt und wie es sich anfühlt, wenn ich tief in dir vergraben bin und du dahinschmilzt.* Er spürte, wie er hart wurde, und versuchte sich abzulenken, indem er wegschaute, aber sie lag immer noch in seinen Armen wie ein fertig angerichtetes, köstliches Mahl – und er war ausgehungert.

Sie schloss die Ofentür. »Zum Beispiel?«

»Wie bitte?«

»Was weißt du nicht über mich?«

»Keine Ahnung«, antwortete er gereizt.

»Hoppla, schlecht gelaunt? Bin ich dir zu schwer? Du kannst mich jetzt absetzen, weißt du.«

»Du bist nicht zu schwer. Du bist zu verdammt sexy.« Er setzte sie auf den Küchentresen, weil er näher war als der Stuhl. Er trat einen Schritt zurück und sie packte ihn am Hemd und zerrte ihn zurück.

»Willst du wissen, was *ich* nicht über dich weiß?« Ihre Augen verengten sich, ihr Blick wanderte zu seinem Mund und verharrte dort, bevor sie ihn geradewegs ansah.

»Hm, vielleicht solltest du es besser für dich behalten.«

Sie zog ihn zwischen ihre Knie.

»Jewel«, sagte er warnend.

»Ach, hör auf, mich wegzuscheuchen. Schließlich bin ich inzwischen erwachsen. Wenn ich dir nahe sein will, gibt es keinen Grund, der dagegen spricht.«

»Doch, gibt es.« Zu seiner eigenen Überraschung war es Nate gelungen, beim gemeinsamen Kochen seine Gedanken zusammenzuhalten, und er wollte jetzt nicht riskieren, in schmutzige Fantasien abzugleiten. »Ich habe deinem Bruder versprochen, dass ich dich beschütze und auf deine Familie aufpasse, nicht, dass ich seine Schwester in mein Bett locke.«

»Nun, das Versprechen, das du Rick gegeben hast, ist *dein* Grund, nicht meiner.« Sie lächelte ihn an, als sei sie ein Ausbund an Vernunft. Und vielleicht war sie es tatsächlich.

Nate konnte keinen klaren Gedanken mehr fassen. Das Blut rauschte ihm in den Ohren, und dass er ihr so nahe war und ihre Schenkel seine Hüften streiften, machte es nicht gerade einfacher, die Fassung zu wahren. Schweigen breitete sich zwischen ihnen aus.

»Also«, sagte Jewel schließlich, »es gibt eine Menge, was ich über dich nicht weiß. Zum Beispiel weiß ich nicht, wie es bei dir jetzt weitergeht, nachdem du die Armee verlassen hast.«

Er zuckte mit den Schultern. »Ich habe mich noch nicht entschieden.«

»Ich dachte, du würdest deinen Eltern im Mr. B. helfen.«

»Ja, jedenfalls fürs Erste.« In seinem Innern zog sich alles zusammen. Solange er keine konkreten Pläne hatte, wollte er nicht über die Zukunft sprechen.

»Und dann?« Sie hakte einen Finger in seinen Hosenbund und sah ihn selbstbewusst und herausfordernd zugleich an.

Wie konnte ein einzelner Finger jeden Sinn reizen und so viel Verlangen wecken? Wenn sie nicht aufpasste, hatte sie ihn bald so erregt, dass sie die Spitze seiner Männlichkeit ertastete. Er biss die Zähne zusammen und schob den Finger weg. Besser kein Risiko eingehen.

»Ich weiß nicht, wie lange ich hierbleibe.«

Ihre Augen verengten sich. »Denkst du daran, die Stadt zu verlassen?«

Er zuckte mit den Schultern und trat einen Schritt zurück. »Warum?«

Er drehte sich um, als sie von der Theke glitt, und fing sie mit beiden Händen auf. »Lieber Himmel, Jewel. Den Knöchel nicht zu belasten bedeutet, dass du nicht darauf stehen sollst.«

Sie schlang die Arme um ihn und lächelte ihn an. »Wie soll ich dir sonst näherkommen?«

Er wandte den Blick ab und kämpfte gegen den Drang an, sie höher zu heben und sie zu küssen. Jetzt war definitiv eine kalte Dusche angesagt.

»Ich weiß, dass du mich wieder küssen willst, Nate«, sagte

sie leise.

Er schloss die Augen, während sich seine Finger in ihren Rücken krallten.

»Nate.« Sie presste ihm die Lippen auf die Brust und Hitze breitete sich wie ein Lauffeuer in seinem Körper aus.

Der Timer am Ofen piepte, doch sie reagierten nicht. Er öffnete die Augen und unter ihrem sinnlichen Blick zerrann seine Entschlossenheit. Er musste sie küssen …

»Klopf, klopf«, sagte Cole und trat ins Haus. Als er die beiden sah, blieb er wie angewurzelt stehen. »Tut mir leid. Störe ich?«

Heiliger Strohsack. Ja, du störst, aber gerade noch rechtzeitig.

»Nein. Du störst nicht.« Nate schob Jewels Arme weg und öffnete die Ofentür. In dem heißen Luftschwall, der ihm entgegenschlug, brach ihm der Schweiß aus, als stünde er nicht sowieso schon unter Dampf.

Cole kam in die Küche und stellte seine Arzttasche auf den Tisch. Er warf Nate einen fragenden Blick zu, dann führte er Jewel zu dem Küchenstuhl und kniete sich neben sie. »Du hast dir den Knöchel also beim Wandern verletzt? Sag mir, wenn es wehtut.«

Er wickelte den elastischen Verband ab, betastete ihren Knöchel und prüfte, wie beweglich er war. Jewel sog zischend die Luft ein.

Nate ballte die Fäuste, als könnte er ihren Schmerz fühlen.

»Wie schlimm schmerzt es auf einer Skala von eins bis zehn?«, fragte Cole.

Nate schaltete den Ofen aus und lehnte sich mit verschränkten Armen an den Küchentresen. Er ärgerte sich, weil er nicht durchschaut hatte, dass Jewels Behauptung, es gehe ihr gut, nur ein Trick war, um ihm näherzukommen. Dass er ihr näherkommen wollte, wusste er ganz genau.

»Fünf«, sagte Jewel.

»Wie viel besser ist es als gestern?«

»Viel besser. Eigentlich dachte ich, der Knöchel wäre schon wieder ganz in Ordnung, aber dann bin ich mit Nate zusammengeprallt und da tat er wieder weh.« Sie sah Nate lächelnd an. »Aber nur ein bisschen.«

Nur ein bisschen. Wenn er mit ihr zusammen war, tat ihm vor Sehnsucht alles weh – und es war der beste Schmerz, den er sich vorstellen konnte.

»Nun, er ist nicht gebrochen, und da die Schmerzen allmählich nachlassen, würde ich so weitermachen wie bisher: schonen, bandagieren, kühlen und hochlegen. Du kennst das ja, Nate.«

Nate nickte.

»Ich habe Krücken mitgebracht, die solltest du benutzen.« Cole sah sich in der Küche um. Überall standen schmutzige Töpfe und Pfannen und fertig verpackte Essensportionen. »Das sieht aus, als wolltet ihr eine ganze Armee verpflegen.«

»Abendessen für meine Familie für die kommende Woche«, erklärte Jewel.

Cole wickelte die elastische Bandage um ihren Knöchel. »Wie geht es deiner Mutter? Ich habe sie schon ewig nicht mehr gesehen.«

»Es geht ihr wirklich gut. Sie steckt bis über beide Ohren in Arbeit, aber sie schafft das. Danke, dass du dir meinen Fuß angeschaut hast. Ich habe Nate gesagt, dass er dich deswegen nicht den ganzen Weg hier heraus hätte beordern müssen.«

Cole stand auf und legte Nate einen Arm um die Schulter. »Keine Bange. Es ist eine gute Ausrede, meinen kleinen Bruder zu sehen.«

Nate lachte leise. Cole war eins siebenundachtzig groß und breitschultrig wie alle Männer in ihrer Familie, aber Nate hatte gute neun Kilo mehr an hart erarbeiteter Muskelmasse zu bieten und wirkte überhaupt nicht wie sein *kleiner* Bruder.

»Was macht ihr mit ihrem Jeep?«, fragte Cole.

»Sie nimmt meinen Truck, bis ihr Knöchel geheilt ist.«

»He, Moment mal!« Jewel sah ihn mit großen Augen an. »Warum sollte ich deinen Truck nehmen?«

»Er ist ein Automatikwagen. Dein Jeep hat ein Schaltgetriebe«, erklärte Nate. »Ich dachte, die Kupplung würde deinem Knöchel schaden.«

Sie stand auf und sofort packten Nate und Cole je einen Arm.

»Oh mein Gott. Ihr seid beide so übervorsichtig. Meinem Knöchel geht es ganz gut. Ich kann meinen Jeep fahren.«

»Nein, kannst du nicht«, sagten die Brüder wie aus einem Munde und setzten sie auf den Stuhl zurück.

»Jewel, dein Knöchel wird wahrscheinlich in ein oder zwei Tagen wieder in Ordnung sein, wenn du ihn schonst«, erklärte Cole. »Aber wenn du das nicht tust, bist du sicher eine ganze Woche oder noch länger außer Gefecht.«

»Und was ist mit meinem Job?«

»Du kannst arbeiten gehen und alles tun, was getan werden muss, solange du die Krücken benutzt und deinem Knöchel Gelegenheit gibst, zu heilen. Ich hole sie.« Cole ging hinaus zu seinem Wagen.

»Ich kann deinen Truck nicht nehmen, Nate. Ich muss Patrick und die Mädchen morgens zur Schule bringen, und in deinem Truck sind nicht genug Sicherheitsgurte.«

»Dann fahre ich sie im Jeep.«

Sie verdrehte die Augen. »Nimm mir nicht alles aus der

Hand.«

»Keine Sorge, ich nehme dir nichts aus den Händen. Ich helfe dir nur aus. Ich habe doch im Moment viel Zeit, während ich entscheide, was ich mit meinem Leben anstelle.« Er war froh, dass das so beiläufig herauskam. Fast hätte er nämlich gesagt: *Während ich entscheide, ob ich die Finger von dir lassen kann.*

Cole kam mit den Krücken zurück. »Damit sollte es funktionieren.«

»Danke, Cole«, sagte Nate. »Ich weiß es zu schätzen, dass du hergekommen bist.«

»Kein Problem, wie ich schon sagte«, erwiderte Cole. »Habt ihr heute Abend schon was vor? Ich treffe mich mit Sam und Tempe im *Whispers* auf einen Drink. Kommt ihr auch?«

Ihr. Nate hatte sich gefragt, was Cole durch den Kopf gegangen war, als er ins Haus kam und sie zusammen sah. Jetzt hatte er die Antwort. Er warf Cole einen verärgerten Blick zu. Sein Bruder wusste, dass er versuchte, Abstand zu halten, auch wenn es im Moment vielleicht nicht so schien. Jewel zu fragen, ob sie am Abend mitkommen wollte, war gewiss nicht die richtige Taktik, um Abstand zu halten, doch nun hatte er keine andere Wahl.

»Jewel?« Nate sah sie fragend an.

»Ähm, sicher, warum nicht. Ich bin kein großer Freund von Alkohol, aber okay.«

Wie süß sie aussah, wenn sie nervös war. Trotz seiner Bedenken, sich mit ihr zu verabreden, musste Nate lächeln.

»Großartig.« Cole schlug Nate auf den Rücken. »Dann sehen wir uns also gegen acht im *Whispers*?«

»Abgemacht. Ich begleite dich zu deinem Wagen.« Nate fühlte Jewels Blick auf sich gerichtet, als sie schweigend hinausgingen.

Cole öffnete die Autotür und lehnte sich an den Rahmen. »Also, Jewel und du?«

»Ich weiß allmählich nicht mehr, woran ich bei mir bin.« Es war das zweite Mal, dass er ohne Vorwarnung mit einem solchen Eingeständnis herausplatzte, und die Wahrheit dieser Aussage beunruhigte ihn. Seine Liebe zu Jewel war tiefer und stärker, als er es sich jemals vorgestellt hatte. Er wusste, was er tun musste, und ignorierte es hartnäckig, so wie vor Coles Erscheinen, als er drauf und dran war, sie zu küssen.

»Du hast mich eben ganz schön in die Enge getrieben, Cole. Wenn ich sie nicht gebeten hätte, heute Abend mitzukommen, hätte ich wie ein Idiot dagestanden.«

»Ich denke, du weißt genau, was du tust.« Cole klopfte Nate auf den Arm und schob sich auf den Fahrersitz. »Bis später.«

Nate sah ihm nach, als er wegfuhr, und fragte sich, ob sein Bruder recht hatte – und wie zum Teufel er damit umgehen sollte.

Sechs

Nachdem sie die vorgekochten Essensportionen zum Haus der Fishers gebracht hatten, fuhr Nate hinter Jewel her zu ihrer Wohnung und half ihr die Treppe hoch. Sie hatte schließlich eingewilligt, ihren Jeep gegen Nates Truck einzutauschen. Nate war kein Mann, der sich leicht umstimmen ließ, wie man unschwer an ihren erfolglosen Versuchen erkennen konnte, ihm seine Schuldgefühle zu nehmen und ihn in ihre Arme zu locken. Anfangs hatte es sich seltsam angefühlt, hinter dem Steuer seines Trucks zu sitzen, auch weil er ungewohnt groß war. Dieses Gefühl war jedoch bald einem warmen Kribbeln gewichen, weil ihr klar wurde, dass er ihr genug vertraute, um sie seinen Wagen fahren zu lassen.

An der Wohnungstür hatte er sich von ihr verabschiedet und behauptet, er müsse ein paar Dinge erledigen, bevor er sie später zu ihrer Verabredung abholte. Jewel konnte er jedoch nichts vormachen. Er hatte ausgesehen, als sei ihm seine Haut zu eng geworden, als würde er nie wieder gehen, wenn er ihre Wohnung erst einmal betreten hatte. Zu sehen, wie er versuchte, die Hände bei sich zu behalten, hatte ihr Vertrauen in ihre Sinnlichkeit gestärkt, das sie bisher nicht nur nicht gehabt, sondern auch nicht wirklich vermisst hatte.

Sie zog sich mindestens ein Dutzend Mal um und entschied sich schließlich für ein seidiges, pflaumenfarbenes Tanktop, Jeans-Shorts, süße Riemchensandalen und das Silbermedaillon mit einer Uhr darin, das Nate ihr zu ihrem Highschoolabschluss geschenkt hatte. Er hatte es Rick mitgegeben, als der auf Heimaturlaub nach Hause kam. Möglicherweise hatte er es längst vergessen, doch als sie den schlichten Anhänger befingerte, hoffte sie, dass er sich noch daran erinnerte.

Obwohl ihr Knöchel nicht besonders wehtat, hatte sie bei jedem Schritt, den sie ohne Krücken machte, Nates besorgtes Gesicht vor Augen. Als sie nun vor dem Spiegel stand, musste sie feststellen, dass Gehhilfen wirklich nicht zu ihrem sorgsam ausgewählten Outfit passten. Das *Whispers* war der heißeste Club in Peaceful Harbor. Es war jeden Abend vollgepackt mit Leuten, und sie hatte nicht vor, dort mit ein paar unansehnlichen Krücken zu erscheinen. Sie würde heute Abend ohne sie auskommen müssen.

Ich kann mich ja an Nate festhalten.

Bei dem Gedanken huschte ein Lächeln über ihr Gesicht, und als sie in den Spiegel sah, staunte sie. In ihrem Blick funkelte die Aufregung, die sie noch Wochen nach dem Kuss in der Silvesternacht gespürt hatte, und ließ sie erstrahlen. Ganz zu schweigen von dem Flattern in der Magengegend und einem noch besseren, heißeren, intensiveren Gefühl weiter unten.

Es war schon eine ganze Weile her, dass Nate sie zu Hause abgesetzt hatte. Warum war sie so aufgeregt, wenn sie an den Abend im *Whispers* dachte? Eigentlich kannte sie die Antwort auf diese Frage. Sie war seit ihrer Zeit am College nicht mehr in einem Club gewesen. Die Vorstellung, ausgerechnet mit Nate hinzugehen, machte sie noch nervöser.

Das letzte Mal, dass sie den Abend in einem Club verbracht

hatte, war eine der seltenen Gelegenheiten gewesen, wo sie sich betrunken hatte. Sie hatte sich mit ein paar Freundinnen aus der Schule getroffen und erst zu spät gemerkt, welche Wirkung der Alkohol auf sie hatte. Ihre Mutter hatte ihr eine Nachricht geschickt, dass Krissy gestürzt sei und sie sie ins Krankenhaus bringen müsse, um die Wunde nähen zu lassen. Jewel war zu betrunken gewesen, um ins Krankenhaus zu fahren. Sie schaffte es nicht einmal nach Hause und war erst am nächsten Tag verkatert aufgetaucht. Sie hatte sich schrecklich gefühlt, weil sie ihre Familie im Stich gelassen hatte. Seitdem hatte sie sich nie wieder auf einen Drink verabredet. Es erschien ihr wie eine Zeitverschwendung, schließlich hatte sie genug um die Ohren.

Ein Klopfen an der Tür ließ ihren Magen Purzelbäume schlagen. Sie warf einen raschen Blick auf die Krücken, blieb aber bei dem Entschluss, sie für den Abend zu Hause zu lassen. Sie wollte sexy aussehen. Vielleicht nicht *hüpf-mit-mir-ins-Bett*-sexy, aber ganz sicher *küss-mich*-sexy. Sie öffnete die Tür und bekam einen trockenen Mund. Nate hatte sich offenbar rasiert und mit den Bartstoppeln war auch der finstere Ausdruck der Zurückhaltung in seinen blauen Augen verschwunden. Sie hätte es nicht für möglich gehalten, dass er noch hinreißender aussehen konnte als sonst, noch heißer und so unglaublich männlich. Sein Anblick überzeugte sie vom Gegenteil. Nate trug eine tief sitzende Jeans, die seine kräftigen Schenkel umspannte, ein T-Shirt, das nicht nur nichts der Fantasie überließ, sondern so weich aussah, dass sie sich am liebsten mit ihm zusammen darin eingehüllt hätte, und ein derart sexy Lächeln, dass ihr die Knie weich wurden. Jetzt, da er diese geheime Tür in ihrem Innern aufgestoßen hatte, drängten Jahre aufgestauter Lust an die Oberfläche.

Er ließ den Blick über sie schweifen, verharrte kurz auf ihren

Lippen und konzentrierte sich dann auf ihre Brüste, sodass sie sich splitternackt fühlte.

Als er sich vorbeugte und sie auf die Wange küsste, atmete sie seinen Duft ein und spürte, wie sich ihre Brustwarzen aufstellten. Diese Empfindung war so ungewohnt, dass sie sich auf die Unterlippe biss und hoffte, dass sie nicht rot wurde. Als er sich zu seiner vollen Größe aufrichtete, landete sein Blick wieder auf ihrer Brust und sein Lächeln wurde noch breiter.

»Hey«, sagte er mit einer tiefen, sinnlichen Stimme und betrachtete ihre Lippen. »Du siehst unglaublich aus.«

Küss mich, küss mich, küss mich.

Gerade, als sie sich mit der Zunge über die Unterlippe fuhr, fiel sein Blick auf ihre Halskette. Seine Augenbrauen zogen sich zusammen, als sie beide im selben Moment nach dem Medaillon griffen. Ihre Finger streiften seine und in seinen Augen leuchtete ein hitziges Funkeln auf.

»Du hast die Halskette also noch.«

»Und du hast die Brieftasche noch.«

Ihre Blicke hielten einander gefangen, die Luft zwischen ihnen zischte und Jewels Beine drohten unter ihr nachzugeben. Sie musste wacklig ausgesehen haben, denn Nate deutete auf ihre Füße.

»Wo sind deine Krücken?«

»Die lasse ich heute Abend zu Hause. Vom Auto zum Club werde ich es wohl schaffen.«

»Jewel.« Seine Augen verengten sich besorgt.

Wie kannst du so schnell von unverschämt sexy zu ernst umschalten, während ich immer noch mein Gefühlswirrwarr sortiere?

»Wie wäre es mit einem Kompromiss? Ich nehme sie, um damit zum Auto zu kommen, aber dann lasse ich sie im Wagen.

In den Club gehe ich damit nicht.«

»Du hast gehört, was Cole gesagt hat. Willst du die Verletzung noch schlimmer machen?«

Nein. Ich möchte so süß aussehen, dass du mich wieder küssen willst. »Nein, aber ich möchte auch nicht auf Krücken herumhumpeln. Außerdem kann ich mich ja an dir festhalten, oder?« Sie lächelte ihn kokett an, doch als er die Lippen zu einem schmalen Strich zusammenpresste, wurde ihr klar, dass es ihm eher um ihren Knöchel ging und nicht so sehr um ihre geheimen Fantasien. Das war ganz gewiss nicht die Antwort, die sie sich erhofft hatte.

Rasch schob er sich an ihr vorbei und griff die Krücken, die an der Wohnzimmerwand lehnten.

»Handtasche?« Ein einziges Wort und schon zerstoben ihre Hoffnungen auf einen lockeren, sinnlichen Abend.

Sie wies auf ihre Handtasche auf dem Couchtisch. Er bewegte sich wie ein Mann mit einer Mission – oder vielleicht eher wie ein Mann, der sie nicht ansehen wollte, weil ihr Anblick etwas mit ihm machte, was er vermeiden wollte? –, nahm ihre Tasche und das Schlüsselbund, das daneben lag.

»Du bist doch nicht ernsthaft sauer auf mich, weil ich die Krücken hierlassen wollte, oder?«, fragte sie vorsichtig.

»Sauer? Nein, deshalb bin ich nicht sauer.« Sein Tonfall war kühl.

Er kontrollierte das Schloss, nachdem sie die Tür geschlossen hatte, und warf einen Blick auf die Treppe.

»Die Treppe ist ein Problem.« Er schlang ihr einen kräftigen Arm um die Taille. Neben ihm kam sie sich sehr klein vor, aber vielleicht ließ ihn das enge Treppenhaus einfach noch größer erscheinen, als er es sowieso schon war. Auf jeden Fall gefiel es ihr, so neben ihm zu stehen. »Stütz dich auf mich«, sagte er.

Nate war so groß und sie war so zierlich, dass es schwierig war, sich Stufe für Stufe nach unten zu arbeiten. Schließlich schlang er einen Arm um ihre Taille und trug sie ins Erdgeschoss. Sie hatte nichts dagegen einzuwenden, und obwohl sie die Anspannung in seinem Körper spürte, musste sie lächeln. Sie war genau da, wo sie sein wollte. In seinen Armen.

Am Fuß der Treppe reichte er ihr die Krücken und sie humpelte auf seinen Truck zu.

»Sexy Outfit für ein Date«, murmelte sie.

»Das ist kein Date«, sagte er, als er die Beifahrertür aufschloss.

Kein Date? Jewel kam sich albern vor und fühlte sich ein wenig verletzt. »Ich meinte kein richtiges Date, nur eine Verabredung.«

Wortlos half er ihr beim Einsteigen und legte die Krücken hinter den Sitz. Kaum hatte er sich auf den Fahrersitz geschoben, war die Spannung im Wagen mit Händen zu greifen.

»Habe ich dich irgendwie verärgert? Du warst so entspannt und jetzt ist dein ganzer Körper wie zu einem riesigen Knoten zusammengebunden.«

Er starrte geradeaus. »Nein, Jewel. Ich versuche nur, keine Dummheit zu begehen.«

»Was für eine Dummheit?« Sie ließ nicht locker.

»Dich zu küssen.«

»Mich zu küssen war also eine Dummheit?« Das tat weh.

Er startete den Truck. »Nein. Lieber Himmel, Jewel. Du machst es mir nicht gerade leicht.«

»Ich mache was nicht leicht? Ich verstehe dich nicht. Warum ist es so schlimm, dass wir uns geküsst haben? Ich weiß, dass es dir gefallen hat, und mir hat es ganz sicher gefallen.«

Er sah sie aus dunklen, zornigen Augen an. »Jewel, wenn ich dich küsse, will ich dich berühren. Alles an dir. Warum ist das so schwer zu begreifen? Da kommt eins zum anderen. Man küsst sich, man berührt sich, und wenn man auf einer Wellenlänge ist, so wie wir, dann hat man Sex. Du bist kein Kind mehr. Du weißt, wie das läuft.« Er fuhr sich mit der Hand durchs Haar und schüttelte den Kopf. »Was daran verstehst du nicht? Dich zu küssen war nicht dumm, aber mit dir im Bett zu landen wäre sehr dumm.«

»Wer hat gesagt, dass wir zusammen im Bett landen? Du bist so arrogant.«

»Ich bin nicht arrogant. Ich bin ehrlich. Ich will dich, Jewel. Ich möchte in dir sein. Ich möchte dich in den Armen halten. Ich möchte neben dir einschlafen und neben dir aufwachen.« Seine Nasenflügel blähten sich, als er die Worte hervorpresste. »Ich denke seit Jahren nur an dich. Jede verdammte Fantasie, die mir jemals durch den Kopf gespukt ist, drehte sich um dich.«

»Wirklich?«, flüsterte sie. *Jede Fantasie, die dir jemals durch den Kopf gespukt ist?* Nate hatte Erfahrung. Natürlich würde er erwarten, dass sie zusammen im Bett landeten. Wollte sie das nicht auch? War es nicht das, was Leute üblicherweise taten, die sich zueinander hingezogen fühlten? Man machte herum und irgendwann landete man zusammen im Bett. Das Problem war, dass ihre Erfahrungen ein »üblicherweise« nicht umfassten. Sonst wäre es so viel einfacher.

»Ja. Okay? Jetzt weißt du Bescheid. Wenn wir uns gestern Abend weitergeküsst hätten, hättest du uns mit Sicherheit nicht davon abgehalten, miteinander zu schlafen. Und ich weiß genau, dass *ich* es nicht verhindert hätte.«

»Woher willst du wissen, dass ich uns nicht davon

abgehalten hätte? Ich weiß nicht einmal selbst, ob ich uns davon abgehalten hätte. Vielleicht. Wahrscheinlich. Ich meine ...« Sie schluckte die Worte herunter, bevor sie ihm alles gestand.

»Heiliger Strohsack.« Er rieb sich den Nacken. »So kommen wir nicht weiter.«

Sie schwieg aus Angst, etwas Falsches zu sagen.

Er stellte den Motor ab, stieg aus und ging auf dem Parkplatz auf und ab. Jewel saß wie versteinert da. In ihrem Innern zog sich alles zusammen. Sie war in einem unerfahrenen Körper gefangen, der sich nach seiner Berührung sehnte. Und sie wollte keine Erfahrungen mit anderen Männern sammeln. Sie wollte Nate, aber wenn sie Nate sagte, dass sie Jungfrau war, würde sie nur ein weiteres Hindernis aufbauen, und davon hatte er ihnen selbst schon genug in den Weg gestellt. Als er um den Wagen herumging und die Beifahrertür öffnete, rechnete sie fast damit, dass er sie die Treppe hinauftragen und endgültig in ihrer Wohnung abladen würde.

Seine Augen blickten ernst und immer wieder spannte er den Kiefer an, während er ihre Schenkel packte und sie so drehte, dass sie ihm ins Gesicht sehen konnte.

»Jewel, es tut mir leid, was ich da gerade gesagt habe.«

»Mir hat gefallen, was du gesagt hast. Ich höre es gern, wenn du sagst, dass du mit mir schlafen willst.« Laut ausgesprochen klang es nicht mehr ganz so beunruhigend. Nate mochte sie wirklich. Das war offensichtlich in allem, was er tat und sagte, in der Art, wie er sie jetzt ansah, als sei sie ein kostbares Schmuckstück, das er auf keinen Fall kaputtmachen wollte. Wenn sie ihm gestand, wie unerfahren sie war, würde er sie behandeln, als sei sie noch wertvoller, noch verletzlicher – und gänzlich tabu.

»Verstehst du denn nicht? Ich bin es deinem Bruder, deiner

Familie, dir schuldig, dich zu beschützen. Ich kann das nicht.«

Sie streckte die Hand nach seiner Wange aus und er wich wütend zurück.

»Jewel, ich weiß, wie ich dich in mein Bett kriege. Ich weiß, was ich sagen und wie ich dich berühren muss. Ich hätte es gestern Abend auf die Spitze treiben können.«

Und ein Teil von mir wünscht, du hättest es getan. Es war so viel einfacher, als ich nicht nachdenken musste. »Aber du hast es nicht getan. Du hast dich selbst zurückgehalten.«

Er verschränkte die Arme und atmete schwer.

»Warum können wir nicht einfach sehen, wohin es sich entwickelt?« Sie bettelte, aber das war ihr egal. Sie erkannte, dass es ihm Höllenqualen bereitete, wenn er daran dachte, was er Rick schuldig war und was er für sie empfand. Gleichzeitig schien er jedoch zu schwanken und war kurz davor, schwach zu werden.

»Wohin es sich entwickelt? Jewel, ich weiß, wohin ich will, und dorthin darf es nicht gehen.«

»Wir sind beide erwachsen, Nate. Vielleicht geht es dir besser, wenn ich mit anderen Männern ausgehe und du siehst, dass ich mich frei entscheiden kann, aber das ist nicht das, was ich will —«

Er nahm ihr Gesicht zwischen beide Hände und presste seine Lippen in einem schnellen, harten Kuss auf ihre. Als er sich von ihr löste und seine dunkelblauen Augen auf sie richtete, sah er aus wie ein hungriger Wilder, der sie am liebsten mit Haut und Haaren verschlungen hätte.

»Du redest viel zu viel.« Seine Stimme war rau, als er sie fragend ansah und mit dem Daumen langsam über ihren Kiefer strich. »Wage es nicht, dich jemandem hinzugeben, den du nicht liebst.«

»Du bist nicht mein Aufpasser, egal, was du Rick versprochen hast.« *Heiliger Strohsack.* Mit solchen Sätzen würde sie ihn wahrscheinlich nur dazu bringen, dass er sich vollends von ihr abwandte, aber sie konnte sich nicht zurückhalten. Was sie gesagt hatte, war wahr, und es war höchste Zeit, dass er Vernunft annahm.

»Ich will nicht dein Aufpasser sein.«

»Was willst du denn dann sein?«

Sieben

Nate wusste, dass er mit dem Feuer spielte, aber er war machtlos. Er konnte die Flammen nicht löschen. Am liebsten hätte er ihr gesagt, dass er die Luft sein wollte, die sie atmete, der Mann, der sie zum Lächeln, der ihr Innerstes zum Singen brachte. Er wollte alles für sie sein. Sie wusste nicht, dass er ihr gehörte, mit Herz und Seele. Er spürte es bei jedem Atemzug. Mit jedem Blick und jedem verführerischen Kuss zog sie ihn weiter in ihren Bann. Eigentlich war es so einfach: Zwei Menschen, die sich zueinander hingezogen fühlten, fielen sich in die Arme. Während sie sich geküsst hatten, ließ er für ein paar selige Augenblicke alle Zweifel hinter sich, doch sobald sich ihre Lippen trennten, wurde er von Schuldgefühlen überwältigt. Er hatte ein Versprechen gegeben und Nate hatte immer zu seinem Wort gestanden – selbst wenn er in diesem Moment alles darum geben würde, nicht so verdammt zuverlässig und ehrenhaft zu sein.

Ohne Jewel zu antworten, kletterte er zurück in den Truck und fuhr zum Club.

Das *Whispers* befand sich am Ende von Dunes Landing, einer Sackgasse mit Blick auf den Ozean. Der Parkplatz war überfüllt, und nachdem sie während der Fahrt schon geschwiegen hatten und die Stille so aufgeladen war mit sexueller Spannung, dass man sie fast knistern hörte, mussten sie am Einlass noch mal zwanzig Minuten warten. Nun bahnten sie sich einen Weg durch Scharen von Leuten um die zwanzig, die sich zur Musik der Live-Band wanden. Im Club hatte sich nicht viel verändert, seit Nate vor Jahren zum letzten Mal hier gewesen war. Die Frauen waren immer noch zu stark geschminkt, trugen knappe, sexy Outfits und ließen hungrige Blicke über die Auswahl an Männern schweifen, die ihrerseits offenkundig auf Beute aus waren. Nate legte einen Arm um Jewel. Er wusste, dass es das falsche Signal war, doch nachdem sie gedroht hatte, mit einem anderen Mann auszugehen, hatte er umso mehr das Bedürfnis, sie zu beschützen – vor sich selbst und vor allen anderen.

Er beugte sich herunter und lehnte seine Wange an ihre, damit sie ihn über die Musik hören konnte. »Alles okay?«

Sie nickte. Sie zitterte kaum merklich.

Er hob ihr Kinn, damit er ihr in die Augen sehen konnte. Das kecke Selbstbewusstsein, das sie während der Fahrt an den Tag gelegt hatte, war einer Unsicherheit gewichen, die sie noch verletzlicher erscheinen ließ. Sie war eine starke Frau, aber hin und wieder nahm ihr etwas den Wind aus den Segeln, und es schmerzte ihn, ihr Unbehagen zu sehen und zu wissen, dass er der Grund dafür war.

»Ich bin solche Menschenmengen einfach nicht gewöhnt«, gab sie zu.

Er zog sie an sich. Er hatte nicht bedacht, wie zurückgezogen sie lebte. Rick hatte oft davon gesprochen, dass er sich schuldig fühlte, weil er wusste, was Jewel während seiner Abwesenheit schultern musste. Trotzdem war er überzeugt gewesen, das Richtige zu tun und für sich und letztendlich auch für seine Familie ein besseres Leben aufzubauen.

Nate spürte, wie Jewel die Finger in den Hosenbund seiner Jeans hakte. Er wusste, dass sie nicht vorhatte, mit irgendeinem x-beliebigen Typen anzubandeln, aber der Gedanke beunruhigte ihn trotzdem. Er wollte sie nicht in die Arme eines anderen treiben.

Er suchte in der Menge nach seinen Geschwistern und begegnete dem Blick eines gedrungenen Mannes, der Jewel mit unverhohlener Neugier musterte. Sofort war sein Beschützerinstinkt zur Stelle. Er zog Jewel noch fester an sich und starrte den Mann drohend an, der sich gleich darauf abwandte. *Da hast du aber verdammtes Glück gehabt, Bürschchen.*

Mit seinem Arm um ihre Schultern zeigte er Jewel, dass er sie begehrte, aber jedes Mal, wenn sie versuchte, sich ihm zu nähern, wich er zurück. Er war weiß Gott nicht stolz auf sein widersprüchliches Verhalten, aber er konnte einfach nicht anders. Er schaffte es nicht, sich von ihr zu lösen, konnte jedoch auch nicht auf sie zugehen. Er atmete tief ein und konzentrierte sich darauf, seine Geschwister zu finden.

Sam hatte sich vermutlich mitten ins Nachtleben gestürzt und die am spärlichsten bekleideten Damen um sich geschart, während sich Cole und Tempe eher draußen aufhielten, wo es ein bisschen ruhiger war und nicht allzu sehr an Fleischbeschau erinnerte. Mit Jewel, die sicher an ihn geschmiegt war, ging Nate nach draußen.

»Nate! Du meine Güte, du bist wieder da.« Kräftige Arme umhalsten ihn.

Nate hielt Jewel fest, als sie versuchte, sich aus seinem Griff zu winden. Er brauchte einen Moment, bis er begriff, dass der Typ, der ihn da umarmte, Cade Layton war, ein alter Highschool-Kumpel. Er hatte ihn seit Ricks Beerdigung nicht mehr gesehen, denn während seiner Heimaturlaube hatte er außer mit seiner Familie und den Fishers kaum Kontakt zu Freunden und Bekannten gehabt.

»Hi, Cade, wie geht's?« Cade war ein paar Zentimeter kleiner als Nate. Sein schwarzes Haar war kurz geschnitten, seine Augen blickten glasig.

»Prima, Mann. Ich hab schon gehört, dass du wieder in der Stadt bist.« Cade sah Jewel an und die Freude in seinen dunklen Augen erlosch. »Es ist ein Jammer, das mit Rick.«

Wieder versuchte Jewel, sich von Nate zu lösen, doch er packte sie noch fester. Warum hatte er nicht daran gedacht, dass es hier im Club zu solchen Begegnungen kommen konnte? Er hätte sie nicht einladen sollen, mitzukommen, aber gleichzeitig war er froh darüber.

»Ja, verdammt schade. Es war schön, dich zu sehen, aber wir müssen weiter. Wir sind mit meinen Brüdern und Tempe verabredet.«

»Die habe ich auf der Terrasse gesehen. Pass auf dich auf. Wir sehen uns.« Cade verschwand in der Menge und Nate und Jewel bahnten sich einen Weg durch die Menschengruppen.

»Tut mir leid«, sagte er zu Jewel, als sie durch einen Torbogen auf die Terrasse traten, von der aus man den Ozean sehen konnte. Der Wind fegte über die Dünen und es wurde merklich kühler.

»Die meisten Leute wissen von Rick, aber manchmal war jemand längere Zeit weg und hat es gerade erst erfahren.« Sie zuckte mit den Schultern. »Immer wenn ich denke, dass ich darüber hinweg bin, versetzt es mir doch einen Stich, wenn mich jemand darauf anspricht.«

Nate durchlitt Höllenqualen. Zu wissen, dass er Rick auf diese tödliche Versorgungsfahrt geschickt hatte, weckte in ihm einerseits den Wunsch, Jewel zu trösten. Andererseits wollte er einfach nur davonlaufen. In Momenten wie diesem sehnte er sich danach, ihr die Wahrheit zu gestehen und mit ihr darüber zu sprechen, damit sie diesen heimtückischen Ort, an dem sie feststeckten, hinter sich lassen konnten. Ihm war jedoch auch klar, dass sie ihm vielleicht nie verzeihen würde, und er war noch nicht bereit, dieses Risiko einzugehen.

Cole winkte ihnen von einem Tisch am anderen Ende der Terrasse zu, wo er neben Tempest saß. Nate signalisierte ihm, dass er sie gesehen hatte, doch bevor sie sich zu ihnen setzten, wollte er sich vergewissern, dass mit Jewel alles okay war. Er beugte sich zu ihr hinunter.

»Jewel, wenn du gehen möchtest, können wir gehen. Es macht mir nichts aus.«

»Nein. Alles in Ordnung.«

Sie runzelte die Stirn, aber auf ihren Lippen spielte ein vorsichtiges Lächeln. Er konnte nicht sagen, ob sie ehrlich war oder versuchte, ihn zu beschwichtigen.

»Wirklich, Nate. Mir geht es gut und meinem Knöchel seltsamerweise auch.«

»Okay, aber lass es mich wissen, wenn du nach Hause willst. Ich möchte auf keinen Fall, dass du dich unwohl fühlst.« Er legte ihr eine Hand auf den Rücken und gemeinsam zwängten sie sich zu Cole und Tempe durch.

Tempe sprang auf und umarmte Jewel. In ihrem gelben Rock und dem hellblauen Tanktop sah sie richtig süß aus. »Ich bin so froh, dass ihr kommen konntet. Wie geht es deinem Knöchel?«

»Und wo sind deine Krücken?« Coles dunkle Augen gingen zwischen Jewel und Nate hin und her.

Jewel lächelte Nate zu. »Nate ist heute Abend meine

Krücke. Ich dachte, hier in dieser Menschenmenge ist es einfacher so.«

Es war dieses Lächeln, bei dem er jedes Mal dahinschmolz. Es glitt in seine Brust und schlang sich um sein Herz. Und es waren die Wärme und das Vertrauen in ihrem Blick, die er für den Rest seines Lebens sehen wollte. Aber er wusste, dass er es nicht verdient hatte, und eines Tages würde sie es auch wissen.

Nate spürte eine schwere Hand auf der Schulter.

»Nathaniel Braden, du gerissener Hund.«

Er schloss seinen Bruder Ty in die Arme. »Hallo, alter Junge. Ich dachte, du wärst noch nicht in der Stadt.«

»Ich kann eben zaubern.« Ty war der jüngste der Brüder. Mit seinen sechsundzwanzig Jahren war er ein Jahr älter als Shannon. Er war ein gefeierter Naturfotograf und einer der namhaftesten Bergsteiger der Welt. Ty war die meiste Zeit unterwegs.

»Du siehst aus wie ein Hippie.« Nate wuschelte Ty durch das lange, glänzende Haar, das ihm sofort wieder in die Augen fiel. »Jewel kennst du ja noch?« Er legte Jewel mit einer besitzergreifenden Geste die Hand auf den Rücken.

»Wie könnte ich die vergessen?« Ty umarmte sie. »Wie geht es dir, Liebes?«

»Wirklich gut, danke. Für deine Haare würde so manche Frau ihren rechten Arm hergeben«, sagte Jewel mit einem koketten Augenaufschlag.

Nate griff reflexartig nach ihrer Hand, auch wenn ihr rascher Seitenblick ihm klarmachte, dass dieser Augenaufschlag eigentlich ihm galt. Damit wollte sie ihn ködern, nachdem er sie vorhin im Truck hatte auflaufen lassen. Und das Lächeln auf ihren Lippen sagte ihm, dass er geradewegs in ihre Hände spielte. Eigentlich genau der Ort, an dem er sein wollte. Er zog einen Stuhl für Jewel hervor, setzte sich dann neben sie und beäugte Ty, der sich Cole und Tempe gegenüber niederließ.

An Tys Nicken erkannte Nate, dass er den Wink verstanden hatte.

»Wo ist Sam?«, fragte Nate.

»Kommt gleich. Dieses Mädel von den Rettungsschwimmern, das ständig hinter ihm her ist, hat ihn aufgehalten«, sagte Ty. »Apropos … Nate, wie es aussieht, kommt da dein Fanclub.«

Nate wandte sich um und sah eine Gruppe junger Frauen auf den Tisch zukommen. Jewel versuchte, ihre Hand zurückzuziehen, aber Nate wollte nicht loslassen. Er kannte sie gut genug, um zu wissen, dass sie wahrscheinlich peinlich berührt und auch ein bisschen wütend war, weil er sie immer wieder auf Distanz hielt. In der Gesellschaft von Frauen, die ihre Sexualität zur Schau stellten, hatte sich Jewel nie wohlgefühlt, und Nate wollte ihr deutlich zeigen, dass er sich nicht einen Deut um die Truppe scherte, die sich entschlossen näherte. Verdammt, wenn der ganze andere Mist nicht zwischen ihnen stünde, wäre sie vielleicht stolz, seine Hand zu halten. Auf jeden Fall war er nicht bereit, sie loszulassen. Er wandte sich wieder an Ty.

»Lieber Himmel, warum sind wir nicht ins Mr. B. gegangen?«

»Beschwer dich bei Sam«, sagte Cole. »Er war dran mit Aussuchen.«

Ty musterte die kurvige Brünette, die die Frauenschar zu ihrem Tisch führte. »Hier gibt es auf jeden Fall mehr zu sehen.«

Tami Hager war groß und langbeinig, mit stattlicher Oberweite, schmaler Taille, gebärfreudigen Hüften und einem breiten Schmollmund. An der Highschool war sie das begehrteste Mädchen gewesen, und die Art, wie sie jetzt den Rücken durchbog und ihre Brüste vorwölbte, ließ vermuten, dass sie nach wie vor ihr Aussehen einsetzte, um zu bekommen, was sie wollte.

»Hallo, Nate. Wir haben gehört, dass du wieder da bist.« Sie berührte Nates Schulter und deutete damit eine Vertrautheit an, die nie existiert hatte.

Nate spürte, wie Jewel neben ihm erstarrte. Er legte ihr den Arm um die Schulter, obwohl ihm klar war, dass er Jewel – und sich selbst – nicht so viele widersprüchliche Signale senden sollte. Aber verdammt, er hasste es, wenn ihn eine andere Frau so musterte, wie Tami es gerade tat. Für ihn gab es nur Jewel, daran würde er keinen Zweifel aufkommen lassen.

»Hi, Tami.« Er drehte seine Schulter unter ihren Fingern weg.

»Wie lange bist du diesmal in der Stadt?« Im Laufe der Jahre hatte Tami hartnäckig versucht, Nate ins Bett zu locken, aber er war standhaft geblieben. Er hatte nie einen Mangel an Damenbekanntschaften gehabt, doch Frauen, die sich zu sehr bemühten, fand er eher abstoßend. Und als er älter wurde, hatten ihn seine Gefühle für Jewel noch wählerischer gemacht. Er musterte die Gruppe an ihrem Tisch, doch nur zwei von ihnen kamen ihm bekannt vor.

»Das weiß ich noch nicht. Du kennst Jewel Fisher, oder?«

Tami hob ihr spitzes Kinn und sah Jewel von oben herab an. »Jewel.«

»Hi«, sagte Jewel leise.

»Wir wollten gerade tanzen. Entschuldigt uns bitte.« Nate stand auf und zog Jewel auf die Füße. Er führte sie auf die Tanzfläche, legte den Arm um sie und lehnte seine Wange an ihre. »Tut mir leid. Ich weiß, dass du mit deinem Knöchel nicht tanzen kannst, aber ich wusste nicht, wie ich sie sonst loswerden sollte.«

»Du glaubst doch nicht wirklich, dass ich etwas dagegen habe, oder?«

Er musste ihr Gesicht nicht sehen, um zu wissen, dass sie lächelte. Er konnte nicht widerstehen, sondern musste ihr einfach einen süßen Kuss auf die Wange drücken. »Danke«, flüsterte er und beobachtete aus den Augenwinkeln die Frauen, die er mit offenem Mund am Tisch hatte stehen lassen.

Jewel schlang die Arme um ihn und drückte ihre Wange an seine Brust. Ihre Körper passten perfekt zusammen, aber das hatte er ja immer schon geahnt. Sam kam grinsend auf sie zu, mit einer Frau an jedem Arm. Nate war im Laufe der Jahre mit vielen Frauen ausgegangen, aber anders als sein Bruder niemals mit mehreren gleichzeitig. Und obwohl er eigentlich keine One-Night-Stands mochte, schaffte er es doch nie, sich auf eine längere Beziehung einzulassen, einfach, weil er sein Herz an Jewel verloren hatte. Wieder zu Hause zu sein und mit Jewel zu tanzen, vermittelte ihm ein Gefühl von Vollständigkeit, nach dem er sich immer gesehnt hatte. Auch wenn ihn seine Schuldgefühle auf Schritt und Tritt begleiteten, war dieser Moment besser als alles, was er je erlebt hatte.

Er spürte, wie seine Entschlossenheit zu schwinden begann.

»Hallo, Bruderherz«, sagte Sam, der plötzlich neben ihm auftauchte. Die beiden Damen hatten die Arme um seinen Hals geschlungen, was sie aber nicht daran hinderte, Nate von oben bis unten zu mustern.

»Sammy«, sagte Nate knapp. Er konnte seinen Ärger darüber, dass die Frauen Jewel keines Blickes würdigten, nicht verhehlen. »Jewel kennst du ja noch, oder?«

»Hallo, schöne Frau«, sagte Sam.

»Hallo, Sam.« Jewels Lächeln fiel recht kühl aus. Dass Sams Partnerinnen Nate mit unverhohlener Begierde begutachteten, war ihr nicht verborgen geblieben.

Nate versuchte, die Situation zu entschärfen. »Am Mittwoch bringe ich Jewel und die Kinder zum Kanufahren mit, okay?«

»Klar, Mann. Wann immer du willst.«

»Danke.« Das Lied war zu Ende und Nate sah zu ihrem Tisch hinüber. Die Frauen mit Tami an der Spitze waren verschwunden, aber er hatte es nicht eilig, die Tanzfläche zu verlassen. »Wie geht es deinem Knöchel?«

»Okay.« Sie lächelte ihn an, als der nächste langsame Song begann. »Willst du zum Tisch zurück?«

»Auf keinen Fall.« Er spreizte seine Hand auf ihrem Rücken und genoss das Gefühl, sie im Arm zu halten. Ihre Körper bewegten sich so harmonisch, als hätten sie immer schon miteinander getanzt. Nate tanzte nicht oft, aber mit Jewel fühlte es sich so natürlich und so verdammt gut an, dass er sich wünschte, das Lied möge nie enden.

Sam fing Nates Blick auf, wies mit dem Kopf auf Jewel und formte ein stummes *Hab ich's dir doch gesagt* mit den Lippen.

Nate schüttelte den Kopf. Nein, es war nicht so, wie es aussah – selbst wenn er sich nichts sehnlicher wünschte. Aber Sam kannte ihn zu gut. »Blödsinn«, murmelte er, bevor er seine Aufmerksamkeit auf die beiden Frauen richtete, die sich rechts und links an ihn schmiegten.

Jewels weiche Rundungen passten sich perfekt an die Konturen seiner Muskeln an. Ihre Hände glitten über Nates Rücken und die besitzergreifende Berührung gefiel ihm.

Als das Lied zu Ende war, machte Jewel keine Anstalten, sich von ihm zu lösen. Sie sah ihn an. »Ich habe nicht getanzt, seit ich auf dem College war, und das war ganz sicher nicht *so*.«

Dieses »so« glitt derart verführerisch von ihrer Zunge, als hätten sie sich gerade geliebt. Er wollte sie so gerne küssen! Wie zum Teufel sollte er das Richtige tun, wenn sich dies hier viel zu richtig anfühlte?

Er wappnete sich gegen den Hunger in ihren Augen. Er konnte unmöglich weiter zwischen heiß und kalt hin und her springen, sonst schlug er sie endgültig in die Flucht.

Sie setzten sich zu den anderen an den Tisch, und Nate versuchte, sich auf die Unterhaltung zu konzentrieren und nicht auf Jewels Bein, das an seinem lehnte. Er packte sein Glas mit beiden Händen und starrte auf die goldene Flüssigkeit darin. Der Wunsch, Jewel in den Armen zu halten, erwies sich jedoch als hartnäckig. Sam musste es bemerkt haben, denn er hob eine Braue und schmunzelte, als wollte er sagen: »Mach's einfach.« Nate liebte seine Geschwister, aber manchmal nervte es ihn, dass sie ihn so gut kannten. Er hatte das Gefühl, in der Falle zu sitzen, während das, was er wollte, nur ein winziges Stück außerhalb seiner Reichweite lag.

Aber das stimmte nicht.

Sie war direkt neben ihm.

Voller Verlangen und von einem himmlischen Duft umgeben.

Nate sah sich auf der Terrasse um und fühlte Eifersucht in sich hochkochen, als er bemerkte, wie ein Typ am Nachbartisch Jewel musterte.

Zum Teufel damit. Nate ließ eine Hand unter den Tisch gleiten und bedeckte damit ihre Handfläche. Jewel zupfte mit den Zähnen an ihrer Unterlippe und sah ihn mit großen, verwirrten Augen an. Er wusste, dass er ihr den ganzen Abend lang widersprüchliche Signale gesendet hatte, aber er beschützte sie nur vor den anderen Männern im Club.

Jedenfalls war es das, was er sich einredete.

»Nate.« Cole lehnte sich zurück und legte einen Arm auf die Rückenlehne von Tempes Stuhl. »Wie oft bist du am alten Bahnhof gewesen, seit du wieder in der Stadt bist?«

Er war am alten Bahnhof vorbeigefahren, nachdem er Jewel an ihrer Wohnung abgesetzt hatte. Die Idee, das Restaurant zu eröffnen, von dem er und Rick geträumt hatten, ließ ihn nicht los.

»Ein paarmal«, sagte er und bemerkte, wie Jewels Augen von Traurigkeit überschattet waren. Er drückte ihre Hand.

»Ich habe gehört, dass der Typ, der das *Pantry* besitzt, überlegt, das Gebäude zu kaufen. Er will einen Laden für Haushaltsartikel aufmachen«, sagte Sam.

Bei diesem Gedanken wurde Nate beinahe übel. Das *Pantry* war ein Küchenstudio mit zweifelhaftem Ruf. »Ein Laden für Haushaltwaren? Der Bahnhof? Dieser Ort ist so reich an Charakter und Geschichte. All das würde verloren gehen.«

»Der Bahnhof wäre wirklich ideal für ein Restaurant oder eine Kneipe«, sagte Ty. »Weißt du, wenn du dich jemals dazu entschließt, irgendwo Wurzeln zu schlagen und ein Restaurant zu eröffnen, wie du es geplant hattest, habe ich jede Menge coole Bilder, mit denen du die Wände vollhängen kannst.«

»Ich weiß nicht, wie es bei mir weitergeht, aber ich zähle auf dich, Brüderchen, falls ich jemals Restaurantbesitzer werde.«

Jewel sah ihn stirnrunzelnd an. »Wo willst du hin, wenn du nicht hierbleibst?«

Er drückte ihre Hand noch etwas fester und überlegte, was er ihr antworten sollte. Ehrlich gesagt hatte er keine Ahnung, wohin er sonst gehen würde, und je mehr Zeit er mit ihr verbrachte, desto mehr wollte er in Peaceful Harbor bleiben. Er hasste es, ihr wehzutun, aber während jeder Kuss sie näher zusammenbrachte, war er nicht sicher, ob das reichte, um eine Zukunft an dem Ort zu planen, an dem Ricks Geist für ihn allgegenwärtig war. Er würde ihr die Wahrheit sagen, nicht nur, um ihr keine allzu großen Hoffnungen zu machen, sondern auch, um sich selbst zu schützen.

Er zuckte mit den Schultern. »Ich habe noch nichts entschieden, aber Colorado oder Pleasant Hill könnte ich mir vorstellen. Wir haben Familie dort.«

Die Traurigkeit in ihren Augen war wie ein Messerstich mitten in sein Herz.

»Ich denke, du solltest hierbleiben.« Cole hielt Nates Blick fest. »Du hast hier ein großartiges Netz an Unterstützung, Nate. Familie ist alles, und obwohl unsere Verwandten in Colorado und Pleasant Hill natürlich auch zur Familie zählen, stehen sie dir nicht so nahe wie wir. Du warst lange weg. Vielleicht ist es an der Zeit, zu Hause zu bleiben und sich niederzulassen.« Cole war nach dem Medizinstudium nach Peaceful Harbor zurückgekehrt und hatte seine Entscheidung nie bereut.

»Du hast gut reden, Cole. Dein größtes Trauma bis jetzt ist die Trennung von Kenna, als du mit dem Studium angefangen hast.« Cole und Mackenna Klein hatten zwei Jahre eine Fernbeziehung geführt, als sie beide noch auf dem College waren. Es hatte alle überrascht, als er kurz vor seiner Ausbildung zum Mediziner mit ihr Schluss gemacht hatte.

»Traumata können die unterschiedlichsten Formen annehmen. Ihr solltet euch nicht gegenseitig verurteilen. Ich hasse das.« Tempe schob sich eine blonde Strähne hinters Ohr und lächelte Jewel zu. »Wie wäre es, wenn wir das Thema wechseln? Jewel, ich war neulich bei Chelsea. Sie hat mir erzählt, dass sie dir den Laden hier in Peaceful Harbor übergeben will, damit sie ein neues Geschäft in Pleasant Hill eröffnen kann.«

»Ja, sie versucht, mich zu überreden, aber ich kann einfach nicht so viele Stunden übernehmen.«

Nate hörte eine Spur von Bedauern in ihrer Stimme.

»Warum nicht?«, fragte Tempe.

»Warum nicht?« Jewel lachte leise. »Mal sehen … Da sind Krissys Tanzstunden. Und Patrick sollte immer damit rechnen müssen, dass jederzeit ein Erwachsener zu Hause auftauchen kann, damit er keinen Unfug macht. Manchmal muss Mom sehr lange arbeiten, wenn der Monatsabschluss ansteht. Außerdem geht sie zur Abendschule, also sorge ich dafür, dass die Kinder ihre Hausaufgaben erledigen, zu Abend essen und pünktlich ins Bett gehen.«

»Die Kinder? Inzwischen sind es doch eher Teenager, oder?«, fragte Sam. »Warum machst du das immer noch alles?«

»Patrick ist fünfzehn und Krissy zwölf, aber sie denkt, dass sie fünfzehn ist. Und Tay ist erst zehn.«

Nate spürte, wie sich ihre Hand anspannte.

»Meine Mutter ist alleine. Sie kann nicht alles selbst machen und mir macht es nichts aus.«

»Das ist sicher lobenswert, aber irgendwann musst du doch auch dein eigenes Leben aufbauen, oder?« Tempe warf Nate einen ernsten Blick zu. Die Therapeutin in ihr kam zum Vorschein.

»Kann ich nur unterstützen.« Ty hob sein Glas. »Ich bin kreuz und quer durch die Weltgeschichte gereist und habe es nie bereut.«

»Schön für dich, Ty. Aber unsere Familiensituation ist anders als Jewels.« Cole sah Nate herausfordernd an. »Obwohl Mom und Dad es bestimmt nett fänden, wenn du sie öfter als ein, zwei Abende alle paar Monate besuchen würdest.«

»Lass ihn in Ruhe, Cole. Ist halt nicht jeder so häuslich wie du.« Sam starrte Cole einen Moment lang an und schüttelte dann den Kopf.

Nate fragte sich, wie das Gespräch in diese Richtung geraten war.

Cole lächelte Jewel an, ohne auf Sams Einwurf einzugehen. »Ich finde es wundervoll, was du für deine Familie tust, aber ich kann Tempe nur beipflichten. Es ist auch wichtig, ein Gleichgewicht zu finden und Zeit für dein eigenes Leben zu haben.«

»Ich habe mein eigenes Leben. Ich liebe meine Arbeit.« Jewel leerte ihr Glas und knabberte nervös an ihrer Unterlippe.

Nate gefiel es nicht, dass alle über Jewel herfielen. »Um auf meine Zukunftspläne zurückzukommen ...« Er drückte Jewels Hand. »Egal, wie ich mich entscheide: Ich werde sicher oft in Peaceful Harbor sein. Ich habe all die Leute hier vermisst, während ich weg war. Es ist schön, wieder mit euch zusammen zu sein. Auch wenn ihr ständig auf mir herumhackt.« Er sah Sam an.

»Und damit ist noch lange nicht Schluss, Bruderherz.« Sam stellte sein leeres Glas auf den Tisch. »Aber im Moment sind da zwei heiße Frauen, die auf mich warten.« Er stand auf und tätschelte Ty die Schulter. »Kommst du mit? Wir wollten noch auf eine Party.«

»Da sage ich nicht Nein.« Ty stand auf.

»Hey, Sammy.« Cole beugte sich über den Tisch.

»O Gott, hier kommt sie, die Pass-gut-auf-ihn-auf-Ansprache.« Sam sah Cole kopfschüttelnd an. »Mach dir keine Sorgen. Ich bringe Ty heil nach Hause. Nate, kennst du nicht eine heiße Braut, mit der du Cole verkuppeln könntest? Sonst kommt er nie aus dieser Nummer als verantwortungsbewusster großer Bruder raus.« Er gab Tempe einen Kuss auf die Wange. »Bis dann, Schwesterchen. Jewel, wir sehen uns am Mittwoch. Lass uns gehen, Ty, bevor Cole dir einen dieser Peilsender ans Bein bindet, mit denen übervorsichtige Eltern ihren Kindern nachspüren.«

Nate sah Coles Blick, als Sam und Ty sich umdrehten und davongingen.

»Ist was mit dir und Ty?«, fragte Nate.

Cole schüttelte den Kopf. »Nein.«

»Er macht sich Sorgen um uns alle«, sagte Tempe und tätschelte Coles Hand. »Ich muss los, ich habe morgen früh einen Termin. Cole, bist du so weit? Kannst du mich nach Hause fahren?« Sie sah Jewel an. »Mein Auto ist in der Werkstatt. Ich hasse das.«

»Ja, klar.« Cole erhob sich seufzend. »Nate, lass uns bald mal ausgiebig reden. Jewel, es war toll, dich zu sehen. Ich bin froh, dass es deinem Knöchel besser geht.«

Als sie sich verabschiedet hatten, trank Nate sein Glas leer und spürte, wie sich die Atmosphäre zwischen ihm und Jewel veränderte. Da seine Geschwister weg waren und nicht mehr für Ablenkung sorgten, schien ihre Zweisamkeit überdeutlich. Er hielt immer noch ihre Hand, ihre Oberschenkel berührten sich und der Blick aus ihren großen blauen Augen offenbarte ihr Begehren. Und seine Entschlossenheit, sie auf Abstand zu halten, schmolz zusehends dahin.

»Würde es dir etwas ausmachen, ein letztes Mal mit mir zu tanzen?«, fragte Jewel.

»Bist du sicher, dass dein Knöchel das verträgt?« Er wusste, dass seine Absicht, Abstand zu halten, kaum noch eine Chance hatte.

Sie nickte.

Zwischen ihrem Tisch und der überfüllten Tanzfläche lagen nur ein paar Meter, aber jeder Schritt war schwer von widersprüchlichen Gefühlen.

Ich darf dir nicht zu nahe kommen.

Ich möchte dich festhalten.

Ich will dich küssen.

Ich muss dich beschützen.

Vor mir.

Dann lag Jewel wieder in seinen Armen, ihr Körper lehnte an seinem, erregte ihn und raubte ihm jeden klaren Gedanken. Seine Hände wanderten an ihrer Wirbelsäule entlang, bis die eine auf ihrem unteren Rücken ruhte und die andere im Nacken unter ihre Haare glitt. Nate schloss die Augen und genoss die Wärme, die sich von ihrem Körper auf seinen übertrug, und das Verlangen, das sie in ihm weckte. Er spürte die Intensität ihres Blicks und sah sie an. Ihre Lippen öffneten sich, die Zungenspitze fuhr über ihre Unterlippe und fegte den letzten Rest seiner Entschlossenheit weg.

»Jewel«, flüsterte er, als er seine Stirn an ihre legte.

Sie presste ihm die Finger in den Rücken.

»Ich will dich küssen«, gestand er.

»Küss mich, Nate.«

Er suchte in ihren Augen und wusste, dass er es nicht tun sollte. Er wusste, dass ihn die Schuldgefühle ersticken würden, sobald er aufhörte, sie zu küssen, und dem Verlangen nachgab, das in ihnen loderte. Mit der ersten Berührung ihrer Lippen durchströmte ihn ein köstliches Gefühl von Wärme und Zärtlichkeit. Der langsame, berauschende Kuss riss ihn mit sich. Er wollte sie erleben – alles an ihr. Er wollte sie richtig lieben, sie fühlen lassen, wie sein Herz für sie schlug und sein Körper für sie pulsierte – aber das würde er nicht hier tun.

Oder vielleicht überhaupt nicht.

Verdammt.

Er löste sich von ihr, lehnte noch einmal seine Stirn an ihre und redete sich ein, dass er das Richtige tun musste.

»Hör auf zu denken, Nate.«

Er hörte das Verlangen, das sich in ihrer Stimme mit einem Anflug von Verzweiflung mischte.

»Ich sollte dich nach Hause bringen.«

Acht

Jewels Herz schlug so heftig, dass sie befürchtete, auf dem Parkplatz vor ihrer Wohnung vor lauter Nervosität ohnmächtig zu werden, noch bevor sie aus dem Wagen gestiegen war. Nate kam um den Truck herum, um ihr die Beifahrertür zu öffnen. Alles an ihm strahlte Verlangen aus, von dem dunklen Blick in seinen Augen bis hin zu der sanften, aber entschlossenen Art, wie er sie an sich zog. Jewel sehnte sich nach ihm mit jeder Faser ihres Körpers. Ihre Arme glitten um seinen Nacken, ihre Lippen nahmen seine in Besitz, und als er sie in die Arme schloss, schlangen sich ihre Beine wie von selbst um seine Taille. Alles an Nate fühlte sich hart an, bis auf seinen Mund. Und wie sie diesen Mund liebte! Er küsste sie nicht nur, es war eher, als würde er sie erkunden, jeden einzelnen Zahn erforschen, ihre Zunge ertasten. Angesichts der kaum gezügelten Begierde, die sich immer enger um sie wand, war sein Kuss überraschend sanft.

Er schloss die Tür, ohne ihre Lippen auch nur eine Sekunde loszulassen.

»Ich muss aufhören, dich zu küssen. Sonst kann ich dich nicht nach oben tragen.« Noch ein rascher Kuss, der in ihr das schmerzliche Verlangen nach mehr weckte, und dann hob er sie auf die Arme.

»Beeil dich«, drängte sie.

Lächelnd senkte er seinen Mund erneut auf ihren, bevor er sie die erste Treppe hinauftrug. Auf dem Treppenabsatz blieb er stehen und nutzte die Gelegenheit, ihr einen weiteren welterschütternden Kuss zu geben. Als sie im dritten Stock angekommen waren, drückte er sie gegen die Tür und ließ den Kuss tiefer werden. Sie nahm sein Gesicht in beide Hände. Sein Mund war heiß und würzig und der Geschmack von Alkohol lag auf seiner Zunge, die ihre streifte.

Er nahm ihren Schlüssel, schaffte es schließlich, die Tür aufzuschließen, und schlug sie hinter ihnen zu, kaum dass sie die Wohnung betreten hatten. Er drückte Jewel mit dem Rücken dagegen, rieb seine Hüften an ihren und schob seine Hand unter ihr Seidentop. Bei der ersten Berührung seiner kräftigen Hand auf ihrer nackten Haut hielt sie den Atem an. Seine Hand strich gekonnt über ihre Brust, der Daumen streifte ihre Brustwarze und schickte einen Schauder durch ihren Körper.

»Atmen, Babe«, sagte er an ihren Lippen.

Sie hatte gar nicht gemerkt, dass sie den Atem anhielt.

»Ach, verdammt, ich atme für dich mit.«

Er nahm ihren Mund gefangen und erweckte ihre Lungen wieder zum Leben, während seine Finger ihre aufgestellten Nippel umschmeichelten. Ihr Körper war wie geschmolzenes Metall in seinen Händen. Noch nie war sie mit einem Mann so weit gegangen. Das schiere Behagen ließ sie den Kopf nach hinten werfen. Nate küsste ihren Unterkiefer, ihren Hals, und als er das Top hochhob und die Körbchen ihres BHs nach unten schob, um ihre Brust in den Mund zu nehmen, war ihr Körper lebendiger als je zuvor.

»Himmel, du bist wunderschön.« Er zupfte ihren BH zurecht und fing ihre keuchenden Atemzüge mit seinem Mund auf, während er sie ins Schlafzimmer trug und seine Schuhe wegkickte.

Er ließ sie auf das Bett sinken und begleitete sie mit einer Reihe zarter Küsse.

»Ich will dich schon so lange.« Er versiegelte sein Geständnis mit einem weiteren traumhaften Kuss.

Sie spürte seine Erektion, die den Reißverschluss seiner Jeans zu sprengen drohte und an ihre Mitte drängte. Eigentlich sollte sie schrecklich nervös sein, aber solange sie mit Nate zusammen war, brauchte sie keine Angst zu haben. Sie vertraute ihm, hatte ihm ihr ganzes Leben lang vertraut, und als er mit wilder Kraft ihren Mund nahm, verstummten alle Gedanken. Sie tastete und zerrte, wollte ihm das Hemd ausziehen, brauchte seine Haut an ihrer. Mit einer einzigen Bewegung zog er es sich vom Kopf, während sie mit ihrem Top kämpfte.

»Lass mich«, flüsterte er.

Er streifte ihr das Top ab, dann ließ er sie wieder auf die Matratze gleiten und küsste die bloße Haut am Bauch, an den Rippen und zwischen ihren Brüsten. Jewel konnte den Blick nicht von dem sanften Ausdruck auf seinem Gesicht wenden. Er hatte die Augen geschlossen, als er ihr erhitztes Fleisch küsste und schmeckte, als habe die Nähe zu ihr seine Dämonen besänftigt. Seine Finger tasteten sich zum vorderen Verschluss ihres Spitzen-BHs. Er öffnete die Augen, schob sich auf ihrem Körper hoch und küsste sie erneut. Zärtlich diesmal, ohne Eile.

»Sag mir, dass ich aufhören soll«, flüsterte er.

Sie hörte die Bitte in seiner Stimme und war einen Moment lang überrascht, bis ihr klar wurde, was er von ihr verlangte. Sie sollte ihm die Entscheidung aus der Hand nehmen.

»Nein.« Sie wollte nicht, dass er aufhörte. Sie legte ihre Hände auf seine, die sich an der BH-Schließe zu schaffen machten.

Er lehnte die Stirn an ihre Brust und atmete tief ein und aus.

»Berühr mich, Nate.« Sie hatte keine Ahnung, woher ihr Selbstvertrauen kam, aber sie sträubte sich auch nicht dagegen. Sie wollte seine Hände auf ihrer Haut spüren, wollte, dass sie sie in Besitz nahmen.

»Bitte berühr mich.«

Er sah sie an und hielt ihren Blick fest, als er die Schließe löste. Die Körbchen rutschten bis zu ihren hochstehenden Brustwarzen. Er tastete den Pfad aus bloßer Haut zwischen ihren Brüsten mit den Augen ab, dann sah er sie wieder an.

»Jewel, sobald ich dich sehe, berühre, schmecke, gibt es kein Zurück mehr. Das können wir nicht ungeschehen machen.« Ein sorgenvoller Schatten legte sich auf sein Gesicht.

Panik überkam sie bei dem Gedanken, dass er zurückweichen könnte. »Ich will nichts ungeschehen machen, Nate. Ich will dich.«

Er hielt ihren Blick gefangen, als würde er seine eigenen Gedanken abschätzen und ihr gerade genug Zeit geben, um ihre abzuschätzen. Sie musste ihm sagen, dass sie noch nie so weit gegangen war, aber ihr war klar, dass er sich dann zurückziehen würde.

»Hör auf zu denken, Nate.« *Hör auf zu denken, Jewel.*

»Jewel, ich habe dich mein ganzes Leben lang geliebt. Ich will das nicht vermasseln, und ehrlich gesagt bin ich so voller Schuldgefühle und Sorgen, dass ich mir nicht sicher bin, wie ich morgen darüber denke. Ich will dir nicht wehtun.«

Der Ausdruck in seinen Augen zeigte ihr, dass er jedes Wort

ernst meinte, und sie ahnte, wie schwer ihm diese Entscheidung fiel. Sie hoffte, dass er es sich anders überlegen würde.

»Dein Herz ist jetzt hier und darauf kommt es an.«

Nates Herz war immer schon bei Jewel gewesen, aber er wusste, dass das nicht alles war, was zählte. Er durfte ihr Vertrauen nicht so verletzen. Er konnte keine Liebesbeziehung zu ihr anfangen, ohne ihr gegenüber vollkommen ehrlich zu sein und ihr die Chance zu geben, sich von ihm abzuwenden. Und während die Luft zwischen ihnen vor sexueller Spannung knisterte, wusste er, dass er noch etwas anderes tun musste, bevor er Jewel alles erzählte. Er hatte keine andere Wahl. Er sah in ihre vertrauensvollen Augen und traf die schwerste Entscheidung seines Lebens.

Mit zitternden Händen hakte er die Schließe an ihrem BH wieder zu.

»Nate?« Sie sah ihn verwirrt an, als er sich bückte, um ihr Top aufzuheben, und ihr half, es überzustreifen.

Er nahm sie in die Arme und küsste sie auf die Stirn. »Liebes, ich wünsche mir nichts mehr, als mit dir zusammen zu sein, aber du bist mir zu wichtig, als dass ich etwas übers Knie brechen wollte. Ich muss mich sortieren, damit wir, wenn wir zusammenkommen, beide einen klaren Kopf haben.«

»Nate«, flüsterte sie. »Dieses Versprechen hast du meinem Bruder gegeben. Irgendwann musst du das hinter dir lassen.«

Er rutschte an die Bettkante. »Ja. Ich denke, das ist das Problem, Jewel. Ich muss herausfinden, *ob* das möglich ist.«

Sie schlang ihm von hinten die Arme um den Hals. »Wie kann ich dir helfen?«

Er schüttelte den Kopf. Niemand konnte ihm helfen. Das musste er allein durchstehen. Nun war er derjenige, der alleine auf einer Insel saß. Er drehte sich um, schloss sie noch einmal in die Arme und küsste sie zum Abschied.

»Du hast mir schon geholfen.«

Neun

Am nächsten Morgen erwachte Nate, als es an seiner Tür klopfte. Er zog sich eine Jeans über und ging widerstrebend, um aufzumachen. Er hatte kaum geschlafen, frustriert und erregt und so wütend auf alles und jeden, dass er nach einer Weile vollkommen durcheinander war. Er konnte Rick nicht vorwerfen, dass er gestorben war, und er konnte sich selbst nicht vorwerfen, dass er Jewel liebte, und so verbrachte er den größten Teil der Nacht damit, im Haus auf und ab zu gehen.

Missmutig öffnete er die Tür.

Sam zwängte sich an ihm vorbei ins Wohnzimmer. Er hatte immer noch dieselben Sachen an wie am Abend zuvor. »Noch nicht aufgestanden? Aufregende Nacht mit Jewel?«

Nate ging in die Küche und schaltete die Kaffeemaschine ein, ohne zu antworten. »Was zum Teufel machst du hier um diese Uhrzeit?«

»Ich komme von der Party, zu der Ty und ich gestern Abend noch gegangen sind. Ich wollte nur sehen, ob du dich mit Jewel zusammengetan hast.«

»Und was geht dich das an?« Er nahm zwei Becher aus dem Schrank.

»Schließlich bin ich dein großer Bruder, und ob du es

glaubst oder nicht, ich sorge mich um dein Wohlergehen. Und ich bin sicher, dass es deinem Gewissen nicht guttut, wenn du mit Jewel schläfst.«

»Sagt der Mann, der letzte Nacht Gott weiß was gemacht hat.« Er sah zu, wie der Kaffee in die Kanne tropfte, und fragte sich, wie er ihn mit zusammengebissenen Zähnen trinken sollte. Sam hatte zwei sehr unterschiedliche Seiten. Da gab es die wilde, ruppige Seite, die sich einen Dreck darum scherte, was andere von ihm hielten. Und dann gab es die sensiblere Seite, die er selten durchblicken ließ, die aber immer zum Vorschein kam, wenn er wie jetzt den großen Bruder hervorkehrte.

Sam stand auf und stellte sich Nate gegenüber. »Mein Gewissen funktioniert anders als deins. Du bist ein *Kriegsheld*, weißt du noch?« Der Stolz in Sams Augen war nicht zu leugnen.

»Halt die Klappe. Meinst du, ich *möchte* ein Kriegsheld sein?«

Sam verschränkte die Arme über der breiten Brust und legte den Kopf zurück, dann sah er Nate mit seinem *Jetzt-hör-mir-mal-gut-zu*-Blick an.

»Außerdem schleppst du jede Menge Schuldgefühle wegen Ricks Tod mit dir herum. Ich glaube nicht, dass du dir noch selbst im Spiegel in die Augen sehen kannst, wenn du mit Jewel schläfst, ohne ihr reinen Wein eingeschenkt zu haben.«

Nate goss Kaffee in die Becher und schob Sam einen zu. »Leck. Mich.«

»Denk darüber nach, Nate. Du willst zwar kein Kriegsheld sein, aber du willst unbedingt *Jewels* Held sein.«

»So ein Quatsch, Sam. Du denkst, ich will ein Held sein? Meinst du nicht, ich wünschte, dieser gottverdammte Scharfschütze hätte mich erwischt statt Rick? Ich würde alles geben, wenn ich Rick zurückbringen könnte.«

Sam senkte die Stimme und sprach in einem ruhigen, gleichmäßigen Ton. »Es spielt keine Rolle, ob du ein Held sein willst oder nicht. Du bist einer und alle sind verdammt stolz auf dich. Ich verstehe, dass du dir wünschst, du wärst gestorben, Nate. Jedes Mal, wenn ich dich ansehe, weiß ich, dass du dir wünschst, du könntest mit Rick tauschen.« Seine Stimme wurde lauter. »Aber wach endlich auf, verdammt noch mal. Du bist mein Bruder, Mann. Mein Blut. Und als dein Bruder bin ich froh, dass du immer noch hier bist, aber es bringt mich um – es bringt uns alle um – zu wissen, dass du zwar überlebt hast, aber dein Leben nicht leben wirst. Ich liebe dich, Nate. Wir alle lieben dich. Du hast überlebt, Nate. Jetzt ist es Zeit zu leben.«

Nate hielt die Gefühle im Zaum, die ihm in der Brust brannten. Er hatte sich bereits vorgenommen, mit Jewel zu reden, aber der Entschluss allein machte es nicht einfacher. Vielleicht wollte sie danach nichts mehr von ihm wissen – und dann?

»Jeder weiß, dass du Jewel seit Ewigkeiten liebst. In Peaceful Harbor ist das schon lange kein Geheimnis mehr.«

»Blödsinn.« Peaceful Harbor war nicht wie Trusty in Colorado, die kleine Stadt, in der seine Cousins lebten. Dort verbreiteten sich Gerüchte schneller als eine Grippewelle. Wie sollte hier jemand über seine Gefühle Bescheid wissen, wo er doch fast sechs Jahre lang weg gewesen war?

Sam zuckte mit den Schultern und nippte an seinem Kaffee, als würden sie über das Wetter reden. »Welche Art von Held hält etwas vor der Frau geheim, die er liebt?«

Nate langte über den Küchentresen, packte Sam am Kragen und zerrte ihn halb über die Arbeitsplatte. Sam hielt seinem herausfordernden Blick stand.

»Nur zu, Brüderchen. Verhau mich ruhig. Und wenn du

damit fertig bist, wirst du feststellen, dass dein Problem immer noch da ist.«

Jeder Muskel in Nates Körper war angespannt und bereit zu kämpfen. Sam zeigte keine Angst, das tat er nie. Das machte Nate noch wütender. Er stieß Sam zurück und schlug mit der Faust auf den Tresen.

»Verschwinde, und zwar sofort.«

Sam strich sein Hemd glatt, ging um den Tresen herum und stellte beiläufig seine Tasse in die Spüle. »Hör zu, Nate. Ich bin ein Halunke, aber du? Du bist ein guter Mann, und du bist gut genug, Mann genug und Held genug für Jewel. Aber darum allein geht es nicht, Nate. Du verdienst es, ein reines Gewissen zu haben.« Er legte Nate die Hand auf die Schulter.

Nate kämpfte gegen den Drang, sie abzuschütteln. Er war nicht sauer auf Sam, aber vor dem Mann im Spiegel konnte er nicht davonlaufen.

Zehn

Jewel stellte die Packung mit Cornflakes neben Taylors Schüssel auf den Tisch und holte den Toast für Patrick aus dem Toaster. Es war mittlerweile das Einzige, was er zum Frühstück aß. Zum Glück ging es ihrem Knöchel besser, sonst hätte sie nicht in der Küche herumlaufen und ihre Geschwister versorgen können. Sie war gerade dabei, Lunchpakete zu packen, als Krissy in einem pinkfarbenen Tanktop und einem schwarzen Minirock in die Küche kam, der kaum ihr Hinterteil bedeckte.

»Ist das dein neuer Schlafanzug? So gehst du nämlich nicht zur Schule«, sagte Jewel, während sie Eier briet. Vielleicht konnte sie Patrick ja doch dazu bringen, etwas Vernünftiges zu frühstücken.

»Haha. Die Sachen habe ich mir von Stacy geliehen.« Krissys Ton erinnerte Jewel an die patzigen Mädchen in dem Film *Girls Club – Vorsicht bissig*!

»Erst einmal: Was ist das bitteschön für ein Ton?«

Krissy goss sich Orangensaft ein und ignorierte Jewels Frage.

»Krista Fisher, in diesem Rock gehst du mir nicht aus dem Haus. Mom würde einen Herzinfarkt bekommen.« Sie schaltete den Herd aus und hob gerade die Eier auf einen Teller, als Taylor gähnend in die Küche kam.

»Hi«, sagte sie, setzte sich und schüttete sich Cornflakes in die Schüssel.

»Morgen, Tay.« Jewel trat zu Krissy an den Kühlschrank. »Krissy, was ist los? Das —«, sie wies auf das Outfit ihrer Schwester, »das bist du nicht.«

Krissy verdrehte die Augen.

»Es tut mir leid, Schatz, aber das kannst du nicht anlassen. Darin siehst du aus wie eine Prostituierte in Kleinformat.«

Krissy stellte ihr Glas mit einem Knall auf den Küchen-tresen. »Lieber Himmel, Jewel. Nur weil dein Leben so todlangweilig ist, muss meins nicht auch so sein. Wie soll ich Tray jemals auf mich aufmerksam machen, wenn ich aussehe wie ein Baby?«

Darum ging es also. »Erstens siehst du nicht aus wie ein Baby. Und zweitens: Wenn du ihn nur dadurch auf dich aufmerksam machen kannst, dass du dich anziehst, als wolltest du deinen Körper hergeben, dann ist es die ganze Sache nicht wert. Und drittens …« Krissy könnte tatsächlich ein paar neue Sachen gebrauchen, aber nicht solche. »Okay, vielleicht sollten wir deine Garderobe ein bisschen aufmöbeln. Hast du Mom gefragt?«

Krissy seufzte. »Und wann, bitteschön? Sie meinte, in zwei Wochen könnte sie mit mir einkaufen gehen, aber am nächsten Wochenende ist eine Party und ich möchte unbedingt, dass Tray mich fragt, ob ich mit ihm hingehe.«

Jewel ging im Geiste ihren Terminkalender durch, als Patrick aus dem Wohnzimmer in die Küche kam. Er sah aus, als habe er sich gerade aus dem Bett gequält. Das blonde Haar stand nach allen Seiten ab, Hemd und Jeans waren zerknittert und er war barfuß. Er warf Jewel einen einzigen Blick zu, drehte sich dann auf dem Fuße um und ging aus der Küche. In diesem

Moment klopfte Nate an der hinteren Küchentür. Na prima. Mitten hinein ins Getümmel. *Willkommen in meinem Leben.*

»Es ist Nate!« Taylor rannte zur Tür und riss sie auf. »Nate!« Sie streckte die Arme nach ihm aus und Nate hob sie hoch.

Hob er eigentlich alle hoch? Jewel musste sich eingestehen, dass ihr warm ums Herz wurde, Nate so mit Tay zu sehen.

Sie lächelte Nate zu, doch der wurde gerade von Tay mit Fragen überschüttet. *Wie lange bist du schon zu Hause? Hast du noch mehr Medaillen bekommen? Hast du uns vermisst?* Manchmal fragte sich Jewel, ob Taylor Nate für einen ihrer Brüder hielt.

Jewel wandte sich wieder Krissy zu. »Ich kann mit dir einkaufen. Ich arbeite heute länger und morgen hast du Tanzunterricht. Und am Mittwoch nimmt Nate uns zum Kanufahren mit. Am Freitag ginge es.«

Krissy verschränkte die Arme. »Versprochen?«

»Versprochen«, bestätigte Jewel.

»Gut.« Krissy wollte sich gerade an den Tisch setzen, als Jewel ihr die Hand auf den Arm legte.

»Aber nur, wenn du dich umziehst.« Sie musterte den Rock. »Das Oberteil ist okay, denke ich.«

»Na gut«, schnaubte Krissy und stapfte aus der Küche.

Nate legte Jewel eine Hand auf die Hüfte und beugte sich vor, um ihr einen Kuss zu geben. Jewel sah kurz zu Taylor hinüber und wich ihm aus. Sie wandte Taylor den Rücken zu und flüsterte: »Ich habe es ihnen noch nicht gesagt.« Das war nicht die Art von Unterhaltung, die Jewel am frühen Morgen führen wollte, aber Nate wirkte verwirrt, weil sie sich weggedreht hatte. Sie hatte das Gefühl, ihm eine Erklärung schuldig zu sein.

»Sind wir ein Geheimnis?«, flüsterte er.

»Du bist doch derjenige, der sich nicht entscheiden kann. Warum sollten die Kinder von einer Beziehung erfahren, wenn du es dir vielleicht doch anders überlegst? Sie haben schließlich schon genug verloren.«

Nate trat einen Schritt zurück, sein Ausdruck war ernst. »Dass ich mich nicht entscheiden kann, hat andere Gründe, aber du hast recht. Du hast absolut recht. Es tut mir leid.«

»Danke für dein Verständnis, Nate. Morgens ist es hier immer etwas chaotisch und ich will heute einfach nicht noch mehr Durcheinander anrichten.« Sie sah auf die Uhr. Es war Zeit zu gehen. »Danke, dass du gekommen bist, um die Kinder zu holen. Meinem Knöchel geht es besser, also kann ich sie fahren.«

»Nein, ich habe es versprochen und Tay freut sich schon. Warum bringe ich sie nicht jetzt zur Schule und wir können heute Abend die Autos tauschen?« Er streckte die Hand aus und berührte ihren Ellbogen. »Es tut mir leid.«

Was tut dir leid? Dass du dich nicht auf eine Beziehung einlassen kannst? Oder dass dir klargeworden ist, dass du es nicht tun solltest?

Sie schob diese verwirrenden Gedanken zur Seite und zwang sich zu einem Lächeln. »Ich hole Patrick und Krissy. Falls du Hunger hast: Patrick hat seinen Toast und die Eier nicht gegessen.« Jewel reichte ihm den Teller und sagte dann zu Taylor gewandt: »Tay. Schuhe, Rucksack, Lunchpaket.«

Kaum war Taylor gegangen, um ihre Sachen zu holen, nahm Nate Jewel in die Arme. »Es tut mir leid, dass ich den Kindern gegenüber so unsensibel war. Ist mit uns alles in Ordnung? Ist mit dir alles in Ordnung?«

Sie stellte sich auf Zehenspitzen und küsste das Grübchen an seinem Kinn. »Ich denke schon. Ich mache mir Sorgen, aber hauptsächlich deinetwegen.«

Er zog sie noch näher an sich. »Nein, mach dir keine Sorgen um mich.«

»Oh mein Gott, echt jetzt?«, fauchte Patrick, als er in die Küche kam.

Mist! Jewel löste sich aus der Umarmung. »Es ist nicht so, wie du denkst.«

Patrick verdrehte die Augen. »Und wenn schon.«

Jewel schloss für einen Moment die Augen. Reibereien mit Patrick konnte sie heute Morgen nun wirklich nicht gebrauchen. Sie reichte ihm sein Lunchpaket.

»Fertig, Kumpel?«, fragte Nate.

»Rucksack«, sagte Jewel zu Patrick. »Sag Krissy und Tay, sie sollen sich beeilen.«

»Krissy, Taylor! Wir müssen los«, rief Patrick, während er die Treppe hochstieg.

Jewel seufzte, als Nate den kinderlosen Moment nutzte und von hinten die Arme um sie legte. Sie schloss die Augen und genoss die Berührung, bis er sagte: »Können wir später reden?«

Sie drehte sich in seinen Armen, überlegte es sich dann aber anders und trat einen Schritt zurück. Ihre Geschwister konnten jeden Augenblick wiederkommen. »Ich arbeite bis neun.«

»Kann ich dich danach sehen? Wir müssen sowieso die Autos tauschen.«

Als ob er eine Ausrede brauchte. »Na klar. Soll ich zu dir kommen, wenn ich im Laden fertig bin?«

»Ist das besser?« Krissy stand in der Küchentür und stemmte die Hände in die Hüften. Sie hatte sich für hübsche weiße Shorts, das rosafarbene Tanktop und ein Paar pinkfarbene Flip-Flops entschieden.

»Ja, viel besser.« Jewel seufzte erleichtert.

Patrick kam mit seinem Rucksack über der Schulter und Tay im Schlepptau in die Küche.

»Ich darf vorne sitzen!« Krissy schnappte sich ihr Lunchpaket und ihren Rucksack und riss die Küchentür auf.

»Scheiße«, murmelte Patrick.

»He, pass auf, was du sagst«, ermahnte Jewel ihn.

»Tschüss, Jewel«, sagte Tay und schob ihr Lunchpaket in ihren Rucksack.

»Bei mir«, sagte Nate und warf Jewel rasch einen Luftkuss zu, als Tay nicht hinsah.

Sie sah ihnen durch das Fenster nach und fragte sich, wie es sein konnte, dass Patrick und Krissy bei Nate die Freundlichkeit selbst waren, während sie zu Hause ständig herummaulten. Sie hatte nie das Privileg genossen, als mürrischer Teenager ihre Launen auszuleben, und wusste, dass sie es Patrick oder Krissy nicht vorwerfen konnte, wenn sie sich so benahmen, wie es in ihrem Alter typisch war – und wie sie es sich für die beiden immer gewünscht hatte. Sie räumte das Frühstücksgeschirr ab und war dankbar, dass sie wenigstens etwas richtig gemacht hatte.

Elf

Nate saß vor dem Bürogebäude, in dem Anita Fisher arbeitete, und überlegte, ob er einfach auf dem Highway davonfahren und Peaceful Harbor für immer hinter sich lassen sollte. Eigentlich war ihm klar, dass er sich ebenso wenig davonstehlen konnte, wie er diese Schuldgefühle weiterhin in sich hineinfressen konnte. Fast hätte er Jewel gestern Abend gesagt, dass er Rick die Order zu der verhängnisvollen Versorgungsfahrt gegeben hatte, aber das wäre ihrer Mutter gegenüber nicht fair gewesen. Wenn ihr das, was er ihr erzählen würde, wie ein Verrat vorkam, sollte sie die Möglichkeit haben, ihm zu sagen, dass er sich von ihrer Tochter fernhalten solle. Er hatte Rick versprochen, seine Familie zu beschützen. Das war er ihm schuldig.

Er zog seine Brieftasche hervor. Auf der Innenseite war ein Foto von Rick und ihm. Er lehnte es auf das Lenkrad und schluckte gegen den Kloß in seinem Hals an. Tränen brannten ihm in den Augen, als sein Blick auf das Foto von Jewel fiel, das daneben steckte, und in seiner Brust zog sich alles zusammen.

Er zwang sich, sich auf Rick zu konzentrieren, und erkannte, dass er in den letzten Tagen versucht hatte, seine Gedanken immer wieder von Jewel wegzudrängen, dabei wollte er in Wirklichkeit der Mittelpunkt ihrer Welt sein.

Er starrte auf das abgegriffene Foto in der Brieftasche, blickte in die Augen seines besten Freundes.

»Ich dachte, es sei sicher«, sagte er mit gepresster Stimme. »Ich wäre selbst gegangen, wenn ich gedacht hätte, dass ich dich verlieren könnte. Aber jetzt stecke ich fest, Mann. Sammy hat recht. Wenn ich es Jewel nicht erzähle, kann ich sie nie so lieben, wie sie es verdient. Und wenn ich weggehe, werde ich nie ein neues Kapitel aufschlagen können. Nicht ohne sie.« Er lehnte die Stirn aufs Lenkrad und ballte die Fäuste.

Sei ein Mann und geh verdammt noch mal da rein. Es war Ricks Stimme, die er in seinem Kopf hörte.

Wie oft hatten sie sich auf diese Weise gegenseitig angespornt, wenn es um Mädchen, Abschlussprüfungen oder allen möglichen Unfug ging?

Nate schlug einmal, zweimal, dreimal mit dem Kopf gegen die Kopfstütze und stöhnte. Er sah Jewels Mutter aus dem Bürogebäude zu ihrem Auto gehen. Beim Anblick von Jewels Jeep blieb sie wie angewurzelt stehen. Nate zwang sich, auszusteigen.

»Hi«, sagte er.

»Nate.« Sie presste die Hand aufs Herz. »Ich habe einen Mann im Jeep gesehen und dachte für einen Moment …« Sie wandte den Blick ab.

Mist. Es war Ricks Jeep. Daran hatte er nicht gedacht.

»Tut mir leid. Ich habe Jewel meinen Truck gegeben, wegen ihres Knöchels.«

Sie breitete die Arme aus und er ließ sich in ihre Umarmung sinken. Seine Kehle war wie zugeschnürt.

»Schön dich zu sehen. Ich habe mich gefragt, wann du mal vorbeischaust. Aber wahrscheinlich hast du viel zu tun.«

Sie war so nett zu ihm. Er hasste es, dass er ihr mit dem, was er ihr zu sagen hatte, wehtun würde. »Tut mir leid, dass es eine ganze Woche gedauert hat, bis ich mich gemeldet habe. Können wir irgendwo in Ruhe reden?«

Sie schaute auf ihre Uhr. »Sicher. Ich habe in einer halben Stunde eine Unterrichtsstunde. Sollen wir nebenan ins Café gehen?«

Nein. Ich möchte mich an einem dunklen Ort verkriechen, wo du mein Gesicht nicht sehen kannst, während ich mein Innerstes nach außen kehre.

»Klar.«

Sie setzten sich draußen auf die fast leere Terrasse. Anita war eine attraktive Frau. Sie sah nicht aus wie jemand, der durch die Hölle gegangen war – und das zweimal. Irgendwie schaffte sie es, ihre Verzweiflung vor der Welt zu verbergen. Er wusste nicht, wie sie es anstellte, und er hatte Angst, dass sein Geständnis der Tropfen sein könnte, der das Fass zum Überlaufen brachte.

»Nate, du siehst unglücklich aus. Ist alles in Ordnung?«

Er versuchte zu lächeln, doch es gelang ihm nicht. Sein Magen fühlte sich an wie zusammengeschnürt. »Anita, du bist wie Familie für mich.«

Ihr Blick wurde weich, als sie sagte: »Das bist du für uns auch, Nate.«

»Ich weiß nicht recht, wo ich anfangen soll, aber ich denke, du solltest wissen, dass ich in Jewel verliebt bin.« Woher zum Teufel kam das denn jetzt? Er wollte doch etwas ganz anderes sagen.

Sie lächelte. »Das weiß ich schon lange, Nate. Es ist gut, dass du es auch weißt.«

»Du weißt es?« Er hatte nicht glauben wollen, was Sam ihm gesagt hatte, doch nun fragte er sich, was ihm sonst noch alles entgangen war.

»Nate, mein Lieber. Ein Mann sieht die Frau, in die er verliebt ist, auf eine ganz bestimmte Weise an. Und du siehst meine Tochter schon lange so an.« Sie nippte an ihrem Kaffee und wandte den Blick ab. »Ich dachte, es wäre die Schwärmerei eines Schuljungen, aber du bist immer so umsichtig mit ihr umgegangen. Als mein Mann starb, kamst du besser an Jewel heran als ich. Du hast dir Zeit genommen, wirklich zuzuhören und mit ihr zu reden. Das hätte ich nicht geschafft, ohne vollends die Fassung zu verlieren. Und als Rick …«

Sie unterbrach sich und zwischen ihren schmalen Augenbrauen bildete sich eine tiefe Falte. »Oh, Schätzchen. Bist du deshalb hier? Wegen Rick?«

Nate wich ihrem Blick aus und versuchte, seine Gefühle unter Kontrolle zu bekommen, aber er konnte die Trauer nicht leugnen, die sein Innerstes aufzehrte.

»Ja. Ich hätte schon vor zwei Jahren zu dir kommen sollen, aber ich hatte nicht den Mut dazu.«

»Nate, machst du dir Gedanken, was Rick von dir und Jewel halten würde?«

Er schüttelte den Kopf. »Das ist es nicht.«

Er sah sich um, froh, dass sonst niemand in Hörweite war. Er hatte das Gefühl, in der Schuld zu ertrinken, und je länger er wartete, desto tiefer sank er unter die Oberfläche.

»Ich …« Er sog zitternd die Luft ein.

Sei ein Mann und sag es ihr. Ricks Stimme zerrte an seinen Nerven und die Wahrheit sprudelte nur so aus ihm heraus.

»Ich war derjenige, der Rick auf die Versorgungsfahrt geschickt hat, bei der er getötet wurde.« Tränen liefen ihm über die Wangen. »Es war eine reine Routinesache. Die Strecke galt als sicher, die Männer sind sie hunderte Male gefahren. Ich dachte, er sei in Sicherheit. Ich dachte, er würde ...« Ein Schluchzen raubte ihm die Stimme. Er wischte sich über die Augen und zwang sich, sich aufzurichten und ihr ins Gesicht zu sehen. Er war Soldat, verdammt, aber auf den Verlust des besten Freundes und den Sohn dieser Frau konnte man sich nicht vorbereiten. Er hatte allen Hass verdient, den sie ihm entgegenschleudern würde.

»Oh, Nate«, sagte sie kaum hörbar. Sie runzelte die Stirn, während ihr Tränen aus den Augen quollen.

»Es tut mir leid. Ich hätte schon vor zwei Jahren zu dir kommen sollen. Ich habe es versucht, aber ...« Er schüttelte den Kopf.

»Schätzchen, hast du das die ganze Zeit mit dir herumgeschleppt? Du armer Mann.« Sie glitt auf den Stuhl neben seinem und schloss ihn in die Arme.

Nate sog ihren Trost auf. Vielleicht sollte er sich nicht von ihr trösten lassen. Möglicherweise war es ein Zeichen von Schwäche, aber er liebte Ricks Familie, und Ricks Mutter war immer wie eine zweite Mutter für ihn gewesen. Er brauchte ihren Trost. Selbst wenn sie ihm im nächsten Atemzug sagte, dass sie ihn nie wiedersehen wollte, brauchte er diesen einen egoistischen Moment, um zu überleben.

Schließlich ließ sie die Arme auf seine Schultern sinken, wie seine eigene Mutter es oft tat, wenn sie wollte, dass er ihr genau zuhörte.

»Nate, Schatz. Du erzählst mir nichts Neues. Ich habe unendlich viele Fragen gestellt, als Rick starb. Ich wusste, dass du derjenige warst, der den Befehl gegeben hatte, und ich weiß auch, dass alle davon ausgingen, dass die Strecke relativ sicher war. So sicher wie etwas in einem Kriegsgebiet sein kann. Du konntest nicht wissen, dass dort der Scharfschütze lauert. Und,

Nate?«

Er öffnete den Mund, um zu antworten, aber er brachte keinen Laut hervor.

»Ich weiß auch, dass du den Scharfschützen verfolgt hast und dass es vier Männer brauchte, um dich zum Stützpunkt zurückzubringen.«

Nate erinnerte sich an den Hass, der ihn fast verglühte, als er hörte, was Rick passiert war. Er konnte immer noch die Hände der anderen Soldaten spüren, ihre Befehle hören, als er sich dagegen wehrte, in Sicherheit gebracht zu werden. Und er erinnerte sich an den Schmerz, als er sich losgerissen hatte und sie ihn zu Boden warfen. Danach erinnerte er sich nur noch an seinen besten Freund, der um seinen letzten Atemzug rang.

»Ich weiß, dass du bis zuletzt bei Rick warst.« Sie packte ihn am Unterarm. »Sieh mich an, Nate.«

Er hob die Augen und hatte das Gefühl, als würden Rick und seine Mutter miteinander verschmelzen. Für einen Augenblick war es Rick, der ihn ansah.

»Ich kenne meinen Sohn und weiß, dass er dir niemals die Schuld geben würde, Nate. Er hat dich geliebt wie einen Bruder. Ich wünschte, ich hätte geahnt, dass du mit diesen Schuldgefühlen lebst.« Sie zog ihn wieder an sich.

In ihrer Umarmung brachen sich die Gefühle Bahn, die er zwei Jahre lang zurückgehalten hatte. »Du wusstest es?« Es war kaum mehr als ein Flüstern.

»Ja, Liebes. Ich habe dir niemals die Schuld gegeben.«

»Du gibst mir nicht die Schuld.« Es war keine Frage, sondern eine erstaunte Feststellung. Er musste es immer wieder hören, um die undurchdringlichen Schichten der Schuldgefühle zu durchbrechen, die ihn wie verhornte Haut umgaben.

»Ich mache dir keine Vorwürfe. Ich habe dich nie

verantwortlich gemacht. Krieg ist nicht fair, aber das Leben ist auch nicht fair.«

»Danke. Gott, es tut mir so leid. Ich wünschte, es hätte mich erwischt.«

»Sag das nie wieder. Du hast eine Familie, die dich liebt, und eine Frau, die lange auf dich gewartet hat. Rick wollte das für dich, Nate. Er wollte, dass du Jewel beschützt.«

Nate wusste nicht, wie lange sie ihn festhielt oder wie viele Leute sahen, wie er die Fassung verlor. Es war ihm auch egal, denn nur, wenn er die Fassung verlor, hatte er überhaupt eine Chance auf einen neuen Anfang.

Nachdem Anita ihre Unterrichtsstunde verpasst und Nate schließlich aufgehört hatte zu weinen, reichte sie ihm einen Stapel Briefe. »Die habe ich immer in meiner Handtasche. Manchmal muss ich einfach Ricks Handschrift sehen oder seine Stimme hören. Diese Briefe haben mir geholfen, vielleicht helfen sie dir auch. Lies sie, wenn dir danach zumute ist. Und bring sie mir wieder, wenn du so weit bist.«

Er hätte Ricks Handschrift überall erkannt.

»Weiß Jewel es? Dass ich ihm den Befehl gegeben habe?«, fragte er.

»Nein. Irgendwie fühlte es sich nie richtig an, es ihr zu sagen.«

Nate senkte den Blick wieder auf die Briefe und fragte sich, ob es sich jemals richtig anfühlen konnte. Jewel würde ihn dafür hassen.

»Du musst es ihr nicht sagen, Nate.«

Er sah sie an und presste die Briefe auf den brennenden Schmerz in seiner Brust. »Doch, das muss ich.«

Zwölf

Jewel sah zum x-ten Mal auf ihr Handy. Nate hatte ihr eine SMS geschickt und gefragt, ob sie sich statt in seinem Haus in ihrer Wohnung treffen könnten. Sie war einverstanden, doch auf ihre Frage nach dem Grund hatte er nicht geantwortet. Vielleicht hatte er einfach zu viel zu tun, um zu schreiben, aber sie hatte trotzdem ein mulmiges Gefühl. Sie hatte deutlich gemacht, dass sie ihn in ihrem Leben haben wollte, und er hatte deutlich gemacht, dass er diese Grenze noch nicht überschreiten konnte.

Jewel hasste Grenzen, sie brachten Enge und Stillstand mit sich. Sie wünschte sich einen direkten Weg zwischen ihr und Nate, ohne Schranken und Hindernisse. Er sollte ihn hocherhobenen Hauptes beschreiten können, doch solange sein Versprechen an ihren Bruder wie ein Damoklesschwert über ihm schwebte, würde dieser Wunsch kaum in Erfüllung gehen.

»Keine Nachricht?«, fragte Chelsea.

Jewel schüttelte den Kopf, während sie die Kasse für den Abend schloss.

»Alles wird gut, Jewel. Er kommt bestimmt.«

»Was ist, wenn er damit nicht fertig wird? Wenn er uns abgehakt hat? Mir ist gerade erst klar geworden, dass ich ihn seit

Jahren liebe, und jetzt…« Ihr wurde fast übel bei dem Gedanken.

»Ein Mann verzehrt sich nicht seit einer halben Ewigkeit nach einer Frau und hakt sie dann mir nichts, dir nichts ab. Er braucht Zeit. Vielleicht ist er im Moment einfach ein bisschen durcheinander.«

Jewel griff seufzend nach ihrer Handtasche. »Durcheinander ist er sicherlich. Er hat meinem Bruder sein Wort gegeben, und ich glaube nicht, dass irgendetwas seine Einstellung ändern kann.«

»Du meinst das Versprechen, dich zu beschützen, von dem du mir erzählt hast? Sag ihm, dass er dich gleichzeitig lieben und beschützen kann. Darum geht es doch in der Liebe, oder?«

»Woher soll ich das wissen?«

Chelsea umarmte sie. »Ruf mich an, wenn du mich brauchst. Ich mache noch ein bisschen Inventur und fahre dann nach Hause.« Ein schelmisches Lächeln umspielte ihre Lippen. »Warum brezelst du dich nicht richtig auf, wenn er kommt?«

»Im Moment fühle ich mich nicht gerade sexy. Und überhaupt: Was würde es nützen, wenn er mich nicht will?«

»Oh je, Liebes. Dieser Mann will dich. Er ist nur innerlich zerrissen. Du musst ihn kitten.«

»Meinst du?«

»Ganz sicher.«

Auf der Fahrt zu ihrer Wohnung dachte Jewel über Chelseas Worte nach, doch als sie auf den Parkplatz fuhr, hatte sie die Idee schon verworfen. Sie hatte keine Ahnung, wie man einen Mann kittet oder wie sie sich aufbrezeln sollte. Sie wusste nur, dass ihr bei dem Gedanken an Nate ganz weh ums Herz wurde.

Sie stieg die Treppe hoch. Hoffentlich würde Nate ihr nicht sagen, dass er die Stadt verlassen wollte. Sie blieb wie angewurzelt stehen, als sie ihn an ihrer Tür sitzen sah. Er stand auf, um sie zu begrüßen.

»Hallo.« Er sah aus, als hätte er seit Tagen nicht geschlafen. Er hatte die Augen halb geschlossen, das Kinn war unrasiert und sein Gesicht wirkte angespannt.

»Geht es dir gut?«, fragte sie. Erst jetzt fiel ihr auf, dass er keinerlei Anstalten machte, sie zu küssen.

Er zuckte mit den Schultern und trat zur Seite, damit sie die Tür aufschließen konnte.

Sie schob den Schlüssel ins Schloss und spürte, wie er näher kam.

»Du riechst gut«, sagte er mit rauer Stimme.

Sie schloss die Augen und genoss das Kompliment und seine Nähe.

»Du hast mir gefehlt«, sagte er.

Mit zittrigen Händen stieß sie die Tür auf. Sollte sie ihm sagen, dass ihr der Gedanke, ihn zu verlieren, körperliche Schmerzen verursachte? Oder würde sie ihn damit verschrecken? Sie ging auf Nummer sicher und schwieg, während sie Schlüssel und Tasche auf dem Couchtisch ablegte.

Nate nahm ihre Hand und führte sie zum Sofa. »Du zitterst.«

»Nervös« war alles, was sie hervorbrachte.

Er lächelte und dieses Lächeln schnitt ihr direkt ins Herz. »Ich auch. So verdammt nervös.«

»Worüber wolltest du mit mir reden? Warum sollten wir uns hier treffen und nicht bei dir?«

Er senkte den Blick. »Es tut mir leid, dass ich mich nicht mehr gemeldet habe. Ich hatte heute viel zu tun.«

»Du hast mich hängen lassen und mir einen Höllenschreck eingejagt. Dabei dachte ich, wir würden uns allmählich etwas näherkommen.«

»Es tut mir leid.« Er fuhr sich mit der Hand durchs Haar. »Ich muss dir etwas sagen und danach werde ich gehen.«

»Du willst weggehen? Ich verstehe nicht. Aus meiner Wohnung? Oder aus Peaceful Harbor?« Ihr wurde übel. Was bedeutete das alles?

»Aus deiner Wohnung, jedenfalls vorerst. Und je nachdem, wie du entscheidest, vielleicht auch aus Peaceful Harbor.«

Instinktiv legte sie ihm die Hand auf den Oberschenkel. »Nate, du machst mir Angst.«

Er holte tief Luft. Jewel fiel auf, dass er nicht nach ihrer Hand griff. Er schien sie auf keinen Fall berühren zu wollen. Als sein Knie ihres streifte, rückte er ein Stück zur Seite. Ein Schauer lief ihr über den Rücken. All das fühlte sich vollkommen falsch an.

»Jewel, es fällt mir nicht leicht, das zu sagen, aber ich kann nicht zulassen, dass es weiterhin zwischen uns steht. Es frisst mich auf.«

Noch nie hatte so viel Bedauern in seinem Blick gelegen und noch nie hatte seine Stimme so resigniert geklungen. Bevor sie sich einen Reim darauf machen konnte, fuhr er fort: »Ich war derjenige, der Rick auf die Versorgungsfahrt geschickt hat.«

»Ich verstehe nicht.« Sie wusste, dass Rick während einer Versorgungsfahrt getötet worden war, aber warum hätte er Rick auf eine derart gefährliche Mission schicken sollen?

»Ich habe den Befehl dazu gegeben. Ich dachte, es wäre eine reine Routinesache, aber …«

Es war wie ein Schlag in die Magengrube. Sie versuchte zu begreifen, was Nate da gerade gesagt hatte. »Du hast den Befehl gegeben? Vor zwei Jahren hast du den Befehl gegeben, der meinen Bruder getötet hat, und das erzählst du mir erst jetzt?«

Sie hatte das Gefühl, als würden die Wände immer näher rücken und ihr die Luft zum Atmen nehmen. *Nate hat den Befehl gegeben. Er hat Rick auf die Fahrt geschickt, die ihn tötete.*

»Ich habe es nicht über mich gebracht, es dir zu sagen.«

»Du hast es nicht über dich gebracht, mir zu erzählen, dass du meinen Bruder getötet hast?« Sie rückte von ihm ab und selbst der unendlich traurige Ausdruck in seinen Augen drang nicht durch den Schmerz in ihrer Brust. »Du hast mich glauben lassen, dass er von einem Scharfschützen getötet wurde.«

»Er wurde tatsächlich von einem Scharfschützen getötet«, antwortete er ruhig, als hätte er mit dieser Reaktion gerechnet, und das machte sie wütend.

Sie versuchte zu begreifen, was er sagte, aber in ihrem Kopf ging alles durcheinander. »Aber du hast ihn doch auf diese Fahrt geschickt? Wieso ausgerechnet ihn? Warum nicht einen anderen?«

»Die Strecke galt als sicher. Jewel, es tut mir leid.« Er streckte die Hand nach ihr aus, doch sie wich zurück.

»Sicher? Es war Krieg, Nate. Im Krieg gibt es keine Sicherheit.« Sie presste die Hand auf den Mund und wandte ihm den Rücken zu. Sie spürte ihn hinter sich, spürte seine Kraft, aber auch die Schuldgefühle und die Trauer, die von ihm ausgingen. Sie waren so intensiv, dass sie aufstehen und ein Stück weggehen musste.

»Jewel«, sagte er bittend.

»Nein. Sprich jetzt nicht mit mir.« Sie fuhr herum. »Deshalb fühlst du dich schuldig, nicht wahr? Es hat nichts mit deinem Versprechen an meinen Bruder zu tun.«

»Nein. Ja.« Er fuhr sich mit der Hand übers Gesicht. »Es ist beides. Ich wollte dich nicht täuschen. Ich bin einfach selbst nicht damit zurechtgekommen. Ich würde alles darum geben, wenn es mich erwischt hätte, wenn ich derjenige gewesen wäre, der nicht nach Hause kommt. Bitte, Jewel, versuch zu verstehen. Es war meine Aufgabe als sein Vorgesetzter.«

»Weiß meine Mutter davon? Oh Gott, meine Mutter.« Wie würde sie das verkraften? Nate, der Mann, dem sie alle vertrauten und den sie liebten, hatte Rick in den Tod geschickt.

»Ja.«

Jewel zitterte am ganzen Körper. »Sie weiß Bescheid?«

»Ja. Sie wusste es, noch bevor ich es ihr gesagt habe. Sie weiß es schon lange.«

Jewel packte die Sofalehne, um nicht zusammenzubrechen, und wieder streckte Nate die Hand nach ihr aus. Sie wollte sich aus seinem Griff winden, doch er war stärker als sie. Er hielt sie fest, aber so oft er sich auch entschuldigte und sagte, dass er sich wünschte, er könnte den todbringenden Befehl zurücknehmen oder dass er an Ricks Stelle gestorben wäre, es schnürte ihr das Herz nur noch fester zusammen.

»Ich kann nicht«, sagte sie, während ihr die Tränen über die Wangen liefen. »Bitte lass mich los.« Sie trat einen Schritt zurück. »Du hast dich hinter dem Versprechen versteckt.«

»Ich habe mich nicht dahinter versteckt.« Seine breiten Schultern sackten nach vorn. »Ich war wie gelähmt dadurch«, sagte er leise.

»Versteckt, Nate.« Unwillkürlich hob sie die Stimme. »Du hast dich versteckt, weil du nicht den Mut hattest, uns zu erzählen, was du getan hast.«

Mit Tränen in den Augen straffte er die Schultern. »Verdammt, Jewel. So, wie du dich hinter deiner Familie versteckst? Du trittst auf der Stelle, kannst nicht nach vorne schauen, weil du sie als Krücke benutzt. Du hast Angst, Jewel, genau wie ich Angst hatte.«

»Ich habe keine Angst.« *Ich habe keine Angst. Ich habe keine Angst.*

»Warum nimmst du dann nicht den Job an, den Chelsea dir anbietet? Warum lässt du deine Geschwister nicht den Schulbus nehmen?«

Sie starrte ihn mit offenem Mund an.

»Jawohl, Patrick und Krissy haben mir erzählt, dass du Angst hast, ihnen könnte etwas zustoßen, und deine Mutter will nicht, dass du dich unnötig aufregst, deshalb verbietet sie ihnen, den Schulbus zu nehmen. Und weißt du was, Jewel? Das Leben ist voller böser Überraschungen. Das hast du schon oft genug am eigenen Leib erfahren, das verstehe ich. Ich wollte dich nur vor dem schützen, was ich getan habe.«

»Oder dich selbst schützen«, murmelte sie leise. »Busse sind gefährlich. Die Kinder lenken den Fahrer mit ihrem Lärm ab.« Sie sorgte sich jedes Mal um ihre Geschwister, wenn sie das Haus verließen, und konnte den Gedanken nicht ertragen, ein weiteres Familienmitglied zu verlieren. Mit verschränkten Armen ging sie auf und ab. Sie war nicht bereit, der Wahrheit seines Vorwurfs ins Gesicht zu sehen.

Nate fuhr sich wieder mit der Hand übers Gesicht. »Es tut mir leid. Das hast du nicht verdient. Es ist einfach alles ein bisschen viel.« Er hielt ihren Blick fest. In seinen Augen spiegelte sich der herzzerreißende, wilde Schmerz, den sie selbst fühlte. »Das bringt uns nicht weiter. Ich liebe dich, Jewel, und es tut mir leid.«

Sie wandte sich ab. Sie konnte seinen Anblick nicht länger ertragen. Sie hörte das leise Klirren von Schlüsseln und dann ging die Tür. Ihr Herz rief ihr zu, sie solle ihn aufhalten, doch ihr Kopf befahl ihr, sich nicht von der Stelle zu rühren. Sie hatte das Gefühl, als hätte sie ihren Bruder noch einmal verloren. Und nun hatte sie auch Nate verloren.

Dreizehn

Als der Morgen graute, lag Jewel in ihrem Schlafzimmer auf dem Boden, umgeben von Briefen von Rick. Während seines Auslandseinsatzes hatte er ihr zweimal im Monat geschrieben, und sie hatte jeden Brief, jeden Umschlag aufbewahrt. Letzte Nacht hatte sie sie immer wieder gelesen, bis sie sie fast auswendig kannte. Und jetzt starrte sie darauf, als läge in ihnen die Antwort auf ihren Schmerz verborgen. Wenn sie ehrlich war, zögerte sie nur den Moment hinaus, bis sie ihre Geschwister zu Hause abholen und zur Schule bringen musste. Nate hatte gesagt, ihre Mutter wisse, dass er Rick auf diese letzte Mission geschickt hatte. Warum bloß hatte sie ihr nichts erzählt? Jewel hatte die ganze Nacht hin und her überlegt, ob es einen Weg gab, Nate trotz der bitteren Wahrheit zu lieben, doch der Schmerz war noch zu frisch.

Ihr Handy vibrierte, und sie fegte es mit einer ungeduldigen Handbewegung beiseite, sodass es über den Boden schlitterte. Sie wollte mit niemandem reden. Außerdem war es höchste Zeit, Patrick und die Mädchen abzuholen und dann zur Arbeit zu fahren. Dort stand ihr einer der hektischsten Tage der Saison bevor. In jedem Frühjahr gab es in Chelseas Boutique einen eintägigen Sonderverkauf und der war ausgerechnet heute. Die

Kundinnen würden ihnen die Türen einrennen und Jewel musste von früh bis spät freundlich lächeln und geduldig jeden Wunsch erfüllen. Sie hatte keine Ahnung, wie sie das schaffen sollte.

Sie rollte sich auf den Rücken und las einen von Ricks Briefen durch einen Tränenschleier. *Liebe Jewel, ich weiß, dass du auf die Kleinen aufpasst, also spare ich mir die Frage, wie es dir geht.* Als Rick nach dem Tod des Vaters begonnen hatte, sich um sie alle zu kümmern, waren ihre jüngeren Geschwister noch so jung gewesen, dass er sie immer »die Kleinen« genannt hatte. *Pass nur auf, dass du selbst nicht zu kurz kommst. Ich weiß, dass du dich für sie aufopferst, weil Mom dir leidtut, aber sie schafft das, Jewel. Sieh zu, dass du etwas Spaß hast. Warte damit nicht so lange wie ich. Mach die Dinge, die ich verpasst habe.* Wie oft hatte ihr ihre Mutter dasselbe gesagt? *Ungefähr so oft, wie ich die Augen verdreht und gedacht habe, ja, alles klar.* Sie las weiter. *Hier ist alles okay. Es ist komisch, so weit weg von zu Hause zu sein, aber zum Glück habe ich ja Nate. Ohne ihn würde ich das hier nicht durchstehen.*

Sie warf den Brief auf den Boden und griff sich einen anderen. Jeder Brief lobte Nate ausnahmslos. Er war stark, er war mutig, er war klug.

Klug? Er hat dich in den Tod geschickt.

Nate hatte gesagt, es sei ein Routineauftrag gewesen. Ein sicherer Routineauftrag. War in einem Krieg irgendetwas sicher? Was wäre die Alternative gewesen? Hatte es eine gegeben? Hätte er Rick irgendwo anders hinschicken können? Routineaufträge enden nicht mit dem Tod eines Soldaten, oder? Sonst wären es keine Routineaufträge.

Sie sah auf die Uhr. Wenn sie sich jetzt auf den Weg machte, würde sie ihre Mutter verpassen, was ihr ganz recht war. Sie stand auf, nahm ihr Handy und steckte es in ihre Tasche. Ein kurzer Blick in den Spiegel ließ sie zurückschrecken. Sie hatte dunkle Ränder unter den geschwollenen Augen. Sie strich sich das zerzauste Haar hinters Ohr und fragte sich, warum das Leben so hart sein musste. War das eine Art furchtbarer Test? Hatte sie nicht schon genug ertragen? Wie viel mehr musste sie noch verlieren, bevor sie zur Ruhe kam?

Sie wischte sich die Tränen ab, nahm ihre Schlüssel und ging dann zum Parkplatz. Nates Wagen war verschwunden. Sie schaute auf ihre Schlüssel. Nate hatte gestern Abend die Autos getauscht. Sie hatte sich so sehr dagegen gewehrt, den Truck zu nehmen, und jetzt hätte sie alles darum gegeben, ihn wiederzubekommen.

In ihrem Jeep roch es nach Nate. Konnte es noch schlimmer werden? Sie stellte ihre Handtasche auf den Beifahrersitz und entdeckte einen Zettel mit Nates Handschrift, bei dessen Anblick ihr wieder die Tränen in die Augen stiegen.

Liebe Jewel,

du hattest recht. Ich hatte Angst, dir zu erzählen, was ich getan habe, und es tut mir leid, dass ich nicht den Mut hatte, es dir früher zu sagen. Ich wollte dich nicht täuschen. Ich hoffe, eines Tages wirst du einen Weg finden, mir zu vergeben, aber ich verstehe, wenn du es nicht kannst. Mir fällt es schwer, mir selbst zu vergeben. Ich hoffe, dass du deine Geschwister am Mittwoch trotzdem zu Rough Riders bringst. Ich möchte sie nicht enttäuschen, allerdings hätte ich Verständnis dafür, wenn du nicht willst, dass sie mit mir Kontakt haben.

In Liebe, Nate

Sie wischte sich die Tränen ab und versuchte sich daran zu erinnern, wie man atmete. Als ihr Bruder starb, hatte sie auf Autopilot umschalten können, sodass sie ihre Geschwister versorgen und das tun konnte, was getan werden musste, obwohl ihr so elend zumute war. Sie hatte so viel durchgestanden, mehr als die meisten Leute mit zweiundzwanzig. Und nun war innerhalb einer einzigen Woche ihr Herz zum Leben erweckt und gleich drauf in Stücke gerissen worden. Sie hatte das Gefühl, als würde sie sich davon nicht erholen.

Unterwegs zum Haus ihrer Mutter versuchte sie vergeblich, wieder in den Autopilotmodus zu schalten, doch immer sah sie Nates Gesicht vor sich, hatte seine Stimme im Ohr. Die Verabredung zum Kanufahren hatte sie vergessen, aber ihre Geschwister sollten nicht darauf verzichten müssen. Sie freuten sich schon so sehr darauf. Das letzte Mal waren sie bei Rough Riders gewesen, bevor Rick nach Afghanistan gegangen war. Der Gedanke an ihren Bruder ließ ihr wieder die Tränen in die Augen steigen.

Als sie bei ihrer Mutter ankam, sah sie zum Fürchten aus. Sie fuhr sich mit den Fingern durchs Haar und eilte ins Haus, um sich dem allmorgendlichen Chaos zu stellen.

»Jewel! Ich habe dich angerufen, aber du bist nicht drangegangen.« Krissy saß am Küchentisch und tippte auf ihrem Handy herum.

»Tut mir leid. Ich habe das Telefon nicht gehört. Was ist los?« Sie stellte eine Schale mit einer Milchpfütze und ein paar aufgeweichten Cornflakes in die Spüle und begann, die Lunchpakete fertigzumachen.

»Kann Stacey mit uns zu Rough Riders kommen?«

Insgeheim hatte Jewel gehofft, dass die Kinder das Versprechen vergessen hatten. »Diesmal nicht, Kriss. Tut mir leid.«

»Egal.« Krissy tippte eifrig weiter, zwischendurch beäugte sie Jewel jedoch aus den Augenwinkeln.

Mechanisch vollführte Jewel die alltäglichen Handgriffe. Sie fühlte sich so wie in den Wochen nach Ricks Tod.

»Du siehst furchtbar aus.« Krissy legte ihr Handy auf den Tisch und starrte Jewel an. »Bist du krank? Wenn du krank bist, halt dich von mir fern. Ich will mich nicht anstecken.«

»Ich bin nicht krank.« *Nur liebeskrank.*

»Oh. Nun, jedenfalls siehst du furchtbar aus.«

Jewel schloss kurz die Augen und atmete ein paar Mal tief durch. Sie sah tatsächlich schrecklich aus, aber als Krissy es so unverblümt aussprach, hätte sie am liebsten losgeweint. Dabei hatte sie eigentlich nicht nah am Wasser gebaut.

»Wo ist Taylor?« Jewel ging ins Wohnzimmer, nahm Patricks Mathebuch vom Couchtisch und legte es auf seinen Rucksack, dann ging sie zur Treppe und brüllte: »Patrick? Tay? Kommt schon.«

Taylor kam die Treppe heruntergerannt. Sie sah niedlich aus in ihren Leggings und dem übergroßen Sweatshirt. »Patrick spielt auf der Xbox.«

»Na prima.« Jewel stapfte nach oben und stieß Patricks Zimmertür auf. Er saß auf der Bettkante und sprühte offenbar vor Zorn. »Los, Patrick. Zeit für die Schule.«

Er rüttelte an seinem Controller und drückte wütend auf die Tasten.

»Patrick. Sofort. Wir dürfen nicht zu spät kommen.«

»Moment.« Sein Blick blieb auf den Fernseher gerichtet.

Jewel holte tief Luft und ermahnte sich, dass er sich wie ein ganz normaler Teenager verhielt. Das half allerdings nicht, ihren Ärger zu besänftigen.

»Wenn du morgen nach der Schule mit zu Rough Riders willst, kommst du auf der Stelle runter.«

»Du bist so gemein.« Er schaltete die Xbox aus und warf den Controller aufs Bett.

»Hast du gefrühstückt?« Sie ging hinter ihm nach unten. »Ich habe dein Mathematikbuch auf deinen Rucksack gelegt.«

Er schob das Buch in den Rucksack. »Ich kann meine Sachen selbst zusammensuchen.«

»Wenn ich nicht wäre, würdest du wahrscheinlich den ganzen Tag am Computer hocken und die Schule ganz vergessen.«

»Ich bin kein Idiot, Jewel. Ich komme ohne dich zurecht«, sagte er und stürmte aus dem Haus, ohne sich umzusehen.

Jewel atmete tief aus. Mittlerweile sollte sie seine Launen ja gewöhnt sein, aber sie regte sich immer wieder darüber auf. Sie zwang sich, nicht weiter über den Stich nachzudenken, den seine Worte ihr versetzt hatten, und ging die Mädchen holen.

Vierzig Minuten später betrat sie mit zwei vollen Kaffeebechern Chelseas Laden.

»Du siehst aus, als hättest du schon einen vollen Tag hinter dir.« Chelsea nahm einen der Becher und nippte an dem Kaffee. »Nektar der Götter. Vielen Dank.«

Jewel brachte ihre Tasche ins Büro und sank auf einen Stuhl. Sie würden erst in einer Stunde öffnen, doch sie mussten sich vergewissern, dass alles an Ort und Stelle war. Die beiden Aushilfen, die ihnen unter die Arme greifen sollten, waren noch nicht da. Bevor sie sich an die Arbeit machte, brauchte Jewel einen Moment, um durchzuatmen, nachzudenken und zur Ruhe zu kommen. Sie war erschöpft und verwirrt und hatte keine Ahnung, wie sie den Tag überstehen sollte, ohne in Tränen auszubrechen. Sie erkannte sich selbst nicht mehr wieder und das brachte sie noch mehr durcheinander.

»Schlimmer Morgen?« Chelsea setzte sich auf den Stuhl gegenüber und schob sich eine dunkle Strähne hinters Ohr. Sie sah Jewel durchdringend an und Jewels Augen wurden feucht. »Oh je. Schlimmer Abend?«

Jewel schüttelte den Kopf und wischte sich die Tränen ab. »Es war ein furchtbarer Abend. Warum muss eigentlich alles schwierig sein?«

»Wenn alles einfach wäre, würdest du dich schrecklich langweilen. Wenn alles einfach wäre, wären wir allesamt überhebliche Idioten, die nicht wissen, wie gut es ihnen geht. Wenn alles einfach wäre —«

Jewel funkelte sie böse an.

»Sorry.«

»Ich hab's kapiert. Aber mal ehrlich: Ich hasse mein Leben nicht – das weißt du. Ich liebe meine Familie. Ich liebe es, hier zu arbeiten. Aber …« Die Tränen raubten ihr die Stimme. Sie schüttelte den Kopf und zog ein Taschentuch aus der Box auf dem Tisch.

»Oh, Süße. Was ist gestern Abend passiert? Hat Nate mit dir Schluss gemacht? Soll ich ihm einen Tritt in seinen süßen kleinen Hintern geben?«

Jewel lachte durch die Tränen hindurch. »Das könnte dir so passen.«

Chelsea hob ihren Kaffeebecher an die Lippen. »Und ob! Aber um deinetwillen würde ich ihn derart verhauen, dass ihm Hören und Sehen vergeht. Ich würde …«

»Chelsea!« Jewel konnte nicht anders, sie musste lachen. »Du bist mir vielleicht eine Freundin.«

»Ich bin die beste Freundin, die du dir vorstellen kannst, denn eins kannst du mir glauben: Wenn es darauf ankäme, würde ich ihm seine hübsche Fresse polieren. Und ich verspreche, es nicht zu genießen.« Sie kam um den Schreibtisch herum und setzte sich auf die Kante. »Erzähl mal. Was hat dir dieser nichtsnutzige sexy Schurke angetan?«

»Er hat meinen Bruder umgebracht«, sagte Jewel mit tonloser Stimme.

Chelsea verschluckte sich an ihrem Kaffee. »Das meinst du nicht ernst, oder?«

Stumm reichte sie Chelsea die Taschentuchbox.

»Ich liebe dich, Jewel, aber ich glaube keine Sekunde, dass Nate Braden deinem Bruder jemals ein einziges Haar gekrümmt hätte. Sie haben alles zusammen gemacht.« Sie tupfte sich den Kaffee vom Rock und sah Jewel erwartungsvoll an. »Nun sag schon. Was ist passiert?«

»Er war derjenige, der Rick auf die Versorgungsfahrt geschickt hat, bei der er getötet wurde.«

»Moment mal, also hat er Rick nicht wirklich getötet. Du hast mir vielleicht einen Schrecken eingejagt.«

»Chelsea! Er hat ihn auf eine Mission geschickt, die er nicht überlebt hat. Es ist das Gleiche.« Die Tränen waren versiegt, an ihre Stelle war blanke Wut getreten, als sie nun in dem kleinen Büro auf und ab ging. »Und als wäre das nicht schon schlimm genug, hat er mir nichts davon erzählt. Bis gestern Abend. Zwei Jahre später.«

»Jewel, Schätzchen …«

»Komm mir nicht mit ›Jewel, Schätzchen‹. Er hätte jemand anderen schicken können. Auf dieser Militärbasis gab es jede Menge Leute. Wieso er? Wieso Rick? Wieso mein Bruder?« Tränen brannten ihr in den Augen und das machte sie noch wütender.

»Jewel!«

Chelseas barscher Ton ließ Jewel innehalten.

»Es tut mir leid, aber atme einmal tief durch und hör mir eine Sekunde zu. Bitte.« Sie führte Jewel zurück zu dem Stuhl und zwang sie, sich zu setzen. »Du kennst Nate. Du kennst ihn seit einer halben Ewigkeit. Glaubst du wirklich, dass er absichtlich etwas getan hätte, was Rick schadet? Und wenn ja, wieso sollte er dir davon überhaupt etwas sagen?«

Jewel presste die Lippen zusammen und wandte den Blick ab.

»Oh nein, Jewel. Spiel jetzt nicht die Verstockte. Du weißt, dass es keinen Sinn ergibt, was du da sagst. Ich verstehe, warum du so aufgebracht bist. Ich wäre es auch, aber du sagst, Nate habe Rick *umgebracht*, und das stimmt nicht. War Nate nicht ranghöher als Rick? Er war doch Offizier?«

»Ja, aber —«

Chelsea hob abwehrend die Hände. »Also musste er wahrscheinlich diese Entscheidungen treffen, und du weißt, wie es beim Militär ist. Wahrscheinlich hat er nicht einmal selbst entschieden, sondern nur einen Befehl von jemandem weiter oben weitergegeben.«

»Vielleicht, aber es macht es nicht besser.«

»Nein? Also, wenn deine Mutter dich bittet, Taylor bei einer Freundin oder Krissy vom Tanzen abzuholen, und jemand überfährt eine rote Ampel, rast in deinen Jeep und Taylor oder Krissy werden getötet, was der Himmel verhüten möge, wäre deine Mutter dann schuld?«

»Das ist etwas anderes.« *Was Nate getan hat, ist mit nichts zu vergleichen.*

»Okay, nehmen wir eine andere Situation. Ich bitte dich, Tüten von unserem Lieferanten abzuholen, und jemand überfährt dich auf dem Parkplatz, als du gerade zu deinem Jeep gehst. Sollte ich dann vor allen Menschen als deine Mörderin dastehen? Du weißt, dass ich entsetzliche Schuldgefühle hätte und nie darüber hinwegkommen würde, aber gäbe das anderen Leuten das Recht, mich als deine Mörderin zu bezeichnen? Sollte deine Mutter mich für eine Mörderin halten? Dein Bruder und deine Schwestern?«

»Du bist gemein.« Jewel atmete tief durch. Was Chelsea sagte, war vernünftig, aber in ihrem Kopf waren Ricks Tod und Nates Befehl untrennbar miteinander verbunden.

»Ja, du hast recht, das bin ich. Weil du das Beste wegwirfst, das du jemals in deinem Leben gehabt hast.« Chelseas Ton wurde weicher. »Jewel, du lebst das Leben einer vierzigjährigen Mutter, nicht das einer zweiundzwanzigjährigen schönen, talentierten Frau. Du hast einen Abschluss in Modedesign und weigerst dich, diesem gottverlassenen Nest den Rücken zu kehren.«

»Meine Familie –«

»Ich weiß, Schätzchen. Ich verstehe es. Sie brauchen dich ebenso sehr, wie du sie brauchst. Aber denk noch einmal gründlich über diese Geschichte mit Nate nach. Mehr will ich gar nicht. Ich denke, du schätzt Nates Anteil an Ricks Tod falsch ein.«

»Selbst wenn das so wäre – und ich sage nicht, dass es so ist –, wie kriege ich das aus meinem Kopf?«

Chelsea zuckte die Schultern. »Ich weiß es nicht. Ich weiß nur, dass ich mit siebenundzwanzig immer noch auf den Mann warte, der mich so liebt, wie ich bin, mit allen Fehlern und Schwächen. Und in all den Jahren, die ich dich nun kenne, habe ich deine Augen noch nie so leuchten sehen, wie wenn du von Nate sprichst.«

Jewel ließ den Kopf auf den Schreibtisch sinken. »Wenn

Rick hier wäre, würde er wissen, was zu tun ist. Er wusste immer, was zu tun ist.«

»Ist dir klar, dass du den einzigen Menschen herbeiwünschst, der dir keine Antwort geben kann?«

Jewel schloss die Augen.

»Ich glaube nicht, dass du jemanden brauchst, der dir sagt, was du tun sollst. Ich wette, als sich Rick entschied, zur Armee zu gehen, wusste er, dass du an seiner Stelle alles für Patrick, Krissy und Tay geben würdest. Und er hat darauf vertraut, dass du immer weißt, was zu tun ist.«

Vierzehn

Nate saß in seinem Truck am Eingang des Friedhofs. Über eine Stunde lang rührte er sich nicht von der Stelle und überlegte, wie es weitergehen sollte. Von Jewel hatte er seit dem vergangenen Abend nichts mehr gehört. Er hatte ihren Jeep auf dem Parkplatz vor Chelseas Laden gesehen, daher wusste er, dass sie zur Arbeit gefahren war und folglich seine Nachricht gefunden hatte. Morgen war Mittwoch, der Tag, an dem er mit Jewel und ihren Geschwistern bei Rough Riders verabredet war. Er hatte keine Ahnung, ob sie tatsächlich auftauchen würden. Hatte er es nun total vermasselt, als er ihr die Wahrheit gesagt hatte? Oder war es der richtige Schritt gewesen? Sein Geständnis verschaffte ihm ein wenig innere Erleichterung, Jewels Hass aushalten zu müssen war jedoch zehnmal schlimmer. Er wollte eine aufrichtige Beziehung zu Jewel, und die konnte es nur geben, wenn kein Geheimnis zwischen ihnen stand, doch nun schienen sich seine schlimmsten Befürchtungen zu bewahrheiten.

Vielleicht wäre es besser gewesen, wenn er Peaceful Harbor den Rücken gekehrt hätte, ohne Jewel die Wahrheit zu sagen. Zumindest hätte er ihr weiteren Schmerz erspart.

Er stieg aus, und als er über den grasbewachsenen Hügel zu

den Gräbern von Rick und seinem Vater ging, wusste er, dass er die Wahrheit nie hätte verschweigen können. Schweren Herzens betrachtete er das Meer aus Grabsteinen und ein Schauer lief ihm über den Rücken. Bei den Gräbern angekommen, starrte er lange auf den kalten Marmor. Sein bester Freund, mit dem er sein erstes Bier getrunken hatte, mit dem Fahrrad durch die Stadt gerast und zu seiner ersten Highschool-Party gegangen war, lag knapp zwei Meter unter ihm begraben. Immer wieder hatten sie über die Heimkehr nach Peaceful Harbor gesprochen, und Nate hatte sich das Hirn zermartert, wie er Rick sagen sollte, dass seine jüngere Schwester für ihn die unglaublichste Frau der Welt war. Und dann hatte er mitansehen müssen, wie sein Freund starb. Sie hatten sich für unbesiegbar gehalten. Natürlich hatte es Zeiten gegeben, in denen sie um ihr Leben fürchteten und Angst hatten, doch manchmal glaubten sie, sie seien aus Blei und nichts könne ihnen etwas anhaben. Rick sagte immer, nach dem Tod seines Vaters würde Gott oder wer immer bei diesem Spiel, das sich Leben nannte, die Fäden in der Hand hielt, nicht zulassen, dass seine Mutter ein zweites Mal leiden musste.

Ricks Tod hatte Nates Glauben auf eine harte Probe gestellt. Er konnte sich nicht dazu durchringen, Gott zu hassen, weil er nicht glaubte, dass Gott Rick getötet hatte. Es war der verdammte Scharfschütze, der seinem besten Freund das Leben genommen hatte. Gott hatte nichts damit zu tun.

Nate schob die Hände in die Taschen seiner Cargoshorts und starrte in den Himmel. »Richard Phillip Fisher, hör mir zu, wo immer du auch bist. Ich muss dir leider sagen, dass ich ein kompletter Idiot bin. Verdammt, das weißt du schon, aber ich wollte Jewel nie verletzen, und ich wollte dich verdammt noch mal nicht in die Schusslinie dieses Arschlochs schicken. Aber ich kann mir vorstellen, dass du das auch schon weißt.« Er lachte leise und schüttelte den Kopf. »Du kennst mich viel zu gut. Ich habe deine Briefe an deine Mutter gelesen. Meintest du das alles ernst, Rick? Oder hast du nur herumgeblödelt?« Tränen brannten in seinen Augen. »Mann, wenn du jetzt hier wärst, würden wir uns ein paar Bier hinter die Binde kippen und du würdest mir genau sagen, dass ich ein Arsch bin, also bitte …«

Er holte wacklig Luft. »Bitte, Rick, gib mir ein verdammtes Zeichen, Kumpel. Ich habe deine Briefe gelesen. Du hättest mir eine Menge Kummer ersparen können, wenn du mir gesagt hättest, dass du von meiner Liebe zu Jewel weißt. Mann, was habe ich mir Sorgen gemacht, du könntest etwas über meine Gefühle für sie herausfinden.« Er zog einen einzelnen Brief aus seiner Hosentasche, strich mit den Fingern darüber und schob ihn dann wieder zurück. »Soll ich in Peaceful Harbor bleiben und versuchen zu beweisen, dass ich ihrer Liebe würdig bin? Oder sollte ich zusehen, dass ich hier wegkomme?«

Er presste die Faust auf das Feuer in seiner Brust. »Komm schon, Mann«, sagte er mit heiserer Stimme. Die Tränen, die er zwei Jahre zu lange zurückgehalten hatte, strömten ihm über die Wangen.

»Nate?«

Mist. »Anita. Hallo. Tut mir leid. Ich war nur …« Er wandte sich ab und wischte sich über die Augen.

»Ist schon okay. Normalerweise ist niemand hier, wenn ich in meiner Mittagspause komme.« Sie legte ihm die Hand auf die Schulter. »Es ist schwer, sie zu besuchen, nicht wahr?«

Er biss die Zähne zusammen und nickte. »Tut mir leid. Ich will nicht solch ein Schwächling sein.«

Sie lachte. »Du weinst um mein Baby, Nate. Vermutlich weinst du in Wirklichkeit um zwei meiner Kinder. Das macht dich nicht zum Schwächling. Das macht dich menschlich.«

»Tatsächlich? Nun, im Moment bin ich für meinen Geschmack ein bisschen zu menschlich.«

Sie lächelte, und Nate fragte sich, wie sie so gütig sein konnte, nach allem, was sie über die Umstände von Ricks Tod wusste.

»Hast du mit Jewel gesprochen?«, fragte sie.

»Ja. Ich fürchte, es ist nicht so gut gelaufen.«

»Gib ihr Zeit, Nate. Ich habe Vertrauen in Jewel. Sie wird die richtige Entscheidung für euch beide treffen. Sie ist ein kluges Mädchen.«

»Sie ist … alles«, gab er zu.

»Ja, das ist sie, nicht wahr? Sie ist der Klebstoff, der uns zusammenhält, aber manchmal ist sie auch der Zaun, der uns einsperrt.«

»Wie meinst du das?«

»Oh, du kennst Jewel ja. Sie hat Ricks Verantwortungsbewusstsein, was ein Segen ist. Gott weiß, dass sie mir mehr geholfen hat, als eine Tochter ihrer Mutter helfen sollte.« Anita zog eine in Alufolie verpackte Praline aus der Tasche und legte sie auf Ricks Grabstein. »Die hat er immer so gerne gegessen.«

Nate drängte sie nicht, ihr mehr über Jewel zu erzählen. »Rick konnte nicht genug davon bekommen. Zu meinem Geburtstag hat er mir einmal eine Packung gekauft und mir dann die Tüte mit den Folien geschenkt.«

»Typisch Rick.«

»*Er* war auch alles, Anita. Ehrlich. Rick war einer der besten Männer, die ich je gekannt habe.« Es tat gut, diese Wahrheit auszusprechen. Endlich versiegten seine Tränen.

»Ich weiß.« Sie kniete neben seinem Grabstein und strich mit den Fingern über die Buchstaben. »Wenn du ein Kind hast,

hast du Hoffnungen und Träume. Du willst alles für sie. Ich weiß, dass Ricks Leben hart war, und es ging viel zu früh zu Ende, aber er hatte das Wichtigste, das sein Vater und ich uns für ihn erhofft hatten. Unser Junge wurde geliebt. Seine Geschwister beteten ihn an und er hatte so viele Freunde. Und, Nate, ich danke Gott für jeden Tag, an dem er dich hatte. Du bist mit ihm durch dick und dünn gegangen. Du hast die Schuld auf dich genommen, als er in der achten Klasse im Englischunterricht von dir abgeschrieben hat ...«

»Das wusstest du?« Er hatte dem Lehrer gesagt, er habe von Rick abgeschrieben, damit Rick keinen Ärger bekam.

Anita hob eine Braue. »Er war mein Sohn, Nate. Natürlich wusste ich davon. Und ich wusste von vielen anderen Dingen, die ich besser nicht erwähne, um dich nicht in Verlegenheit zu bringen. All das gehört zum Erwachsenwerden dazu, und ich bin froh, dass Rick in seinem Leben auch ein bisschen Unfug gemacht hat. Rick und Jewel hatten es nicht leicht und ich werde deswegen immer ein schlechtes Gewissen haben, aber ich glaube, dass Rick trotz der Schwierigkeiten und Pflichten, die er so bereitwillig geschultert hat, ein gutes Leben hatte.«

»Er war glücklich. Er hat sich nie beklagt, und er war stolz, zur Armee zu gehen und der Familie auf diese Weise zu helfen. Einer weniger, der durchgefüttert werden muss, und ein weiteres festes Einkommen für die Haushaltskasse.«

»Ich weiß.« Sie lächelte.

»Danke, dass ich seine Briefe lesen durfte.« Er dachte an den Brief in seiner Tasche, aber er war noch nicht bereit, ihn herzugeben. »Ich bringe sie dir bald vorbei.«

»Keine Eile.«

»Ich muss los.« Er umarmte Anita. Er fühlte sich viel besser als noch vor wenigen Augenblicken. »Ich kann einfach nicht glauben, dass du all unseren Geheimnissen auf die Schliche gekommen bist.«

»Wahrscheinlich kenne ich sie nicht alle, aber ihr zwei wart liebe Jungs. Ich glaube nicht, dass ihr etwas Schlimmes angerichtet habt. Sich verbotenerweise zu einem Lagerfeuer zu schleichen und nackt durch die Gegend zu laufen finde ich nicht schlimm.«

»Wie hast du das bloß herausgefunden?« Er hob abwehrend die Hand, während er auf seinen Truck zuging. »Sag es mir lieber nicht. Ich will es gar nicht wissen.«

Lächelnd fuhr er los. Er musste an die Nacht in ihrem ersten Jahr an der Highschool denken, als Rick und er sich zu einer Party geschlichen hatten, bei der Sam Gitarre spielte. Nate wusste nicht mehr, was sie dazu gebracht hatte, nackt am Strand entlangzulaufen, aber sie hatten noch Wochen später darüber gelacht. Dann fiel ihm ein, was Sam gesagt hatte. Er meinte, die Leute in der Stadt wüssten längst, was er für Jewel empfand. Vielleicht hatten die Bewohner von Peaceful Harbor einen Hang zu Klatsch und Tratsch, der ihm bisher nicht aufgefallen war. Wie lange würde es wohl dauern, bis das, was er Jewel erzählt hatte, die Runde machte?

Er war mit den Gedanken bei Rick, als er wieder einmal den Weg zum alten Bahnhof einschlug. Vor drei Jahren begannen Gerüchte über den bevorstehenden Verkauf des Gebäudes zu kursieren. Damals hatten er und Rick gedacht, es sei der perfekte Ort für das *Tap It*. Begeistert hatten sie überlegt, wie sie die Räume ihres Restaurants aufteilen und wie die grandiose Eröffnungsfeier ablaufen würde. Als sei es alles eine abgemachte Sache.

Er parkte neben dem einstöckigen Backsteingebäude am Ende der West Rail Street, einer der belebtesten Straßen in

Peaceful Harbor. Mit dem halbrunden Fenster über der doppelflügeligen Eingangstür und dem spitzen Giebel hatte es Nate immer schon gefallen. An der Vorderseite waren mehrere Fenster eingelassen und links befand sich eine zweite Tür, die sich als Eingang zum Pub anbot, während der Haupteingang ins Restaurant führte.

Er ging um das Gebäude herum und wurde wieder von Erinnerungen an Rick überschwemmt. Sie waren sich ihrer Sache so sicher gewesen, hatten keinen Zweifel, dass das *Tap It* von Anfang an ein voller Erfolg sein würde. Etwas anderes hatten sie für die Zeit nach ihrem Auslandseinsatz nie ernsthaft in Betracht gezogen, und als er sich jetzt dem Ort gegenübersah, auf den sich ihre Hoffnungen und Träume konzentriert hatten, verspürte er den brennenden Wunsch, diese Träume um Ricks willen wahr werden zu lassen. Um das zu tun, was Rick nicht mehr tun konnte.

Er sank auf eine geschmiedete Sitzbank neben der Eingangstür und dachte über ihren Plan nach, während er sein Handy hervorzog. Vielleicht hatte er eine Nachricht von Jewel verpasst? Insgeheim wusste er, dass es unwahrscheinlich war. Nein, sie hatte sich nicht gemeldet. Eigentlich war er nicht überrascht, auch wenn er einen enttäuschten Stich verspürte. Der gestrige Abend war die Hölle gewesen und der heutige Tag würde anstrengend werden. Er wollte Jewel die Zeit und den Raum geben, die sie brauchte, um eine gut durchdachte Entscheidung zu treffen. Doch nachdem er sechs lange Jahre darauf gewartet hatte, mit ihr zusammen zu sein, und sie nun in Reichweite schien, fühlte sich jede Minute ohne sie endlos an.

Ahnte sie, wie viel sie ihm bedeutete? Hatte er sie einmal zu oft von sich weggestoßen, als dass sie noch an die Echtheit seiner Liebe glauben konnte?

Er lehnte den Kopf zurück und blickte in den wolkenlosen Himmel.

Konnte er ein Restaurant ohne Rick eröffnen? Wollte er das überhaupt? Oder würde er dann ständig daran erinnert, wie gründlich er alles verbockt hatte? Konnte er überhaupt in der Stadt bleiben, wenn Jewel es nie übers Herz brachte, ihm zu verzeihen?

Konnte er sich jemals selbst verzeihen?

Fünfzehn

Es war zehn vor fünf am Dienstagnachmittag, als Jewel ins Haus ihrer Mutter stürmte und brüllte: »Krissy? Wir müssen los!«

Sie würden zu spät kommen, aber Jewel war von einer Kundin aufgehalten worden, während Chelsea mit einem Lieferanten telefonierte, also hatte sie keine Wahl gehabt, als sie geduldig weiterzubedienen. Bei ihrem eintägigen Sonderverkauf ging es immer hektisch zu, aber heute war es wie in einem Irrenhaus gewesen. Sie hatte Glück, dass sie sich überhaupt loseisen konnte, um Krissy zum Tanzen zu bringen. Über Chelsea als Chefin konnte sie sich wirklich nicht beklagen. Ohne sie würde sie es nicht schaffen, ihre Arbeit und die familiären Verpflichtungen unter einen Hut zu bringen.

Krissy kam die Treppe hinuntergerast. Sie hatte ein weit ausgeschnittenes T-Shirt über einem Top an und trug die Leggings, die sie immer zum Tanzen anzog. Mit ihrer wehenden blonden Mähne sah sie aus wie ein Rockstar. Jewel biss sich auf die Zunge. Für eine Zwölfjährige sah sie entschieden zu aufreizend aus. Am liebsten hätte sie sie wieder nach oben geschickt, um sich umzuziehen. Sie wusste, dass Krissy die typischen Trainingssachen für den Hip-Hop-Unterricht anhatte, aber trotzdem fiel es ihr nicht leicht, ihre kleine

Schwester derart aufgebrezelt zu sehen.

»Wo ist Tay?«

»Sie macht Hausaufgaben bei Patrick, während er Xbox spielt. Er hat gesagt, du sollst nicht fragen, ob er seine Hausaufgaben gemacht hat.« Krissy verdrehte die Augen.

»Oh je. Warte.« Sie stapfte nach oben.

»Jewel! Wir kommen zu spät«, maulte Krissy.

»Dreißig Sekunden, mehr nicht«, antwortete sie, als sie Patricks Tür aufstieß.

»Ich mach sie um sieben. Mom hat gesagt, es ist okay«, sagte Patrick, bevor sie überhaupt ein Wort herausbekam.

»Mom hat gesagt, das ist okay? Sie hat bis zehn Uhr Unterricht und ich kann nicht vorbeikommen und deine Hausaufgaben nachsehen, Patrick.«

»Ich mache sie, bestimmt. Du brauchst mich nicht zu kontrollieren.«

»Ach ja? Weißt du noch, wie du sie letzte Woche vergessen hast?« Patrick versuchte immer wieder, seine Hausaufgaben aufzuschieben, und hatte sie dann bequemerweise vergessen, sodass er bis halb elf aufbleiben und sie erledigen musste.

Die Augen auf den Fernseher gerichtet, sagte er mürrisch: »Das hab ich vielleicht zweimal gemacht.«

»Jewel! Komm endlich«, rief Krissy von unten.

Jewel hatte keine Zeit zu streiten. Sobald sie Krissy beim Tanzen abgesetzt hatte, musste sie wieder in den Laden. »Sieben Uhr. Ich komme heute nach der Arbeit vorbei und sehe mir an, was du gemacht hast.« Sie war sich nicht sicher, ob sie es wirklich schaffen würde, doch sie hoffte, die Drohung allein würde reichen, dass er endlich den Hintern hochkriegte.

»Hast wohl nichts Besseres zu tun, was?«, rief Patrick ihr nach, als sie die Treppe hinunterlief.

Es machte sie traurig, wenn er so etwas sagte. Ihr Leben war chaotisch, aber sie war trotz allem dankbar dafür. Schließlich hatten Rick und ihr Vater *ihr* Leben verloren.

Nachdem sie Krissy zwanzig Minuten zu spät bei der Tanzschule abgesetzt hatte, hastete Jewel zurück in die Boutique. Dort gaben sich die Kundinnen immer noch die Klinke in die Hand. Trotz der beiden Aushilfen reichte die Schlange an der Kasse bis in den hinteren Teil des Ladens. Jewel warf immer wieder einen Blick auf die Uhr, während sie bediente. Sie musste Krissy um sieben abholen und danach bis Ladenschluss arbeiten. Die Hektik im Laden hatte auch etwas Gutes. Auf diese Weise hatte sie kaum Zeit, an Nate zu denken. Als es jedoch auf sieben Uhr zuging, überlegte sie, ob sie ihn anrufen sollte, wenn sie Krissy einsammelte. Sie musste ihm sagen, dass sie morgen zum Kanufahren kommen würden.

Sie könnte ihm natürlich eine SMS schreiben, aber sie vermisste ihn und wollte seine Stimme hören.

Während sie kassierte und einpackte, rang sie mit sich. Vielleicht ein ganz kurzer Anruf? Bei dem bloßen Gedanken an seine Stimme begann ihr Puls zu rasen. Wie konnte sie jemanden so sehr vermissen, obwohl sie sich erst vor ein paar Tagen nähergekommen waren? Eigentlich kannte sie die Antwort genau. Diese Art von Nähe war neu, aber sie hatte jahrelang eine andere Art von Nähe mit ihm erlebt. Beide hatten sie ihre Gefühle lange unterdrückt. Und als sie sie schließlich freisetzten, tränkten sie die Luft um sie herum, sättigten ihre Lungen und knüpften ein Band zwischen ihnen, das sich nicht abschütteln ließ.

»Ma'am?« Eine rothaarige Kundin schob ihr ein Geldbündel über den Ladentisch.

Jewel schüttelte den Kopf, um die Gedanken zu vertreiben.

»Entschuldigung.« Sie kassierte und reichte der Dame ihre Tüten. »Vielen Dank für Ihren Einkauf.«

Chelsea stand an der zweiten Kasse. »Geh und hol Krissy. Mira kann für dich einspringen.«

Mira hatte den ganzen Tag gearbeitet. Sie war zwanzig Jahre alt, hatte glattes, dunkles Haar und war kontaktfreudig, geduldig und unglaublich freundlich. Jewel war froh, dass Mira überall dort half, wo sie gebraucht wurde.

»Danke, Chels. Tut mir leid, dass ich noch mal wegmuss.«

Chelsea winkte ab. »Die Familie kommt an erster Stelle. Nun geh.«

Jewel schnappte sich ihre Handtasche und flitzte nach draußen. Ob sie Nate anrufen sollte, hatte sie immer noch nicht entschieden. Sie erstarrte, als sie an der Fahrertür des Jeeps einen Zettel und eine rote Rose sah. Zitternd griff sie danach.

J, ich vermisse dich so sehr, dass es wehtut. Ich will dich nicht drängen, mir zu verzeihen. Okay, vielleicht will ich das doch, weil ich mir ein Leben ohne dich nicht vorstellen kann. Es tut mir leid. Ich wollte dir nur sagen, dass ich dich vermisse. N.

Ein Hupen schreckte sie aus ihrer Benommenheit. Mit klopfendem Herzen und widerstreitenden Gefühlen stieg sie in den Jeep.

Er hat Rick den Befehl gegeben, der ihn das Leben gekostet hat.

Eine Routinefahrt, normalerweise ohne Risiko.

Normalerweise.

Was genau bedeutete das?

Auch der Angelausflug ihres Vaters hätte *normalerweise* kein Risiko bedeutet. Und dennoch war er ertrunken. Gab es irgendetwas im Leben, auf das sie wirklich zählen konnte? War nicht alles *normalerweise* irgendwie? *Normalerweise* hätte sie ein typischer Teenager sein, aufs College gehen und dann ihr Leben beginnen sollen. Und in ihrem Alter sollte sie *normalerweise* mit mehr als einer Handvoll Männer ausgegangen sein, oder?

Okay, sie hatte nie versucht, Männer kennenzulernen, und eigentlich war sie nicht wirklich auf Erfahrungen mit anderen Männern aus. Sie wollte Nate und das schon sehr lange. Ein Teil von ihr wusste, dass Chelsea recht hatte. Sicherlich hatte Nate nur seinen Job gemacht, aber das hieß nicht, dass es nicht wehtat. Sie seufzte. Es kam ihr vor, als hätte sie den ganzen Tag im Kreis gedacht. Dabei vertraute sie Nate. Sie wusste, dass nicht nur ihr Herz, sondern auch ihre Geschwister bei ihm in guten Händen waren. Sie hatte ganz sicher geglaubt, dass auch Ricks Leben bei ihm in guten Händen war. Sie wusste, dass Nate Rick geliebt und dass er ihn nicht wirklich getötet hatte. Aber sie hatte Angst, dass sie Nate vielleicht nie wieder ohne das schmerzliche Wissen ansehen konnte, dass er Rick auf diese tödliche Mission geschickt hatte.

Sie zog ihr Handy heraus, doch ihre Finger zögerten über den Bildschirm. So sehr sie ihn auch vermisste: Ihr war klar, dass sie keine klare Entscheidung mehr würde fassen können, sobald sie seine tiefe, fürsorgliche Stimme hörte. Stattdessen schrieb sie ihm eine Nachricht.

Ich vermisse dich auch, aber ich brauche Zeit. Tut mir leid.

Sie starrte lange auf ihr Handy, bevor sie die Nachricht schließlich losschickte. Dann fuhr sie zur Tanzschule, um Krissy abzuholen und nach Hause zu bringen.

Dieser Dienstag war ganz sicher der längste Tag in der Geschichte der Menschheit. Als Jewel nach Hause kam, war es bereits halb elf. Sie hatte Patrick früher am Abend angerufen, und er hatte hoch und heilig geschworen, dass er seine Hausaufgaben gemacht hatte. Nun humpelte sie die Treppe zu ihrer Wohnung hoch. Sie versuchte, nicht an Nate zu denken, dabei war er der Einzige, an den sie denken wollte. Sie fühlte sich emotional und körperlich ausgelaugt und ihr Knöchel ließ sie deutlich spüren, dass sie schon viel zu lange auf den Beinen war. Eigentlich hatte sie gedacht, dass er wieder ganz in Ordnung war, doch nun sehnte sie sich nach einer Schmerztablette. Sie schleppte sich auf den Treppenabsatz im dritten Stock, und ihr stockte der Atem, als sie eine Geschenkschachtel vor ihrer Wohnungstür entdeckte.

Sie nahm sie voller Freude mit in die Wohnung und setzte sich auf die Couch. Sie löste die hübsche rote Schleife und wickelte das Papier ab. In der Schachtel fand sie eine weitere Schachtel mit einer Nachricht.

J, ich will dich nicht drängen, aber ich wollte sicher sein, dass du alles hast, was du brauchst. N.

Jewel musste unwillkürlich lächeln, als sie den Deckel öffnete und eine Uhr mit einer anderen Nachricht zum Vorschein kam.

Jetzt hast du Zeit. Was brauchst du sonst noch? N.

Sie drückte die Uhr an die Brust. Die Halskette fiel ihr ein. Hatte er ihr damals auch Zeit gegeben? Er hatte gesagt, er liebe sie seit Jahren. Plötzlich wurde ihr klar, dass das, was sie immer gehabt hatte, genau das war, was sie jetzt brauchte.

Dich, Nate Braden. Ich brauche dich.

Sechzehn

Der Mittwoch schleppte sich träge dahin. Im Mr. B. war den ganzen Nachmittag über nicht viel los gewesen, sodass Nate reichlich Zeit hatte, über Jewel nachzudenken. Er hatte immer angenommen, die Trennung während seines Auslandseinsatzes sei am schwersten zu verkraften gewesen. Doch nun war sie nur einen Steinwurf von ihm entfernt und trotzdem unerreichbar, und er hielt es kaum aus, von ihr getrennt zu sein. Er wusste, dass er ihr etwas bedeutete. Er spürte es jedes Mal, wenn sie zusammen waren. Aber er wusste auch, dass er sie mit Tatsachen konfrontiert hatte, die schwer zu verdauen waren. Jewel und Rick hatten einander viel nähergestanden, als Geschwister es normalerweise taten. Dass sie sich nach dem Tod des Vaters um die jüngeren Kinder kümmern mussten, hatte sie zusammengeschweißt. Nate und seine Brüder und Schwestern achteten aufeinander, aber ihre Beziehungen waren anders als bei Jewel und ihrer Familie. Er verstand das, und das war es, was ihm am meisten Sorgen bereitete, wenn er überlegte, ob Jewel ihm jemals verzeihen konnte. Er wusste auch, dass seine Schuldgefühle ihn für den Rest seines Lebens begleiten würden, ob sie ihm verzieh oder nicht. Vielleicht würden sie sich im Laufe der Zeit abschwächen, so wie er es empfunden hatte, nachdem er Jewel und ihrer Mutter die Wahrheit gesagt hatte. Ganz verschwinden würden sie aber nie. Das hatte er gestern Abend erfahren, als er Ricks Briefe gelesen hatte und sich die Schuldgefühle wie Tentakeln um ihn wanden. Er wusste, dass die Schuld immer ein Teil von ihm sein würde, aber das hieß nicht, dass sie ihn gnadenlos auffraß. Dass sich ihr Griff um sein Herz ein wenig lockerte, gab ihm zum ersten Mal seit zwei Jahren Hoffnung. Er wünschte, diese Hoffnung wäre nicht zu Jewels Lasten gegangen, aber ihm war auch klar, dass es für ihre Beziehung keine Fortschritte gegeben hätte, wenn er ihr die Wahrheit verschwiegen hätte. Er hoffte wirklich, dass sie ihm verzeihen konnte.

Sein Vater kam aus dem Büro und stellte sich zu ihm an die Bar.

»Wie geht's hier draußen?« Er stützte sich mit einer Hand auf den Tresen und sah Nate aus seinen dunklen Augen an.

Nate zuckte mit den Schultern und wies mit dem Kinn auf die wenigen Gäste, die an Tischen an den Fenstern saßen. Er wusste, dass sein Vater seine Körpersprache ebenso las wie den Ausdruck seiner Augen. Obwohl sein Vater aus gesundheitlichen Gründen aus der Armee ausgeschieden war, hatte er die Gewohnheiten eines Soldaten nie verloren und betrachtete seine Umgebung immer ganz genau. Während Nates Mutter weicher und diplomatischer vorging, war sein Vater geradeheraus und unverblümt. Sammy war ihm darin sehr ähnlich, während Nate etwas von beiden Eltern hatte. Wie Cole und Tempe behielt Nate seine Gedanken oft für sich.

»Und du fährst zu Sammy raus, um dich mit Jewel und den Kindern zu treffen?«

»Jep. So ist es geplant«, antwortete Nate und versuchte, bei der Aussicht, Jewel zu sehen, nicht allzu nervös zu wirken.

»Ty ist auch bei Sammy«, sagte sein Vater.

»Ehrlich? Was macht er dort?« Ty war eine umtriebige Seele, die sich nie lange an einem Ort aufhielt. Nate überlegte, dass Sam und er letzte Nacht wahrscheinlich wieder durch die Kneipen gezogen waren. Vielleicht hatte Ty bei Sam übernachtet und dann beschlossen, den Tag mit ihm zu verbringen. Das kokette Lächeln fiel ihm ein, mit dem Jewel Ty bedacht hatte, und sein Innerstes zog sich zusammen.

»Er hat ein paar Wochen Zeit bis zu seinem nächsten Aufstieg und will Sam helfen, das Bootshaus zu renovieren.« Sein Vater verschränkte die kräftigen Arme und sah Nate geradewegs an. »Wie geht es dir, Nate?«

»Oh, ich kann nicht klagen.« *Auch wenn's schwerfällt.* Nate schnappte sich ein Geschirrtuch und wischte die Bar ab.

»Nein, das kannst du wohl nicht. Du bist keiner, der klagt. Hast du schon mit Jewel gesprochen? Über Rick, meine ich?«

Nate warf sich das Tuch über die Schulter und begegnete dem mitfühlenden Blick seines Vaters. »Ja, Dad.«

Sein Vater presste die Lippen zu einem schmalen Strich zusammen und nickte. »Gut. Das ist ein guter Anfang, Nate. Ich bin sicher, es war nicht einfach.«

»Kann man wohl sagen.« Nate schüttelte den Kopf. »Ich dachte, es wäre schwer, mit diesen Schuldgefühlen zu leben, aber zu sehen, welchen Schmerz es Jewel bereitet? Das war noch viel schlimmer.«

»Ich bin stolz auf dich, Nate. Nicht nur, weil du es Jewel gesagt hast, sondern auch, weil du den Mut hattest, zurückzukommen. Ich weiß, dass es wehtut.« Sein Vater sah sich in der Kneipe um und wies mit dem Kopf zum Fenster mit Blick auf den Yachthafen. »All die Orte zu sehen, an denen du dich mit Rick herumgetrieben hast. Erinnerst du dich an das alte Beiboot, das ihr zusammen repariert habt?«

Nate lächelte. »Klar.«

»Ich habe gesehen, wie ihr den ganzen Sommer daran gearbeitet habt. Zwei junge Burschen mit einer Mission, von früh bis spät. Du wolltest es perfekt haben. Rick reichte es, ein funktionstüchtiges Boot zu haben.«

»Er wollte damit mit Mädchen rausfahren. Er hatte es eilig.«

»Und du wolltest es perfekt herrichten, auch wenn dir klar war, dass die Elemente es allmählich zerstören würden, sobald ihr es zu Wasser gelassen hattet.«

»Das habe ich von dir gelernt.« Nate blickte aus dem Fenster und erinnerte sich, wie er und Rick gestritten hatten, wann sie ihre Arbeit an dem Boot für beendet erklären würden. »Du hast mir gesagt, ich sollte mir lieber Zeit lassen, als Fehler zu machen. Das Ergebnis sollte auch in Zukunft noch Bestand haben, nicht nur im Moment funktionieren.«

»Stimmt. Das habe ich dir gesagt.« Die vollen Lippen seines Vaters umspielte ein Lächeln. »Ihr zwei wart ein großartiges Team.«

»Danke, Dad.« Nate senkte den Blick. Er hatte das Gefühl, als hätte er seinen Teampartner im Stich gelassen.

»Du warst ein guter Befehlshaber, Nate. Du hast diese Männer gut geführt und du hast Rick gut geführt. Daran solltest du nie zweifeln.« Sein Vater klopfte ihm auf die Schulter. »Ich weiß, dass ich dir das seit Ricks Beerdigung oft genug gesagt habe, und wahrscheinlich kannst du es nicht mehr hören, aber ich werde es immer wieder sagen, bis du davon träumst – wenn du das nicht schon tust.«

»Dad.« Nate wollte es nicht hören. Er würde ihm vermutlich nie wirklich glauben.

Nates Mutter kam herein wie ein Sonnenstrahl an einem

tristen Tag. An einem der Tische blieb sie lächelnd stehen und begrüßte die Gäste. Ihr Blick ging zwischen Nate und seinem Vater hin und her und ihr Lächeln wurde ein bisschen schief.

»In was bin ich denn hier hineingeraten?« Sie gab ihrem Mann einen Kuss, dann tätschelte sie Nate die Wange. »Wie schön, du hast dich rasiert, Natey.«

»Danke, Mom.«

Sein Vater hielt seinen Blick fest. »Ich wollte Nate gerade sagen, dass das Ausführen von Befehlen nicht dasselbe ist wie abzudrücken.«

»Ach, Tommy. Wie oft willst du ihm das noch sagen?« Sie schüttelte den Kopf.

»So oft wie nötig.« Er sah Nate an. »Du solltest dich auf den Weg machen, mein Junge, sonst kommst du noch zu spät.«

Nate war froh, dass er sich davonstehlen konnte. Er gab seiner Mutter einen Kuss. »Bis später, Mom.« Er stand vor seinem Vater und grübelte zum x-ten Mal über seine Worte nach. »Weißt du was, Dad? Vielleicht hast du recht. Es ist nicht dasselbe wie abzudrücken, aber es ist ein bisschen wie das Laden der Waffe.«

Als er eine Viertelstunde später auf den Parkplatz von Rough Riders einbog, war Nate in Gedanken immer noch mit der Vergangenheit beschäftigt. Er parkte neben Jewels Jeep, nahm ein Blatt Papier aus seinem Handschuhfach und kritzelte eine Notiz für sie.

J, es tut mir leid und ich vermisse dich. N. Er schob gerade den Zettel unter ihren Scheibenwischer, als er Ty erblickte, der mit nichts als einer Shorts bekleidet aus dem Bootshaus kam und direkt auf Jewel zuging. Eigentlich sollte er auf seinen sechsundzwanzigjährigen Bruder nicht eifersüchtig sein. Ty würde sich nie an eine Frau heranmachen, an der Nate Interesse zeigte, aber Eifersucht war ein mächtiger Gegner und Nate verlor den Kampf.

Er riss sich das Hemd vom Leib und ging schnurstracks auf die Frau seines Lebens zu.

Etwa ein halbes Dutzend kichernder junger Frauen Anfang zwanzig in Bikinis, die kaum der Rede wert waren, kletterte in die Kanus. Laut kreischend beteuerten sie, sie hätten schreckliche Angst, doch Jewel war sich sicher, dass sie damit nur Sams und Tys Aufmerksamkeit wecken wollten. Man musste es Ty zugutehalten, dass er die spärlich bekleideten Badenixen nicht anstarrte. Sam dagegen, der Schwimmwesten an die Gruppe verteilte, riskierte den einen oder anderen verstohlenen Blick. Natürlich musste er beim Anlegen der Westen helfen und nutzte die Gelegenheit.

»Nate!« Taylor lief auf den Parkplatz zu.

Jewel erstarrte. Zumindest äußerlich. In ihrem Innern geriet auf einmal alles durcheinander und ihre Nerven spielten verrückt. Sie hatte Nate noch nicht einmal gesehen, aber allein seine Gegenwart weckte in ihr den Wunsch, in seinen Armen zu liegen.

Krissy und Patrick, die am Ufer bei den Kanus standen, unterbrachen ihre Streitereien, und die Bikinimädchen tuschelten und starrten Nate an. Reichten ihnen Sam und Ty nicht? Mussten sie wirklich versuchen, auch Nates Aufmerksamkeit auf sich zu ziehen? Insgeheim hatte Jewel Verständnis dafür, denn in ihren Augen war Nate viel heißer als Sam oder Ty. Wenn sie so einen winzigen Bikini anhätte, der sie aussehen ließe, als käme sie geradewegs aus einer Club-Med-

Reklame, würde sie auch ihre Rettungsweste ausziehen.

Sie wollte diese Mädchen hassen, aber wie konnte sie ihnen vorwerfen, dass sie sich nach einem unglaublich heißen Typen wie Nate umguckten? Sie wusste nur zu gut, dass sie es gewesen war, die in ihrer Beziehung die Grenze gezogen hatte, nicht Nate. Also hatte sie kein Recht, die Krallen der Eifersucht auszufahren.

»Hallo, kann mir jemand mit diesem Dings hier helfen?« Ein vollbusiger Rotschopf hielt die Rettungsweste, die sie gerade ausgezogen hatte, in die Luft und schüttelte sie.

Sam war gerade mit einer Blondine beschäftigt und die Rothaarige starrte Nate an. Dachte sie wirklich, er würde ihr helfen? Er konnte doch auch ein Besucher sein, der zum Kanufahren hergekommen war. Lieber Himmel!

Jewel drehte sich gerade um, als Taylor zurückkam und sich zu Patrick und Krissy stellte. Nate trat zu ihr, und schon hatte sie das Gefühl, von einer Hitzewelle überrollt zu werden. Schweißtropfen bildeten sich auf ihrer Stirn. Nervös wischte sie sie ab. Er lächelte sie an und sie bekam weiche Knie.

»Hi.« Nate legte ihr die Hand auf die Hüfte, als wollte er sich gleich vorbeugen und sie küssen.

»Hi.« Jewel spürte, wie Schmerz und Wut unerbittlich die Wärme durchdrangen, die sich wie ein besitzergreifendes Kind an sie klammerte.

»Hey, Nate.« Ty beäugte die Bikinimädchen, während Nates Augen auf Jewel gerichtet blieben.

»Ty.« Nate warf Ty einen eisigen Blick zu, und Jewel wusste, dass er ebenfalls einen Eifersuchtsanfall hatte.

Das machte sie noch nervöser, und die Nervosität machte sie wütend, weil sie im Moment nicht ergründen konnte, was in ihr vorging. Einerseits wollte sie sich ihm in die Arme werfen, andererseits verspürte sie den Drang, davonzulaufen. Sie war sich nicht sicher, was die Bikinimädchen, die Nate unverhohlen musterten, und Nates Geständnis damit zu tun hatten. Jedenfalls war sie froh, als er die angespannte Stille durchbrach.

»Hilfst du Sam heute?«, fragte er Ty.

»Oh, ja. Ich wollte mich nur vergewissern, dass Jewel alles hat, was sie braucht.« Ty lächelte Jewel an. »Aber ich glaube, du bist versorgt. Viel Spaß.«

Sie zupfte an den Riemen der Rettungsweste. »Alles okay.« *Bis auf die Hornissen, die in meinem Bauch herumschwirren, und den Schmerz, der versucht, sie zum Schweigen zu bringen. Oh, und dann ist da noch mein Körper, der Nate am liebsten verschlingen würde. Und mein dummes Herz, das ihn so sehr liebt. Aber sonst geht's mir gut.*

»Prima. Dann sehe ich mal nach denen …« Ty deutete mit dem Daumen über die Schulter.

Nate schien aufzuatmen, als Ty ging. Er warf einen Blick auf Patrick und Krissy. »Was ist mit den beiden los?«

Jewel hatte gar nicht gemerkt, dass sie die Luft angehalten hatte, und atmete tief aus. »Ich glaube, sie streiten sich, wer bestimmen darf. Aber mach dir keine Sorgen – sie wissen, dass du hier das Sagen hast.« Bei dem Gedanken, dass Nate die Fäden in der Hand hielt, wurde ihr ganz heiß. Was war bloß mit ihr los?

»Wohl kaum«, sagte Nate. Er berührte ihren Ellbogen. »Bevor wir zu ihnen gehen … Ist es okay für dich, das mit mir hier durchzuziehen? Ich kann Ty oder Sam bitten, zu übernehmen, wenn es dir lieber ist.«

Ty und Sam sonnten sich in der Aufmerksamkeit der Bikinimädels, die Nate noch nicht einmal eines Blickes gewürdigt hatte. Jewel ließ ihn nicht aus den Augen, und obwohl der Schmerz in ihrem Innern brannte, hielten ihre Gefühle für Nate diesen Schmerz davon ab, an die Oberfläche zu brechen und die Kontrolle an sich zu reißen. Sie wollte weder Ty noch Sam, aber sie brauchte trotz allem Abstand von Nate, um klar denken zu können. Sie wusste einfach nicht, wie sie mit diesen widersprüchlichen Gefühlen fertigwerden sollte.

»Ich will die beiden nicht.« Sie war überrascht, wie leise sie sprach.

Nates Lächeln reichte bis zu seinen Augen. »Gut. Danke.« Er legte ihr eine Hand auf den Rücken und führte sie zu den Kindern.

Selbst durch ihr Hemd hindurch versengte seine Hand ihre Haut.

Ich brauche Abstand.

So weit, so gut.

Fast jedenfalls.

Ihre Gedanken schwirrten wild durcheinander. Sie hatte gehofft, den Nachmittag zu überstehen, ohne die Fassung zu verlieren. Natürlich war es nicht gerade hilfreich, dass sie sich in ihren Shorts und dem Tanktop neben den Bikinidamen unattraktiv und langweilig vorkam. Von solchen Rundungen konnte sie nur träumen. Bei ihr ging es von den Rippen zu den Hüften gerade herunter. Für ihren Geschmack war sie ein bisschen zu schmal, aber sie dachte selten darüber nach. Bis jetzt. Nun stand sie neben einem ausgesprochen ansehnlichen Exemplar von Mann, während sich eine Horde kichernder, sexy Frauen stromabwärts treiben ließ und Nate anzügliche Blicke zuwarf, und wünschte, sie wäre ein bisschen … anders.

Kurviger? Alberner?

Sie wusste es nicht und eigentlich war es ihr auch egal. Vielleicht war es der ganze andere Mist, der sie so unsicher machte. Nate hatte sie seit seiner Ankunft nicht aus den Augen gelassen. Außerdem hatte er ihren Körper gesehen, als sie geknutscht hatten, und offenbar hatte er nichts daran auszusetzen gehabt. Ganz im Gegenteil.

»Hallo? Jewel?« Nate berührte ihre Wange. »Du bist ja ganz rot im Gesicht. Ist alles okay?«

Ich weiß es nicht. »Ähm. Ja. Es ist nur ein bisschen warm in dieser Rettungsweste.« Warum dachte sie überhaupt über ihren Körper nach, wenn sie doch darüber nachdenken sollte, was er Rick angetan hatte?

»Hey, Leute, was ist hier los?«, fragte Nate Patrick und Krissy.

»Nichts«, sagten sie wie aus einem Munde.

Nate betrachtete die beiden Kanus. »Wir brauchen noch eins. Ich hole es.«

»Noch eins? Warum brauchen wir drei?«

Nate griff sich ein Kanu und hob es über den Kopf, als sei es aus Pappe. Seine Rückenmuskeln traten hervor und vorne zeigte das verführerische V direkt auf die Mitte seiner Badehose.

O je.

»Diese Kanus sind jeweils für zwei Personen. Wusstet ihr das nicht?« Nate setzte das Kanu nahe am Ufer ins Wasser.

»Nein, wir waren schon ewig nicht mehr hier.«

»Jewel wollte es bisher nicht und Mom hat keine Zeit.« Patrick warf Jewel einen finsteren Blick zu.

»Nun, Jewel hat einen vollen Terminkalender, aber jetzt seid ihr hier, also lasst uns loslegen.« Nate deutete auf eines der Kanus. »Der Schwerere kommt nach hinten. Von dort aus kann man am besten steuern. Also, Patrick« – er deutete auf eines der Kanus – »du übernimmst die Kontrolle bei diesem Kanu, während Krissy vorne sitzt.«

»Was?« Jewel hielt Taylors Arm fest, die gerade einsteigen wollte. »Nein, es muss ein Erwachsener mitfahren.«

»Das ist nicht nötig«, sagte Nate. »Diese Kanus sind wirklich einfach zu steuern und wir halten uns von den Gebieten mit starker Strömung fern. Wir bleiben hier in der Gegend.«

Jewels Beschützerinstinkt drang an die Oberfläche und machte im Handumdrehen alle sexy Gedanken zunichte. Sie wollte ihre Geschwister nur in Begleitung eines Erwachsenen in die Boote lassen. »Nein, Nate. Sie könnten ins Wasser fallen. Ich fühle mich wirklich nicht wohl dabei.«

»Komm schon, Jewel. Ich bin fünfzehn, um Himmels willen«, sagte Patrick.

»Und ich bin zwölf. Ich könnte sogar alleine fahren.« Krissy stemmte die Hände in die Hüften und beide starrten Jewel finster an.

Nate trat näher zu ihr und senkte die Stimme. Er wandte den Kindern den Rücken zu, was sie zu schätzen wusste, und sagte: »Es ist wirklich sicher. Sie können alle schwimmen und außerdem haben sie die Rettungswesten. Ich werde bei den beiden Kanus bleiben. Wenn sie in Schwierigkeiten kommen sollten, bin ich gleich da.«

Er klang so zuversichtlich und die Kinder sahen sie an, als sei sie eine böse Hexe, aber in ihrem Bauch hatten sich die Sorgen zu einem festen Knoten verschlungen und es bestand keine Aussicht, dass er sich jemals wieder lösen würde.

Sie ließ sich nicht erweichen. »Nein. Damit bin ich nicht einverstanden. Und was ist mit Taylor?«

»Sie fährt mit dir«, sagte Nate, als sei das selbstverständlich.

»Mit mir? Nate, ich habe keine Ahnung, wie das geht. Ich habe seit Jahren nicht mehr in einem Kanu gesessen.« Sie schüttelte den Kopf. »Es ist gefährlich. Ich will nicht, dass sie ohne dich fahren. Ich dachte, wir würden alle zusammen in einem Boot sitzen.«

»Jewel?« Nate wollte ihre Hand nehmen, doch sie zog sie zurück. »Ich würde nie zulassen, dass jemandem etwas passiert.«

Du hast zugelassen, dass Rick etwas passiert. Der Gedanke schlängelte sich durch ihren Kopf und ließ ihre Angst auflodern.

»Ich kann nicht. Das geht nicht.« Sie zitterte. »Es tut mir leid.«

Sein Blick wurde weich. »Wovor hast du Angst?«

Dass sie sterben könnten.

»Komm schon, Jewel!«, brüllte Patrick. »Das wird toll.«

»Ich hab dir doch gesagt, dass sie uns nicht lässt.« Taylor ließ sich in einem der Kanus auf den Sitz fallen. »Es ist wie mit dem Bus. Keine Boote, keine Busse, und wenn wir in Afghanistan leben würden, dürften wir auch nicht in einem Truck fahren.«

»Taylor!«, fauchte Jewel. Das Bild von Rick, der an seinem Truck von Kugeln durchsiebt wurde, ließ sie fast zusammenbrechen.

»Ist schon okay, Jewel«, versicherte Taylor ihr. »Ich muss nicht Kanu fahren. Du hast wahrscheinlich recht. Wir würden unter das Boot geraten und sterben, so wie Daddy.«

Nate sah sie stirnrunzelnd an, dann weiteten sich seine Augen, als könnte er plötzlich ihre innersten Geheimnisse erspähen und verstehen, woher ihre Angst rührte. Die Geheimnisse, die sie mit einem festgefügten Gerüst aus Terminen zu verschleiern versucht hatte. Sie hatte alles in ihrer Umgebung steuern wollen – auch das Leben ihrer Geschwister.

Nate warf einen Blick über die Schulter zurück. Patrick und Krissy standen da mit Paddeln in der Hand. Sie waren bereit. Er sah Jewel an und trat einen Schritt näher. Er wollte, dass sie sich sicher fühlte. Die Worte ihrer Mutter kamen ihm in den Sinn. *Sie ist der Klebstoff, der uns zusammenhält, aber manchmal ist sie auch der Zaun, der uns einsperrt.* Das Herz wurde ihm weit, als er begann, ihre Welt zu verstehen. Er streckte die Hand nach ihr aus. Sie wich zurück, doch er nahm trotzdem ihre Hand. Angst kannte er. Angst konnte selbst Soldaten zum Erstarren bringen. Doch dieser Nachmittag sollte ein tolles Erlebnis für Jewel und ihre Geschwister sein, und er wollte nicht zulassen, dass Jewels Angst sie alle weiterhin so einsperrte. Rick hätte nicht gewollt, dass sie ihr Leben im Schatten seines Todes verbrachten.

Jewel starrte ihn mit zusammengepressten Lippen und feuchten, wütenden Augen an.

»Schatz, ich verstehe es. Du hast unglaubliche Verluste erlitten und hast Angst. Aber, Jewel, das ist deine Angst, nicht ihre. Sieh sie dir an.« Er wies mit dem Kopf auf ihre Geschwister und war sich vollkommen bewusst, dass Jewel nicht in ihre Richtung schaute. Wahrscheinlich konnte sie es einfach nicht. »Sie haben keine Angst, Jewel. Bitte projiziere deine Ängste nicht auf sie. Irgendwann werden sie es dir übelnehmen, und du bist zu gut zu ihnen, als dass du das verdient hättest.«

»Wage es nicht, über mich zu urteilen«, fauchte sie und zog ihre Hand weg. »Sie sind meine Familie, Nate, nicht deine, und ich kann keinen von ihnen mehr verlieren.«

Sein Herz zerbrach, als sie sich abwandte. Er konnte nicht anders, er musste einfach von hinten die Arme um sie legen. Sie wehrte sich, doch es war bestenfalls ein halbherziger Versuch, sich zu befreien. Er war entschlossen, sie festzuhalten und dafür zu sorgen, dass sie sich selbst oder ihre Geschwister nicht weiterhin einmauerte. Er liebte sie zu sehr. Er musste ihr helfen.

»Ich habe Angst«, flüsterte sie.

»Ich weiß. Wir haben alle Angst, und ich weiß, dass ich dich bei der Sache mit Rick im Stich gelassen habe, aber gib mir eine Chance, Jewel. Ich werde dich nie wieder im Stich lassen.« Er drehte sie in seinen Armen und hob ihr Kinn an. Als sie den Blick abwandte, war es wie ein Schlag in die Magengrube. »Jewel, bitte sieh mich an.«

Sie tat es.

»Diese Kinder können so nicht leben. Das geht nicht. Und du willst nicht, dass sie zu kurz kommen, da bin ich mir sicher.« Er raffte all seinen Mut zusammen und sprach aus, was sie entweder vollends verschrecken oder ihre Angst durchbrechen würde. »Rick würde es nicht wollen.«

Sie sah ihn kalt an.

»Denk darüber nach, Jewel«, sagte er ein wenig eindringlicher. »Erinnerst du dich, wie du mit Rick hierherkamst, nachdem euer Vater gestorben war?«

Sie versuchte, sich aus seinem Griff zu winden. Er wusste, dass sie es nicht hören wollte, aber es musste sein. Er hielt sie fest.

»Er hat dich aufs Wasser mitgenommen, weil du keine Angst haben solltest, dein Leben zu leben. Du lebst in einer Hafenstadt, Jewel. Er wollte nicht, dass du Angst hast, im Ozean oder im Fluss zu schwimmen. Er hat dich geliebt, und ich weiß, dass du Patrick und die Mädchen liebst.«

Er spürte, dass sie zitterte, und hätte beinahe aufgegeben, aber er zwang sich, stark zu sein – für sie. Für ihre Geschwister. Für Rick. Und dabei wurde ihm klar, dass Rick auch nicht wollen würde, dass er selbst ein Leben im Schatten seines Todes führte.

Er blickte in ihre verängstigten Augen. Er sah Vertrauen und Liebe, und in diesem Moment wusste er, dass er Peaceful Harbor nicht verlassen würde. Nicht, solange es nur die geringste Chance gab, dass Jewel zu ihm zurückfand. Plötzlich dämmerte ihm, dass Jewel bereits zwei Männer verloren hatte, die sie liebte, und Angst davor hatte, ihn auch noch zu verlieren – obwohl sie ihn von sich wegschob.

Er fuhr mit dem Daumen über ihre Unterlippe und flüsterte: »Ich gehe nirgendwohin, Jewel. Ich werde dich nie wieder enttäuschen, und wenn du mir erlaubst, deine Geschwister mit auf den Fluss zu nehmen, verspreche ich dir, dass wir alle an dieses Ufer zurückkehren werden, und sie werden dich dafür umso mehr lieben.«

»Nate«, flüsterte sie und holte zitternd Luft. »Er hat dir vertraut.«

Er senkte den Kopf. Dann nickte er. »Ja, das hat er. Ich habe mir auch vertraut.«

Sie blickte zu Patrick und Krissy hinüber, die sich jetzt gegenseitig nassspritzten. Sie sah Taylor an, die mit einem Stock im Sand zeichnete.

»Rick hat mir vertraut und ich will ihnen nicht wehtun.« Tränen liefen ihr über die Wangen.

Er wischte die Tränen mit dem Daumen ab. »Ich weiß das, Liebling. Und sie wissen das auch.«

Sie lehnte ihre Stirn an seine Brust. »Ich vertraue dir, Nate. Ich habe nur solche Angst.«

Er hob ihr Kinn, damit er ihr in die Augen sehen konnte.

»Ich vertraue dir, Nate«, wiederholte sie und sein Herz fügte sich Stück für Stück wieder zusammen.

Er schluckte schwer und zog sie näher an sich. »Danke,

Jewel. Ich werde dich nicht wieder enttäuschen.«

»He, was macht ihr zwei denn da?«, rief Krissy. »Ihr umarmt euch? Oh mein Gott. Seid ihr etwa …?«

Jewel löste sich von Nate, aber sie antwortete Krissy nicht. Nate machte sich viel zu große Sorgen um Jewel und brachte kein Wort heraus.

»Mach schon. Setz sie in die Boote, bevor ich es mir anders überlege.« Sie wischte sich die Tränen ab und brachte ein zittriges Lächeln zustande.

Einen Moment lang stand Nate stocksteif da. Er wollte sie in den Armen halten, aber auch den Kindern helfen.

Sie nickte und sein Verstand setzte wieder ein. Er strich ihr sanft über die Wange und lächelte, dann ging er zu den Kindern.

»Okay, wir machen euch jetzt fertig zur Abfahrt. Patrick, du bist schwerer, also gehst du nach hinten. Krissy, du sitzt vorne. Tay, du sitzt vorne in Jewels Kanu.« Nate beobachtete Taylor aus den Augenwinkeln, als sie auf Jewel zuging und ihre Hand nahm. Gemeinsam kamen sie zum Ufer.

»Bist du sicher, dass ich nicht ertrinke?«, fragte Taylor mit solcher Ernsthaftigkeit, dass Nate sich umdrehte. Er hatte das Gefühl, als käme ihre kleine Bootstour gerade noch rechtzeitig.

Jewel sah Nate in die Augen, als sie antwortete. »So sicher wie ich jemals sein kann, Tay.«

Kaum hatten sie sich vom Ufer abgestoßen, schlug Jewel das Herz bis zum Hals. Sie konnte nicht anders: Ständig musste sie Patrick und Krissy warnen, als sie auf die Flussmitte zupaddelten. *Nicht so schnell! Ihr fahrt schief! Nicht ins tiefe*

Wasser! Taylor war fast genauso schlimm. *Patrick! Komm zurück! Ihr seid zu weit weg!* Es war Taylors hektisches Geschrei, das Jewel dazu brachte, innezuhalten und ihre Ängste in den Griff zu bekommen. Sie wollte sie nicht auf sie übertragen – obwohl sie das wahrscheinlich schon längst getan hatte. Wie sollte sie nur eine ganze Stunde aushalten, ohne durchzudrehen? Zum Glück war Nate zur Stelle, achtete darauf, dass niemand zu weit flussabwärts geriet, und schaffte es, in der Nähe beider Kanus zu bleiben.

Nach und nach entspannte sich Jewel ein wenig.

Nate paddelte auf sie zu. Bei ihm sah es so mühelos aus. Zögernd erwiderte Jewel sein Lächeln. Sie war immer noch innerlich zerrissen, aber sie wusste, dass ihre Liebe zu ihm so stark war wie eh und je. Als sein Boot neben ihrem schaukelte, dachte sie sogar, dass sie vielleicht noch ein wenig stärker geworden war.

»Geht es dir gut?«, fragte er.

»Ja.« *Ganz schön durcheinander, aber okay.*

»Mir geht es prima, Nate«, sagte Taylor. »Das macht so viel Spaß. Ich hoffe, wir können das bald wieder machen.«

Sein Lächeln wurde breiter.

Sie dachte daran, wie sehr sich Rick gefreut hätte, Patrick das Kanu steuern zu sehen. Sie verspürte einen traurigen Stich. Als Taylor sich über die Bordwand lehnte und die Finger durchs Wasser gleiten ließ, musste sich Jewel zusammenreißen, um sie nicht zu ermahnen, vorsichtig zu sein. Taylor fing ihren Blick auf und winkte. Es war schön, dass ihre Geschwister so viel Spaß hatten.

Nate vergewisserte sich, dass bei Patrick und Krissy alles in Ordnung war, und wandte sich dann wieder Jewel zu. »Patrick hat den Bogen raus. Er ist ein Naturtalent.«

Als Nate ihr gesagt hatte, dass er Rick den Befehl zu seiner letzten Mission gegeben hatte, war es ihr vorgekommen, als sei ihre Liebe zu Nate ein Verrat an ihrem Bruder. Aber sie wusste, Rick hätte sich gewünscht, dass ihre Geschwister ihren Spaß hatten. Er hätte sich gewünscht, dass sie das Leben genossen, dass sie es überhaupt lebten. Und wenn Nate ihr nicht die Augen geöffnet hätte, wäre ihr wahrscheinlich nie klargeworden, wie sehr sie sie einengte. Und wie sehr sie sich selbst einengte.

Siebzehn

Nate blieb für den Rest des Nachmittags bei Sam und Ty und half ihnen mit den Touren. Anschließend fuhren sie zu Nate nach Hause und grillten Burger auf der Terrasse. Jetzt saßen sie am Fluss und ließen den Tag ausklingen. Nate trank sein Bier mit großen Schlucken, stellte die Flasche neben sich ins Gras und dachte an Jewel. Er hatte sie gefragt, ob sie sich am Abend sehen könnten, aber sie hatte gesagt, sie brauche immer noch Freiraum und Zeit für sich. Abstand von der Welt, sein eigener Raum, das war das, was Nate an seinem Haus besonders schätzte. Nachdem Jewel jedoch gesagt hatte, dass sie Raum zum Nachdenken haben wollte, war ihm der bloße Gedanke an Raum und Abstand zuwider. Er wollte sie jetzt und hier bei sich haben. Er hatte das Gefühl, als seien sie sich heute nähergekommen, auch wenn es keinem von ihnen leichtgefallen war, und er wünschte sich noch mehr Nähe. Aber er respektierte Jewels Bedürfnisse, und obwohl er sie vermisste, genoss er es, mit seinen Brüdern zusammen zu sein.

Mit ihnen abzuhängen erinnerte ihn an alte Zeiten und er war dankbar für die Ablenkung. Trotzdem gelang es ihm nicht, Jewel aus seinen Gedanken zu verbannen. Er fragte sich, was sie fühlte, was sie dachte. Würde ihr der Freiraum, den sie sich erbeten hatte, Trost spenden? Oder vermisste sie ihn, so wie er sie vermisste? Er wollte mit ihr zusammen sein, sie festhalten, den Schmerz lindern, den sein Geständnis ihr bereitet hatte, und ihr Liebe und das Gefühl der Sicherheit geben, das sie brauchte und verdiente.

Und er wusste, dass er diese Chance vielleicht nie bekommen würde.

»Also, wie geht's jetzt weiter?«, fragte Ty.

Nate zuckte die Achseln. »Keine Ahnung. Sie ist am Zug.«

»Ich bin stolz auf dich, Nate.« Sam streckte sich im Gras aus und seufzte.

»Dazu besteht kein Grund. Und komm bloß nicht auf den verrückten Gedanken, dass ich ihr deinetwegen die Wahrheit gesagt habe. Mit dir hat das alles nichts zu tun.« Nate stieß ihm den Ellbogen in die Seite. »Ich hatte sowieso vor, es ihr zu sagen, aber ich bin mir nicht sicher, wie es weitergeht. Vielleicht ist jetzt alles aus.«

»Weißt du, seit dem Kuss an Silvester ist sie anders. Zumindest haben Tempe und Shannon das gesagt.« Sam trank noch einen Schluck.

»Woher zum Teufel wollen sie etwas über Jewel wissen?«, fragte Nate. »Und woher wissen sie von dem Kuss? An Silvester waren doch mindestens hundert Leute da.«

»Nun ja, immerhin bist du nicht irgendwer, sondern Nate Braden, der Kriegsheld«, neckte Sam. »Es gab wohl keine Frau unter siebzig, die dich um Mitternacht nicht küssen wollte. Mich wundert nur, dass Cole sie nicht reihenweise reanimieren musste, nachdem die Wahl auf Jewel gefallen war.«

Nate blieb der Mund offen stehen. »Was? Das ist doch Blödsinn.«

»Nein, ist es nicht. Sogar mein Date war ganz gespannt, wen

du küssen würdest. Aber eigentlich war ihr von Anfang an klar, dass du dich für Jewel entscheiden würdest.« Ty grinste anzüglich und schüttelte den Kopf. »Du hast das Mr. B. betreten, dich umgesehen, Jewel entdeckt, und hast dann den ganzen Abend dafür gesorgt, dass nie mehr als drei Meter Abstand zwischen euch waren.«

»Stimmt doch gar nicht.« *Mist, das hatten sie bemerkt?*

Sam setzte sich auf und lachte. »Junge, du hast sie die ganze Zeit nicht aus den Augen gelassen. Ich habe dir ja gesagt, dass alle wissen, was du für sie empfindest. Was meinst du, wo du hier bist? Die Leute in Peaceful Harbor kennen dich. Ist ja auch kein Wunder, dass du dich in sie verliebt hast. Sie ist hinreißend, sie ist eines der nettesten Mädels in der Gegend und würde nie einen anderen Mann auch nur ansehen. Die Hälfte der Jungs hier würde alles für ein Date mit ihr geben.«

»Kann ich bestätigen«, sagte Ty.

Nate funkelte seine Brüder an.

Ty hob abwehrend die Hände, aber seine Augen blitzten. »Mach dir keine Sorgen. Nur für eine Nacht. Sie ist mir zu pflichtbewusst.«

Pfeilschnell warf sich Nate auf Ty und hielt ihn mit den Knien am Boden fest. Sam und Ty brüllten vor Lachen.

»Wenn du sie nur ein einziges Mal berührst, bring ich dich um, Junge«, zischte Nate, nur halb im Spaß. Dann grinste er und fügte hinzu: »Oder ich kastriere dich zumindest. Hoffentlich lässt du dann die Finger von der Frau meines Lebens.«

Ty bekam vor lauter Lachen kein Wort heraus. Das lange Haar fiel ihm aus dem Gesicht, und Nate nutzte die Gelegenheit und versetzte ihm eine Backpfeife nach der anderen, so wie er es gemacht hatte, als sie Kinder waren.

»Wirst du wohl aufhören, so an sie zu denken? Na? Na?«

»Idiot!«, lachte Ty.

Sam stellte sein Bier ab und stürzte sich auf Nate, sodass sie alle drei rauften und lachten und den Abhang zum Fluss hinunterrollten. Nates Handy vibrierte in seiner Tasche.

»Handy!«, rief er.

»Lass doch das blöde Handy«, sagte Sam und drückte ihn zu Boden.

»Vielleicht ist es Jewel, du Trottel.« Nate versuchte, Sam wegzuschieben und an sein Handy in der Hosentasche zu gelangen.

»Gib mir das Telefon«, rief Ty. »Ich red mit ihr.«

Nate wusste, dass Ty ihn nur ärgern wollte. Trotzdem durchfuhr ihn ein Adrenalinstoß. Er stieß Sam weg und warf Ty einen finsteren Blick zu.

»Ich sage nur: Kastration. Du wirst schon sehen.«

Ty lachte wieder. »Du weißt, dass ich Jewel nie berühren würde. Sie gehört dir, Mann. Und nun geh schon an dein verdammtes Handy.«

Schwer atmend grinsten sie sich an. Die Rauferei mit seinen Brüdern fühlte sich fast so gut an, wie Jewel in seinen Armen zu halten. *Fast.*

Nates Herz pochte heftig, als er Jewels Namen auf dem Display sah. Er las schnell die SMS.

Kann ich vorbeikommen und mit dir reden?

»Ihr müsst abhauen«, sagte er zu seinen Brüdern, die sich das Gras von den Kleidern klopften.

Sam und Ty sahen sich vielsagend an.

»Tja, da hab ich wohl keine Chance«, witzelte Ty.

»Komm schon, Bruderherz.« Sam legte Ty den Arm um die Schultern. »Wir fahren zu mir und schließen Wetten auf Nate und Jewel ab.«

Nate machte eine rasche Bewegung, als wollte er auf Sam losgehen, und alle lachten.

»Du kommst morgen Nachmittag vorbei, um uns beim Renovieren zu helfen, oder?«, fragte Sam. »Dad meinte, er braucht dich in der Brauerei nicht.«

»Ja, klar. Ich werde da sein.«

»Prima. Viel Glück. Ich hoffe wirklich, dass es mit euch klappt.« Sam nahm die leeren Bierflaschen und klopfte Nate auf den Rücken.

»Wenn sie dich fallen lässt«, sagte Ty, »weißt du ja, wo du mich findest. Schick sie rüber.«

»Blödmann«, sagte Nate grinsend.

Er sah ihnen nach, als sie wegfuhren, bevor er Jewel antwortete. *Soll ich zu dir kommen?*

Er hörte das Geräusch von Reifen auf dem Kies und fragte sich, was seine Brüder wohl vergessen hatten. Sein Herz setzte einen Schlag aus, als er Jewels Jeep sah.

Das ist ein Test, sagte sich Jewel mit laut pochendem Herzen, während sie neben Nates Wagen parkte. Am Nachmittag hatte sie sich mit Nate besser und näher gefühlt als erwartet, doch sie war sich nicht sicher, welche Rolle die Ablenkung dabei gespielt hatte. Sie brauchte Zeit mit Nate, ohne dass die Kinder dabei waren und ohne die verstörende Erkenntnis, dass sie ihren Bruder und ihre Schwestern in ihrer Bewegungsfreiheit einschränkte. Sie musste ihm in die Augen sehen und herausfinden, was sie fühlte. Wenn sie es heute Abend schaffte, ruhig und vernünftig mit ihm zu reden, dann konnten sie einen neuen Anfang wagen. Und wenn sie nicht darüber hinwegkam, dass er Rick seinen letzten Befehl gegeben hatte, dann … Nun, dann würde sie ein letztes Mal von seinem Haus wegfahren und das nächste halbe Jahr weinen.

In seinem Haus brannte kein Licht. Während sie ihr Handy hervorzog und seine SMS las, ging die Tür des Jeeps auf. Erschreckt sah sie auf. Da stand Nate, den Fluss im Hintergrund, und bei seinem Anblick bekam ihre Entschlossenheit erste feine Risse.

Er trat näher und das Licht im Auto fiel auf sein Gesicht. Sein Blick voller Liebe und der Bitte um Verzeihung traf sie mitten ins Herz.

Testende.

»Nate«, wisperte sie.

»Hallo, Liebling. Tut mir leid, dass ich dich erschreckt habe.«

Liebling. Tränen stiegen ihr in die Augen. Warum weinte sie?

Nate trat einen Schritt zurück, als befürchtete er, etwas falsch gemacht zu haben.

Sie streckte die Hand nach ihm aus.

»Ich dachte, du brauchtest mehr Freiraum«, sagte er.

Sie schüttelte den Kopf, während ihr die Tränen über die Wangen liefen. »Ich weiß nicht, was ich will. Ich meine, ich weiß es, aber ich habe solche Angst, Nate.«

Er trat näher. »Ich auch.«

»Können wir reden?«, brachte sie schließlich hervor.

Er half ihr beim Aussteigen. »Autsch!« Sie nahm den Fuß vom Boden.

»Dein Knöchel?«, fragte er stirnrunzelnd.

»Er tut nicht wirklich weh. Nach einem langen Tag ist er

nur ein bisschen empfindlich.«

Er hob sie auf seine Arme und trug sie zum Haus. Ihre Gefühle sprudelten nur so aus ihr heraus.

»Ich will nicht, dass du die Stadt verlässt.« Sie wischte sich die Tränen ab und blinzelte gegen die an, die ihr noch in den Augen brannten. »Lieber Himmel, Nate. Du bist schuld, dass ich so weinerlich geworden bin. Ich weine sonst nie! Und nun heule ich die ganze Zeit, seit wir so verquer miteinander sind.«

»Oh, Baby.« Er verstummte, den Blick voller Sorge und Wärme. Eine merkwürdige Kombination. Einen Augenblick dachte sie, dass er sie küssen würde, und sie hätte weiß Gott nichts dagegen gehabt. Aber dann sagte er: »Ich will dich niemals zum Weinen bringen. Ich möchte dein Leben besser machen … immer. Es tut mir leid. Ich verlasse die Stadt nicht, Jewel. Es ist mir egal, wie lange es dauert. Ich gebe dich nicht auf. Ich gebe uns nicht auf.«

Als Nate die Haustür aufstieß und sie ins Wohnzimmer trug, genoss sie die vertraute Szenerie.

»Und wieder trägst du mich herum.« Sie liebte es, in seinen Armen zu sein. Sie liebte ihn. Sie hatte ihn immer geliebt. Aber konnte sie ihn lieben, ohne das Gefühl zu haben, als würde sie ihren Bruder verraten?

Er lächelte. »Du lässt dich gerne tragen, weißt du noch?«

»Wie könnte ich das vergessen? Du hebst mich ja bei jeder Gelegenheit hoch.«

Das brachte ihr ein Lächeln ein. »Ja, stimmt. Komisch, ich habe verletzte Männer getragen und ich habe Kinder getragen, aber vor dir habe ich noch nie eine Frau getragen. Ich glaube, meine Arme sind dafür gemacht, dich zu tragen.«

Sie fühlte, wie ihr warm ums Herz wurde. Rick würde wollen, dass sie glücklich war, oder? Natürlich würde er das. Sie hatte Ricks Briefe oft genug gelesen, um zu wissen, dass er Nate liebte und ihm vertraute.

Nate ließ sie auf die Couch sinken und setzte sich mit etwas Abstand neben sie. Ihr war klar, dass ihr plötzlicher Sinneswandel ihn ebenso verwirrte wie sie. Er lehnte sich zurück, streckte den Arm auf der Rückenlehne der Couch aus und schob seinen Oberschenkel auf das Kissen zwischen ihnen. Er sah sie an.

»Ich hatte nicht erwartet, heute Abend von dir zu hören.«

Bei der Aufrichtigkeit in seiner Stimme zog sich ihr Herz zusammen.

»Ich hatte eigentlich gar nicht vor, vorbeizukommen, aber dann habe ich gemerkt, dass ich einen Mann, der immer *Zeit* für mich findet, nicht so leicht vergessen kann.« Nervös spielte sie mit dem Saum ihres T-Shirts. »Ich bin gekommen, weil ich mit dir reden wollte, aber ich bin auch hier, weil ich herausfinden wollte, ob ich dich sehen kann, ohne mir vorzustellen, wie du Rick losschickst.«

»Und?«

»Es geht.« Die Erleichterung, die sich in seinen Augen zeigte, wich gleich darauf einem sorgenvollen Blick. »Es tut mir leid, dass ich so heftig reagiert habe, aber …«

»Verstehst du nicht, Jewel? Deshalb konnte ich dich nicht lieben, ohne dass du Bescheid wusstest. Ich weiß, dass ich es viel zu lange vor dir und deiner Familie geheim gehalten habe, aber ich hatte Angst. Ich habe immer noch Angst, und das lässt mich sicher wie ein Schwächling aussehen, aber so ist es nun mal. Rick war mein bester Freund. Deine Mutter ist wie eine zweite Mutter für mich. Dein Bruder und deine Schwestern sind wie mein eigenes Fleisch und Blut. Aber du, Jewel, du bist *alles* für mich.« Er fuhr sich mit der Hand über das Gesicht, eine Geste, die Jewel zeigte, dass er innerlich zerrissen war.

»Ich habe ihn geliebt, Jewel. Er war mir genauso wichtig wie meine eigenen Geschwister, und ich war selbstsüchtig, weil ich dich und deine Familie nicht auch noch verlieren wollte. Ich verdiene alles, was du deshalb mir gegenüber empfindest, und ich werde dir deine Gefühle niemals vorhalten.«

»Du verdienst meine Liebe, Nate, denn das ist es, was ich empfinde.« Ihre Worte kamen von Herzen, leicht und ehrlich. Er sah sie so ungläubig und voller Dankbarkeit an, dass es sie schier zerriss. »Aber ich muss darüber reden. Ich muss es verstehen. Damit es einen Sinn ergibt.«

»Das will ich auch, aber ich habe zwei Jahre lang versucht, es zu verstehen, und es ergibt einfach keinen Sinn. Krieg ergibt keinen Sinn. Was mit deinem Vater passiert ist, ergibt keinen Sinn.« Er verschränkte seine Finger mit ihren, und das fühlte sich so richtig an, dass die Gefühle, die sie zurückgehalten hatte, zurückkehrten.

»Ich meine nicht Ricks Tod. Ich meine, das, was vorher war«, erklärte sie. »In jedem Brief, den Rick mir jemals geschickt hat, hat er gesagt, was für ein guter Mann du bist. Er hat dich geliebt, und offensichtlich hast du ihn geliebt.«

»Wie einen Bruder«, sagte Nate.

»Wovor hast du ihn gerettet?« Darüber hatte sie auf der Fahrt hierher die ganze Zeit nachgedacht. Hatte Nate Rick vielleicht vor einem gefährlicheren Einsatz bewahren wollen, als er ihn auf die Versorgungsfahrt geschickt hatte? Hatte er in Wirklichkeit versucht, Rick zu beschützen?

Nate wandte den Blick ab.

»Ich kenne dich, Nate. Du hast ihn auf die Versorgungsfahrt geschickt, aber da muss noch etwas anderes passiert sein. Etwas Gefährlicheres. Er sagte, du hättest ihm immer Rückendeckung gegeben.«

»Jewel.« Der Muskel in seinem Kiefer zuckte.

Der warnende Unterton in seiner Stimme ließ sie aufhorchen. Sie wappnete sich, wusste aber eigentlich nicht, wogegen. »Sag es mir.«

»Es ging nicht darum, wer lebt oder wer stirbt. Ich habe Rick geliebt, aber ich hätte niemals eine Entscheidung treffen können, die das Leben eines anderen an seiner Stelle in Gefahr gebracht hätte. Solche Entscheidungen kann man in einem Krieg nicht treffen. Ich musste jemanden auf die Versorgungsfahrt schicken, und ich habe Rick geschickt, weil er an der Reihe war.«

Sie atmete tief durch und versuchte zu verarbeiten, was er gesagt hatte. Er hatte Rick nicht vor einem gefährlicheren Einsatz gerettet. Er tat das, was er während seiner Ausbildung gelernt hatte. Es war schwer zu verkraften, aber nicht unmöglich.

»Nein«, sagte sie. »Du konntest dich bei deinen Entscheidungen nicht von eurer Freundschaft leiten lassen. Denn was hätte das über dich ausgesagt?«

»Dass ich es nicht wert gewesen wäre, diese Männer zu führen. Jewel, ich habe über all das nachgedacht, bis ich fast daran zerbrochen bin. Hätte ich am College nicht an dem Ausbildungsprogramm der Armee teilgenommen, wäre ich wie Rick als Soldat angeworben worden, nicht als Offizier. Wenn ich seine Einheit nicht angeführt hätte, hätte ich ihm den Befehl nicht gegeben. Wenn ich nicht in die Fußstapfen meines Vaters hätte treten wollen, wäre das nicht passiert.« Der Schmerz, der ihn durchflutete, ließ die Adern an seinem Hals pulsen und die Muskeln an seinem Unterkiefer zucken. Mit hochgezogenen

Schultern saß er da.

»Zu wissen, was anders hätte sein können, ändert nichts an dem, was passiert ist. Ich kann es nicht ändern. Und ich denke, du kennst mich gut genug und weißt, dass ich es auf der Stelle ändern würde, wenn ich nur könnte.«

Jewel wusste, dass sie Nate glauben konnte. Sie wusste auch, dass alles Was-wäre-wenn der Welt ihren Bruder nicht zurückbringen würde. Und ihren Vater auch nicht. Sie dachte an die Briefe, die Rick ihr geschrieben hatte.

»Rick hat an dich geglaubt«, sagte sie mehr zu sich selbst.

»Nachdem ich die Briefe gelesen habe, die er deiner Mutter geschrieben hat, weiß ich, dass er an mich glaubte, Jewel, ebenso wie ich an ihn geglaubt habe. Aber das bedeutet nicht, dass du es auch tust.«

»Ich glaube an dich, Nate.«

Nate atmete tief aus und Jewel hielt die Luft an. Er schloss einen Moment lang die Augen, und als er sie öffnete, rückte er ein Stück zu ihr und auch sie rutschte ein wenig näher.

»Ich hätte nie vermutet, dass Rick wusste, was ich für dich empfinde«, sagte Nate kaum hörbar. »Nicht, bevor ich die Briefe gelesen hatte.«

»Was meinst du damit? Er wusste es?«

Nate holte sein Tagebuch aus dem Bücherregal und legte es ihr in den Schoß. Bisher hatte er alles darangesetzt, es von ihr geheim zu halten, sodass es sich nun anfühlte, als würde er eine verborgene Tür zu seiner Seele öffnen. Und obwohl er nicht sagte: *Lies mein Tagebuch*, kam es Jewel vor, als würde er die Wände niederreißen, die er um sein Herz errichtet hatte.

»Ich wollte deine Mutter fragen, ob es ihr etwas ausmachen würde, wenn ich diesen Brief behalte.« Er zog zwischen den Seiten des Tagebuchs ein zusammengefaltetes Stück Papier hervor und reichte es ihr.

Sie war so überwältigt von seiner Geste, dass sie nur stumm das Papier anstarren konnte, dass er ihr gegeben hatte.

»Es ist okay, Jewel. Ich schäme mich nicht für das, was ich geschrieben habe. Das wurde mir erst klar, als ich dich fast verloren hätte.«

Jetzt, da sie wusste, wie wichtig das Tagebuch für ihn war, hatte sie Angst, es zu öffnen, und sie wusste nicht genau, warum. »Nate, ich will dein Tagebuch nicht lesen.« Sie sah ihn an.

»Das musst du nicht, aber du sollst wissen, dass du es jederzeit lesen kannst. Ich sollte über meine Gefühle zu Rick und allem schreiben, was passiert ist. Das steht auch darin, aber eigentlich geht es mehr um meine Gefühle für dich. Wenn du jemals an meiner Liebe zu dir zweifelst, ist alles da. Schon bevor wir uns jemals geküsst haben.« Er wies auf den Brief in ihren Händen. »Dieser Brief hat mich befreit, und vielleicht kann er dir auch helfen.«

Sie faltete den Brief auseinander und schluckte, als sie die Handschrift ihres Bruders sah.

»Hier steht es.« Nate zeigte auf den dritten Absatz und sie las ihn laut vor.

»»Er liebt sie, Mom.«« Jewel spürte, wie ihr wieder die Tränen in die Augen stiegen. Er hatte es gewusst? Rick wusste es? Noch nicht einmal sie selbst hatte es gewusst. Sie las weiter, aber sie war zu aufgewühlt, um laut vorzulesen.

Ich sehe es in seinen Augen, wenn er von ihr spricht, und bevor wir ins Feld ziehen, starrt er ihr Bild an, wie verheiratete Männer das Bild ihrer Frau betrachten. Falls ich nicht mehr nach Hause komme, sorge bitte dafür, dass er weiß, dass ich es okay finde, wenn sie ein Paar werden. Ich weiß, er wird sie beschützen und gut zu ihr sein, aber ich will es ihm nicht selbst sagen, während wir hier sind. Das wäre irgendwie peinlich. Ich werde es ihm sagen, wenn wir nach Hause kommen und er sie endlich fragt, ob sie mit ihm ausgehen will. Aber für alle Fälle sollst du es auch wissen. Was immer du tust, erzähl Jewel nichts. Sonst hängt sie ihr Herz an jemanden, der all das hier womöglich nicht überlebt. Deshalb hat er ihr noch nichts gesagt. Er beschützt sie bereits.

Jewel sah ihn durch einen Tränenschleier hindurch an.

»Ich bin kein Fachmann in Sachen Liebe«, sagte Nate, »aber ich glaube, ich habe dich immer schon geliebt, und ich liebe dich mit jedem Tag mehr.«

Jewel schlang ihm die Arme um den Hals und er legte seine Lippen auf ihre. Salzige Tränen rannen ihnen in den Mund und sie mussten lächeln. Nate nahm ihr Gesicht in beide Hände und betrachtete sie mit einem ernsten und zugleich unendlich liebevollen Blick.

»Rick hat dich so sehr geliebt, Jewel. Aber ich möchte nicht, dass du dich bei deiner Entscheidung davon leiten lässt, was er für dich wollte. Oder was irgendjemand sonst meint, was das Beste für dich ist. Du weißt, was ich für dich empfinde. In den letzten acht Jahren hast du dich nur um andere gekümmert. Ich möchte, dass du dir Zeit zum Nachdenken lässt. Ich möchte, dass du mit deinem Herzen entscheidest – auch wenn du möglicherweise entscheidest, dass es ein Wir nie geben wird.« Er schob ihr eine Strähne hinters Ohr. »Ich will dich nicht drängen. Obwohl ich dir wahrscheinlich die nächsten dreißig Jahre lang immer wieder kleine Souvenirs schicken werde, damit du mich in Erinnerung behältst.«

Zum ersten Mal in ihrem Leben fühlte Jewel sich vollständig. Sie sah ihn an und sagte: »Nate, du bist schon immer in meinen Gedanken gewesen. Und in meinem Herzen.«

Achtzehn

Nates Herz war übervoll von Emotionen. Er wollte Jewel in die Arme nehmen und sie lieben, doch er zögerte. Es musste ihre Entscheidung sein, und sie sollte sie nicht im Gefühlstaumel, sondern mit klarem Kopf treffen. Als sie ihren Mund auf seinen senkte, sog er ihre tröstliche Nähe in sich auf. Er hatte gedacht, er hätte sie verloren, und mit dieser Angst war ihm klargeworden, dass er möglicherweise alles, was er liebte, für eine Entscheidung hinter sich gelassen hatte, über die er keine Kontrolle mehr hatte. Er konnte die Vergangenheit nicht ändern, und Ricks Briefe hatten bestätigt, was er in seinem Herzen immer gewusst hatte – Jewel und er gehörten zusammen.

Liebe und Verlangen verbanden sich zu einem Gefühl der Dringlichkeit. Als Jewel den Kuss vertiefte, wusste er, dass es ihr genauso ging, und er nahm jeden einzigen Atemzug in sich auf, den Jewel mit ihm teilen wollte.

»Jewel«, flüsterte er, dann küsste er sie wieder. Er sehnte sich danach, sie endlich zu erobern. Mit einem letzten Rest an Selbstbeherrschung zog er sich zurück, entschlossen, ihr den entscheidenden Schritt zu überlassen.

»Ich will uns, Nate. Ich brauche keinen Freiraum zum

Nachdenken mehr. Ich liebe dich.« Sie presste ihre Lippen auf seine. »Liebe mich, Nate.«

Er nahm sie in einem weiteren gierigen Kuss und hatte das Gefühl, als würde sein Herz explodieren. Dann trug er sie ins Schlafzimmer. Er ließ sie auf das Bett sinken und legte sich zu ihr, schlang seine Arme um sie und hielt sie fest. Ihr Atem ging stoßweise, ihre Wangen waren vor Verlangen gerötet und ihre Augen – ihre wunderschönen, verführerischen Augen – waren so voller Vertrauen und Liebe, dass es ihm fast die Sprache verschlug. Aber er musste sprechen, denn Jewels Wohlbefinden war das Wichtigste für Nate.

»Jewel? Bist du dir sicher?«, fragte er, obwohl er sie so sehr begehrte, sie so lange schon liebte.

»Halt die Klappe, Nate.« Sie zog ihn in einen weiteren Kuss.

Seine Hände erkundeten langsam ihren Körper, während sie jedes freie Fleckchen seiner Haut ertastete. Federleicht flogen seine Finger über ihre Brüste, um dann endlich – endlich! – ihre Hüften zu umfassen. Wie lange hatte er davon geträumt, sie so zu halten. Er liebte ihre weichen Rundungen und musste einfach seine Hüften an ihre pressen, als er sie in einem weiteren heißen Kuss nahm. Der Wunsch, sie überall gleichzeitig zu berühren, sie langsam, schnell, hart, weich, tief zu lieben und dann wieder von vorne anzufangen, ließ seine Hände rascher und entschlossener über ihren Körper gleiten, und sein Mund suchte ihre glühende Haut, wo immer er sie auch fand.

Zum ersten Mal in seinem Leben war Nate Braden überwältigt.

Jewel küsste ihn gierig, krallte die Finger in seinen Rücken, seine Flanken, seinen Hintern. Sie stemmte ihre Hüften gegen seine Härte, als wünschte sie sich ebenso verzweifelt, ihn in sich zu spüren, wie er sich danach sehnte, in ihr zu sein. Er löste sich von ihren Lippen, nur um sie gleich darauf wieder in Besitz zu nehmen. Er brauchte sie, brauchte die sanfte Rundung ihres Kinns, die heiße Haut an ihrem Hals. Zu hören, wie sie keuchend Luft holte, ließ ihn noch ungestümer saugen und lecken. Er schob die Träger ihres Tops über ihre Schultern und küsste eine feuchte Spur über die köstliche Wölbung ihrer Brüste bis zum Rand ihres Spitzen-BHs. Wie sehnte er sich danach, mit der Zunge über ihre Brustwarzen zu fahren!

»Nate«, flüsterte sie und holte ihn zurück in die Wirklichkeit.

Auf ihren Lippen spielte das süßeste Lächeln, das er je gesehen hatte.

Für einen Moment legte er seine Stirn an ihre Brust, während er versuchte, sein Verlangen zu zügeln. Dann sah er ihr in die Augen. »Hallo, schöne Frau.« Er strich ihr die Haare aus der Stirn und drückte ihr einen Kuss auf die Lippen. »Zu schnell?«

»Nein. Es ist nur …« Sie lächelte wieder und sah ihn einen Moment fragend an. »Ich wollte dich nur noch einmal küssen.«

Er verlagerte sein Gewicht, sodass er neben ihr lag, und zog sie an sich.

»Das klingt nach einer sehr guten Idee.«

Ihre Lippen berührten sich sanft wie ein Flüstern. Er schob eine Hand unter ihr Haar, während sich ihre Münder langsam und ohne Eile liebten. Er schob sich nah an sie, sodass ihre Körper eng aneinandergepresst waren, fuhr mit einer Hand unter ihr Hemd und drückte ihre Brust fester an seine. Es reichte nicht, sie waren einander immer noch nicht nah genug. Ob sie es jemals sein würden? Er zupfte mit den Zähnen an ihrer Unterlippe, und als sie den Kopf nach hinten neigte, küsste er sich an der hellen Samtigkeit ihres Halses bis hoch zu der kleinen Kuhle unter ihrem Ohr und entlockte ihr ein Stöhnen.

»Ich liebe dich schon so lange.« Er saugte an ihrem Ohrläppchen und sie stöhnte erneut. »Ich habe davon geträumt, dich so zu hören.«

Ihre Hände ertasteten seinen Rücken, und er war überrascht, mit welcher Gelassenheit sie ihn berührte, als hätten sie alle Zeit der Welt, während ihr Körper zitterte, als verginge er vor Hunger nach mehr. Die widersprüchlichen Botschaften verwirrten ihn, aber er konnte das langsamere Tempo nicht beibehalten. Wieder nahm er ihren Mund gefangen und küsste sie, fordernder diesmal. Und als hätte sie nur darauf gewartet, dass er seinem Verlangen freien Lauf ließ, kam sie ihm ohne Zögern entgegen, schob die Hüften rhythmisch vor und zurück, umklammerte seine Schultern und den Rücken und erfüllte ihn mit sengender Hitze und Verlangen. Er hätte nicht gedacht, dass sein Verlangen nach ihr noch drängender werden könnte, dass er sie wie eine Droge begehren würde, aber sie riss ihn mit sich und gab ihm das Gefühl, dass er explodieren würde, wenn er nicht bald in ihr sein konnte. Jedes Keuchen, jedes Hochwölben des Rückens, jede Berührung ihrer Finger auf seiner erhitzten Haut zog ihn weiter in ihren Bann.

»Jewel. Ich muss dich sehen, dich berühren.«

»Ja.« Sie zerrte an ihrem Top, als sei es plötzlich zu eng geworden.

Er zog es ihr über den Kopf und der Anblick ihrer seidigen Haut und des schwarzen Spitzen-BHs traf ihn wie ein Schock. Wie oft hatte er von diesem Moment geträumt? Seine Träume reichten jedoch nicht annähernd an ihre tatsächliche Schönheit heran. Er nahm sich einen Moment Zeit, um sich an ihr zu weiden und durchzuatmen. Die Leidenschaft und Unschuld in ihren Augen verschmolzen zu einer betörenden Mischung, die ihm fast die Sinne raubte.

»Du bist noch schöner, als ich es mir jemals ausgemalt habe.«

Sie errötete, und als sie die Augen schloss, küsste er sanft ihre Lider. »Sieh mich an, Liebling. Ich bete dich an. Kein Grund zur Schüchternheit. Du bist die einzige Frau, die ich will, und du bist perfekt.«

Sie schlug die Augen auf und er küsste sie erneut. Mit zitternden Händen strich er über ihren BH. Er hatte so viele Jahre gewartet, hatte sich selbst so lange gesagt, dass sie tabu sei, und jetzt gehörte sie ihm. Liebe durchströmte ihn mit einer Macht, dass er kaum denken konnte.

»Ich möchte dich ganz sehen, Jewel.«

Sie nickte und versuchte, ihre Jeans herunterzuziehen. Sanft schob er ihre Hände beiseite und küsste sich an ihrem Bauch entlang. Er spürte, dass sich ihr Atem beschleunigte, je weiter er nach unten kam. Er sah sie an, vergewisserte sich, dass es ihr gut ging. Der schwelende Blick ihrer blauen Augen und die Ungeduld, mit der sie an ihrer Jeans zerrte, zeigte ihm, dass es ihr zu lange dauerte. Er zog den Reißverschluss ihrer Hose auf und verschränkte seine Finger mit ihren, während er sich an der oberen Kante ihres Slips entlangküsste.

»Nate«, sagte sie drängend.

Ein Stöhnen war die Antwort. Er zog ihr die Jeans aus und warf sie auf den Boden. Jewel mit nichts als einem BH und einem Slip daliegen zu sehen, entflammte seine ganze Leidenschaft, doch das Vertrauen in ihrem Blick ließ sein Herz anschwellen. Sie zupfte an seinem Hemd. Er zog sich bis auf seine Boxershorts aus und legte sich zu ihr. Während sie ihn genüsslich betrachtete, fuhr sie sich mit der Zunge über die

Lippen und steigerte seine Erregung ins Unermessliche. Ihre Hände glitten langsam über seine Brust.

»Nate?« Sie stützte sich auf, um seine Brust zu küssen. »Können wir die Plätze tauschen?«

»Babe, wir können alles tun, was du willst.«

Er legte sich auf den Rücken. Erst mit ihren schlanken Fingern, dann mit der Zunge zeichnete sie die Linien seiner Muskeln nach und blies schließlich sanft auf die feuchte Spur. Ein Schauder lief ihm über den Rücken.

»Heiliger Strohsack«, stieß er hervor.

Jewel quälte ihn, neckte ihn, und gleichzeitig sah sie aus, als würde sie erkunden und entdecken. Sie gab ihm das Gefühl, geliebt und geschätzt zu sein, und er hoffte, dass er ihr das gleiche Gefühl vermittelte. Er hielt in freudiger Erwartung die Luft an, als sie sich mit der Zunge am Rand seines Slips entlangtastete, bis zur Mitte, wo die Spitze seiner Erregung hervorlugte. Sie hob die Augen und begegnete seinem Blick, während sie sie behutsam benetzte. Nate musste all seine Selbstbeherrschung aufbieten, um sie nicht mit einer einzigen Bewegung auf den Rücken zu drehen und seinen Hunger zu stillen. Er krallte die Finger in die Bettdecke, während sich ein Lächeln auf ihrem Gesicht ausbreitete. Als sie ihren Mund erneut auf seine Spitze senkte, wölbte ihr Nate die Hüften entgegen und ließ den Kopf nach hinten fallen. Sie streichelte und drückte seine Erektion mit der Hand, küsste sich an seinen Bauchmuskeln entlang zu seinem Bauchnabel, an dem sie saugte, leckte und mit der Zunge spielte.

»Baby, du bringst mich um.«

Hastig zog sie die Hand zurück. »Tut mir leid.«

Nate zog sie leise lachend an sich. »Nein, das meinte ich nicht. Du machst mich so heiß, dass ich es kaum aushalte.« Er rollte sich auf sie und verschloss ihren Mund mit den Lippen. »Jetzt bin ich dran.«

Er hakte ihren BH auf und streifte ihn ihr von den Schultern. »Du zitterst ja.«

»Kalt«, flüsterte sie.

»Dagegen kann ich etwas tun.«

Er umfasste ihre Brustwarze mit den Lippen und saugte daran. Jewel wand sich unter ihm und drängte sich ihm entgegen.

Als er die Hand zwischen ihre Beine schob und auf ihre glühende Mitte legte, biss sie sich auf die Unterlippe.

»O Baby. Du bist so wunderbar feucht.«

Er streichelte sie durch den dünnen Stoff und ihre Münder suchten und fanden sich. Sie wippte mit den Hüften, drückte ihre Mitte gegen seine Handfläche und machte kleine sexy Laute, die ihn noch mehr erregten. Er nahm ihre Brust wieder in den Mund und stöhnte, als er die harte Brustwarze spürte und hörte, wie sie vor Verlangen keuchte. Sein Finger glitt unter ihren Slip, und sie holte zitternd Luft, während er ihre feuchte, heiße Spalte rieb. Sie öffnete die Augen, begegnete seinem Blick und die Temperatur im Raum stieg merklich an. Er schob sich den feuchten Finger in den Mund und genoss es, wie ihr ganzer Körper erschauderte. »Das macht dir Spaß, nicht wahr?«

Sie errötete. »Ich mag alles, was du tust.«

Jewel grub ihre Finger in seine Schultern, als er mit der Zunge über ihren feuchten Slip fuhr. Sie schmeckte salzig und süß, aber es reichte ihm nicht. Er zog ihr den Slip aus und ihre weichen Locken kamen zum Vorschein.

»Du glänzt ja richtig vor Nässe. Wundervoll.«

Mit dem Daumen schob er ihre Schamlippen behutsam auseinander und liebkoste sie mit der Zungenspitze. Er musste sie einfach schmecken. Sie packte seine Hände, die auf ihren Schenkeln lagen.

»Soll ich aufhören?«, fragte er.

»Nein. O Gott, nein. So gut.«

Seine Zunge strich schneller, entschlossener, bis er sie schließlich in sie stieß, tiefer und tiefer. Er brauchte mehr von ihr. Er bedeckte ihr Geschlecht mit dem Mund und rieb ihre geschwollene Klit mit dem Daumen.

»Oh Gott, Nate.« Keuchend grub sie die Fingernägel in seine Hände und stemmte die Fersen in die Matratze.

Ihre Nähe zu spüren, sie zu hören und zu fühlen, wie ihre Mitte an seinem Mund vor Verlangen anschwoll, war hinreißend. Er wollte sie auf die Spitze treiben. Sie keuchte auf, als er zwei Finger in sie gleiten ließ.

»Ogottogottogott.«

Sie warf den Kopf zurück und ihre Hüften drängten sich ihm entgegen. Er drückte sie wieder auf die Matratze und leckte und schmeichelte weiter, während ihr Innerstes um seine Finger pulste und sie seinen Namen rief. Erst als der letzte Schauder durch ihren schönen Körper wogte, zog er seine Finger zurück. Sie wimmerte.

»Keine Sorge, Baby. Ich werde dich immer wieder kommen lassen.«

Er schob sich auf sie und nahm ihren Mund in einem leidenschaftlichen Kuss. Sie löste sich von ihm und er schimpfte insgeheim mit sich.

»Entschuldigung.« Er wischte ihren Geschmack von den Lippen.

Sie zog ihn in einen weiteren Kuss und er gab die Kontrolle auf. Er wollte nur, dass sie sich wohlfühlte. Sie küsste ihn zunächst zögernd, als wollte sie ihren Geschmack vorsichtig testen. Er spürte, wie ihr Herz wild an seinem schlug, und als sie sich zurückzog und ihm in die Augen sah, waren ihre Wangen gerötet.

»Tut mir leid«, flüsterte sie. »Ich bin einfach nicht daran gewöhnt.«

»*Mir* tut es leid. Ich hätte nicht davon ausgehen sollen ...«

Sie schüttelte den Kopf. »Ich will das. Ich werde mich daran gewöhnen.« Sie hob den Kopf und küsste ihn wieder. »Fass mich an.«

Jewel schob Nates Hand zwischen ihre Beine, schloss die Augen und lehnte sich entspannt zurück, während er sie neckte, streichelte und leckte und sie immer wieder zu neuen Höhepunkten trieb. Sie hatte sich mehr als je zuvor in ihrem Leben geöffnet und ausgeliefert, aber sie vertraute Nate. Sie vertraute ihm mit Leib und Seele. Erst hatte sie überlegt, ihm zu sagen – oder besser: ihn zu warnen –, dass sie noch nie mit einem Mann geschlafen hatte, aber sie hatte Angst, dass es ihn abschrecken würde. Und sie sehnte sich so sehr nach seiner Nähe, dass sie das Risiko nicht eingehen wollte. Sie würde es ihm sagen. Das hatte sie sich fest vorgenommen. Aber jetzt – oh mein Gott, das fühlte sich gut an – wollte sie seine Berührung einfach nur genießen.

Er streichelte und liebkoste sie, bis ihr ganzer Körper vor Verlangen bebte, und als er vom Bett aufstand, dachte sie erst, das sei es nun gewesen, doch dann sah sie, wie er sich auszog. Jewel schluckte schwer beim Anblick seiner eifrig emporragenden Männlichkeit. Er war wunderschön, von seinen kraftvollen Muskeln bis hin zu seinen markanten Gesichtszügen und lustvollen Augen. Er zog die Nachttischschublade auf, holte ein Kondom hervor, riss die Packung mit den Zähnen auf und legte es neben ihr auf das Bett, als er seine Hüften zwischen ihre Beine schob und sie sanft küsste. Sie spürte die Spitze seiner Erektion an ihrer Mitte und es fühlte sich wundervoll an. Noch nie hatte sie etwas so sehr gewollt, wie sie Nate wollte. Sie war selbst überrascht, dass sie nicht nervöser war. Sie musste es ihm sagen, aber plötzlich zweifelte sie. Der Gedanke, dass er sich zurückziehen könnte, erschreckte sie mehr als der Gedanke, zum ersten Mal einen Mann zu lieben. Je mehr sie darüber nachdachte, desto klarer wurde ihr, was sie zu tun hatte.

Er hatte sie tief in seine Seele blicken lassen. Er hatte es verdient, dass sie es ebenfalls tat.

Er sah ihr in die Augen. »Ich habe das Gefühl, als hätte ich mein ganzes Leben auf diesen Moment gewartet.«

Sie knabberte an ihrer Unterlippe, und er musste die Bedenken in ihren Augen gesehen haben, denn seine Brauen zogen sich zusammen.

»Sprich mit mir, Süße. Sollen wir aufhören?«

Nein, bloß nicht. Sie schüttelte heftig den Kopf. »Nein. Ich … Oh Gott, Nate, es ist schwerer zu sagen, als ich dachte.«

»Du kannst mir alles sagen.« Er stemmte sich auf den Handflächen hoch, doch sie zog ihn wieder an sich.

»Ich möchte dich ganz nah haben, wenn ich es dir sage.«

»Was immer du willst«, sagte er liebevoll, obwohl sein Gesicht voller Sorge war.

Sag es ihm! Schnell. Sag es einfach. Okay?

Oh Gott.

Nate machte Anstalten, sich neben sie zu legen, und sie schlang die Arme um ihn.

»Ich brauche dich bei mir. Bitte.«

»Du siehst ganz durcheinander aus, Jewel. Ich will nicht mit dir schlafen, wenn du nicht hundertprozentig sicher bist ...«

»Ich bin hundertprozentig sicher. Ich habe das nur bisher noch nie gemacht.«

Na also. Da war es heraus.

»Hast was nicht gemacht?« Er schüttelte verwirrt den Kopf.

Sie blickte an ihnen beiden herunter. »Das, Nate«, flüsterte sie. »Ich habe noch nie ...«

Für den Bruchteil einer Sekunde weiteten sich seine Augen überrascht, bevor sein Blick weich wurde und er sie voller Mitgefühl betrachtete. Er legte eine Hand an ihre Wange.

»Baby, warum hast du es mir nicht früher erzählt? Ich habe so unanständige Sachen gesagt und ...« Die Zärtlichkeit in seiner Stimme hüllte sie ein wie eine Umarmung.

»Ich hatte Angst, du würdest aufhören. Ich will nicht, dass du aufhörst, Nate. Ich bin noch nie so weit gegangen und ich möchte weitermachen.« Sie versuchte, nicht zu lächeln, aber sie konnte es nicht unterdrücken. Zum ersten Mal seit Ewigkeiten fühlte sie sich frei – sie tat genau das, was sie mit dem Mann tun wollte, den sie liebte. »Mach weiter, Nate. Hör auf, nachzudenken. Lass es nicht klemmig werden zwischen uns.«

»Jewel.« Er legte den Kopf zur Seite und atmete tief durch.

»Sieh mich an.« Sie war überrascht, dass ihre Stimme so fordernd klang, doch sie brachte seinen Blick schnell zurück zu ihr, und das war gut so. Sie wollte den Schwung nicht verlieren. »Du solltest das nicht überbewerten. Meine Jungfräulichkeit ist nichts, was ich absichtlich bewahrt hätte. Nate, ich gehöre nicht zu denen, die Wert darauf legen, dass *das* intakt ist. Es ist nicht so, als ob Sex ein Tabu oder mein Körper ein Tempel wäre. Ich hatte einfach zu viel zu tun, um viel darüber nachzudenken, und ich wollte nicht mit irgendjemandem schlafen, nur um sagen zu können, dass ich es getan habe. Nein, das stimmt nicht ganz. Mit dir habe ich es mir oft vorgestellt. Sehr oft sogar.«

Sein Blick war so ernst, dass sie befürchtete, er würde sich doch zurückziehen.

»Ich habe noch nie jemanden so begehrt wie dich, Nate, und ich weiß, dass das einer der Gründe ist, warum es mir nichts ausgemacht hat, dass ich keine Dates hatte. Du warst weg, aber du warst immer bei mir.«

Sie hielt inne. Sie hoffte, dass er etwas sagen würde, bis sie an seinem Blick, seinen zusammengepressten Lippen und der gerunzelten Stirn erkannte, dass er zu sehr von Gefühlen überwältigt war, um sprechen zu können. Sie war es zum Glück nicht. »Liebe mich, Nate.«

Für ein paar selige Augenblicke legte er seine Lippen auf ihre, und als er sich von ihr löste, öffnete er den Mund, machte ihn dann aber wieder zu, ohne etwas zu sagen, und zog die Augenbrauen zusammen. Endlich meinte er: »Ich habe auch mein ganzes Leben auf dich gewartet, Jewel. Dich zu lieben ist nicht das Problem. Ich liebe dich mit jeder Faser meines Seins. Ich will dir einfach nicht wehtun.«

Sie lächelte erleichtert. Gleichzeitig wusste sie, dass seine Sorge nicht unbegründet war. Schließlich hatte sie die Ausmaße seiner Männlichkeit mit eigenen Augen gesehen.

»Solange du langsam machst.« Sie beugte sich vor und küsste ihn, und zum Glück wussten ihre Münder inzwischen, wie sie diese Hürde nehmen sollten.

Sie spürte, wie sich sein Körper an ihren schmiegte, wie seine Muskeln sich entspannten, als er den Kuss vertiefte. Sie griff nach dem Kondom und verschränkte seine Finger mit ihren, ohne ihre Lippen von seinen zu lösen.

»Ich liebe dich so sehr, Jewel.«

»Das weiß ich.« Sie richtete den Blick auf das Kondom, das nur wenige Zentimeter entfernt lockte. »Jetzt hör bitte auf zu denken und zeig mir, wie sehr du mich liebst.«

Sie sah zu, wie er sich auf die Fersen hockte und das Kondom überstreifte. Gefühle blühten in ihr auf, größer und überwältigender als Verlangen, noch mächtiger als die Liebe, falls das überhaupt möglich war. Sie hob sich ihm entgegen, als er sich auf sie legte. Ihr Körper wusste, was zu tun war. Sie wollte es nicht langsam und vorsichtig, aber zumindest bei diesem ersten Mal war es wohl besser so. Er nahm sie in einem leidenschaftlichen Kuss, während sich seine Hüften behutsam vorschoben. Sein Schaft füllte sie nach und nach immer mehr aus. Dann zog er sich zurück und begann wieder von vorn. Er drückte ein wenig fester, sank ein wenig tiefer ein. Der Druck, den er mit seinen zärtlichen Küssen milderte, war nicht schmerzhaft, sondern überraschend angenehm. Sie war froh, dass er derjenige war, mit dem sie ihr erstes Mal erlebte. Dieses Verschmelzen zweier Herzen war zu intim für jemanden, den sie nicht liebte. Zu intim für jeden anderen außer Nate, und mit Nate war es einfach perfekt.

»Alles okay?«, flüsterte er an ihren Lippen.

Mehr als ein Nicken brachte sie nicht zustande. »Druck, kein Schmerz.« Sie legte ihm die Hände auf die Hüften und drängte ihn weiter in sich hinein. Zischend saugte sie den Atem ein, als er tiefer eindrang, und sofort hielt er inne.

»Hör nicht auf. Es ist gut, Nate. So gut.«

Das schien seine Sorge zu besänftigen und er küsste sie erneut. Ihre Zungen schlangen sich in vollkommenem Zusammenspiel umeinander und Liebe hüllte sie ein. Ihre Hüften bewegten sich bald in vollendetem Rhythmus, bis er ganz in ihr versank und sie nicht mehr wusste, wo sie endete und er begann.

»Okay?«, fragte er wieder.

»Und wie. Aber wir müssen bestimmt viel üben.«

Während seine Lippen ihre suchten, glitten seine Hände unter ihre Hüften und hielten sie so, dass sie noch besser zusammenkamen. Sie verlor sich in seinem Kuss, ließ ihre Hände über seinen Rücken wandern, ihre Knie fielen zur Seite und sie lernte, sich zu wölben und zu wiegen und sich – oh Gott – eine bestimmte Position einzuprägen, die ihr Inneres explodieren ließ.

»Ogottogottogott.«

»Genau so, Baby. Komm für mich. Ich halte nicht mehr lange durch. Du bist so eng.«

»Du wirst …« Sie keuchte auf, als sie ein unglaublicher Orgasmus durchwogte. »… es wiedergutmachen.« *Lieber Himmel, das ist wundervoll.*

Er grinste. »So oft du willst.«

Ihr Atem ging rascher, als seine Bewegungen entschlossener und ungestümer wurden. Wieder und wieder stieß er in sie, trieb sie immer aufs Neue zum Höhepunkt, bis ihre Arme matt zur Seite fielen. Dann schloss er ihren Mund mit einem Kuss und wurde noch schneller. All seine glorreichen Muskeln strafften sich unter ihren Händen und er vergrub sein Gesicht an ihrem Hals und stöhnte, als er den Gipfel der Leidenschaft erreichte. Sie spürte, wie er in ihr, auf ihr, um sie herum pulsierte. Als die letzte Woge durch seinen Körper raste, hielt er sie fest, bis sie beide allmählich ruhiger atmeten. Dann stand er schweigend auf und entsorgte das Kondom, bevor er sich wieder zu ihr legte.

Er nahm sie in die Arme und küsste sie sanft auf die Wangen, die Lippen und die Schultern, während er sie an sich drückte. Jewel war sich ganz sicher, dass *dies* Liebe war. Nicht nur Sex, nicht nur unglaubliche, welterschütternde Orgasmen, sondern auch die Fähigkeit, Schmerz und Verletzungen ins Gesicht zu sehen und zu wissen, dass die Kraft ihrer Liebe alles überstehen würde.

Sie schlief mit der Gewissheit ein, dass nichts sie jemals auseinanderbringen konnte.

Neunzehn

Am nächsten Morgen erwachte Nate, als Jewel mit der Zunge seine Brustwarzen umschmeichelte und ihre Hand seine Erektion streichelte.

»Mm. So lass ich mich gerne wecken.«

Sie sah ihn an und schmiegte sich an ihn. »Ich möchte nicht, dass du meinst, du müsstest mir Freiraum geben, um meinen ersten Sex zu verdauen.«

»Babe, du kennst mich nicht besonders gut, oder?« Anscheinend kannte sie ihn zu gut, denn als sie am Abend in seinen Armen eingeschlafen war, hatte er überlegt, ihr heute Morgen ein Schaumbad einzulassen, um alle Spuren von Wundsein zu lindern, die sie bestimmt zurückbehalten hatte.

»Ich denke, ich kenne dich ziemlich gut.« Sie presste ihre Lippen auf seine.

»Die Tigerin in dir kommt zum Vorschein.« Er schob sich unter sie und sie kicherte. »Was ist bloß in dich gefahren?«

»Du wahrscheinlich«, sagte sie mit einem verspielten Lächeln.

Er fuhr mit der Hand über ihre Hüfte und küsste sie auf den Hals. »Bist du nicht zu wund?«

»Ich weiß nicht. Vielleicht ein bisschen empfindlich?« Sie

wiegte die Hüften. »Aber nicht zu empfindlich für eine Wiederholung.«

»Sicher? Ich will dir wirklich nicht wehtun.«

»Wenn es wehtut, hören wir auf.« Sie streckte die Hand nach dem Nachttisch aus und er lachte.

»Du hast es aber eilig.« Er zog ein Kondom aus der Schublade.

»Wenn du gerade entdeckt hättest, wie köstlich Schokolade ist, würdest du ein Stück abbeißen und dann nicht mehr daran denken? Oder würdest du versuchen, so viel wie möglich davon zu essen?«

»Oh, Baby. Das gefällt mir, wie du denkst.« Nate legte seine Lippen auf ihre.

Am vergangenen Abend war Nate wie vom Donner gerührt gewesen, als Jewel ihm sagte, dass sie noch nie Sex gehabt hatte. Jewel war wunderschön und klug, und Nate wusste, dass sie auf dem College Dutzende von Jungs hätte haben können, aber unbewusst hatte sie auf ihn gewartet. Es machte ihn traurig und berührte ihn gleichzeitig, dass sie sich um ihre Familie gekümmert hatte, während sich alle um sie herum die Hörner abstießen. Er hasste es, dass sie das verpasst hatte, was manche Leute die besten Jahre ihres Lebens nannten, aber er fühlte sich geehrt, dass sie ihm genug vertraute und er ihr wichtig genug war für ihr erstes Mal.

Jetzt ließ er sie führen und erlaubte ihr, ihre Sinnlichkeit zu erforschen, als sie sich auf ihn setzte und die Intensität ihres Liebesspiels bestimmte. Er konnte sich kaum zurückhalten, während sie ihn Zentimeter für Zentimeter in sich aufnahm und ihn erst schnell und entschlossen, dann langsamer ritt und seine Härte an der empfindsamen Stelle entlangstreichen ließ, die sie immer wieder auf den Höhepunkt der Lust trieb.

Sie rief seinen Namen, als die Kraft ihrer Liebe durch ihren Körper wogte. Seinen Namen von ihren Lippen zu hören und die enge, samtige Wärme zu spüren, die um ihn pulste, ließ ihn den letzten Rest an Selbstbeherrschung aufgeben, und er folgte ihr auf den Gipfel der Leidenschaft.

Sie lagen sich schwer atmend in den Armen, während die Nachbeben durch ihre Körper brandeten. Plötzlich läutete Jewels Wecker.

Sie stöhnten auf. Jewel drehte sich zur Seite, um ihn auszuschalten. Nate schlang von hinten die Arme um ihre Taille.

»Musst du heute früher arbeiten?« Es war erst sechs Uhr.

»Nein, aber ich muss zu Mom und den Kindern das Frühstück zubereiten. Und dafür sorgen, dass sie pünktlich zur Schule gehen.«

»Bleib noch eine Weile bei mir«, drängte er.

»Nate. Sie brauchen mich.« Sie setzte sich auf die Bettkante und er setzte sich neben sie.

»Glaubst du nicht, dass sie sich ihr Frühstück selbst machen können?«

»Wir haben einen Zeitplan, Nate, und er funktioniert.«

Er küsste sie und stand auf. »Warum gönnst du dir heute Vormittag nicht etwas Zeit zum Entspannen? Nimm ein heißes Bad, setz dich auf die Terrasse und trink eine Tasse Kaffee, und ich kümmere mich um deine Geschwister.«

Sie lächelte und küsste das Grübchen auf seinem Kinn. »Danke, aber sie warten auf mich. Nach dem Duschen mache ich mich auf den Weg.«

»Dann komme ich mit.«

»Wirklich?« Sie runzelte die Stirn.

»Du bist nicht mehr allein, Jewel.«

Lächelnd und nackt stand sie da, und er konnte nicht anders, als sich an ihrem schönen Körper zu weiden. Als sein Blick auf die gerötete Innenseite ihrer Oberschenkel fiel, die er mit seinen Bartstoppeln traktiert hatte, blutete ihm schier das Herz.

»Oh je, Schatz. Das tut mir leid.«

Sie drängte sich an ihn. »Mir nicht.«

»Wer bist du und was hast du mit meiner schüchternen Freundin gemacht?« Er ging mit ihr ins Badezimmer und stellte die Dusche an. Seine Hand stockte, als ihm klar wurde, was er da gerade gesagt hatte. Jewel Fisher war seine Freundin. *Endlich.*

»Freundinnen zuerst.« Kichernd trat sie unter den Wasserstrahl.

Er folgte ihr. Er war schon wieder hart und fühlte sich wie der glücklichste Mann der Welt, der eine zweite Chance bekommen hatte.

Drei umwerfende Orgasmen später – zwei für sie, einen für ihn – fuhren sie schließlich zum Haus der Fishers. Sie nahmen Jewels Jeep, weil darin genug Platz für die Kinder war, und kamen zehn Minuten zu früh.

»Das hätte ich fast vergessen. Heute Abend ist das alljährliche Lagerfeuer bei meinen Eltern. Es ist wieder einmal Zeit, den Weihnachtsbaum vom letzten Fest zu verbrennen, den sie aufgehoben haben. Es ist eine Familientradition. Gehen wir zusammen hin?« Er griff nach Ricks Briefen, die er Jewels Mutter zurückgeben wollte.

»Heute Abend? Ich muss Krissy zum Tanzkurs bringen.« Sie stieg aus. »Um sechs ist sie fertig. Dann könnte ich kommen, wenn das okay ist.«

»Klar ist das okay. Hauptsache, du bist bei mir. Warum kommt ihr nicht alle? Den Kindern macht es bestimmt Spaß.

Wir grillen Marshmallows und spielen Gitarre.«

»Ich hatte ganz vergessen, dass ihr Gitarre spielt. Ich weiß nicht. Schließlich müssen die Kinder ihre Hausaufgaben machen.«

Nate nahm ihre Hand. Er merkte, dass Veränderungen in ihrem Zeitplan sie nervös machten, aber Rick war immer beim Lagerfeuer der Bradens gewesen, und Nate wusste, dass er sich gefreut hätte, wenn seine Geschwister daran teilnahmen und ihren Spaß hatten. Für Jewel war es eine Änderung des Tagesablaufs. Nate dagegen betrachtete es als eine Möglichkeit für sie, eine Tradition fortzusetzen, die ihr Bruder und sein bester Freund begonnen hatten.

»Rick kam immer rüber, wenn wir unser Lagerfeuer hatten. Jedes Jahr, die ganze Highschoolzeit hindurch. Patrick, Krissy und Taylor könnten etwas teilen, was Rick erlebt hat. Ich dachte, das wäre schön für sie.«

Sie senkte den Blick und schwieg. Dann fragte sie leise: »Rick war immer dabei?«

Nate nickte. »Und ob. Er hatte einen Heidenspaß zu sehen, wer mehr Marshmallows auf seinem Stock aufspießen konnte, er oder Shannon. Shannon ist in Colorado, also wird sie heute Abend nicht dabei sein, aber …« Er zuckte mit den Schultern. »Ich weiß, dass es deiner Familie gefallen würde. Und außerdem spornt es sie vielleicht an, ihre Hausaufgaben schnell zu machen, um dann zum Lagerfeuer zu kommen.«

»Das ist ein hinterhältiger Trick.« Sie lächelte. »Okay, ich rede mit meiner Mutter darüber.«

Wie aufs Stichwort kam Anita durch die Seitentür, voll beladen mit ihrer Umhängetasche, ihrer Handtasche und einem Kaffeebecher. Das Haar hing ihr in lockeren Wellen über die Schultern. Als sie Nate und Jewel sah, riss sie die Augen auf.

»Was für eine schöne Überraschung. Ich hätte nicht erwartet, dich heute Morgen hier zu sehen, Nate«, sagte Anita lächelnd. Jewel errötete.

»Hi, Mom.«

»Hallo, Schatz.«

»Hi, Anita. Ich hoffe, es macht dir nichts aus. Ich wollte Jewel mit den Kindern helfen.«

»Meine Güte, nein. Die Kinder haben mir alles über die Kanufahrt erzählt. Sie waren ganz begeistert. Vielen Dank.«

»Ich möchte *dir* danken.« Sie sahen einander an und in diesem Blick lag ein stummes Verstehen. Sie wusste, dass er das Gespräch meinte, das sie vor ein paar Tagen geführt hatten. »Beim Kanufahren ist Patrick ein Naturtalent. Ich wollte heute zu Sam, um ihm bei ein paar Sachen unter die Arme zu greifen. Vielleicht könnte ich Patrick mal mitnehmen? Jewel hat gesagt, dass er in letzter Zeit sehr launisch ist. Manchmal hilft es in diesem Alter ja, wenn man ein eigenes Projekt hat, auf das man sich konzentrieren kann.«

»Es wäre wunderbar, wenn Patrick einen verantwortungs-bewussten Mann zum Vorbild hätte. Es würde ihm guttun, wenn er Zeit mit dir oder Sam verbringen könnte. Aber bist du sicher, dass es dir nichts ausmacht?«

»Ich wusste gar nicht, dass du das vorhattest«, sagte Jewel. »Davon hast du gar nichts gesagt.«

»Tut mir leid.« Seine Gedanken hatten ständig um Jewel gekreist, sodass er es ganz vergessen hatte. »Ich hätte es sagen sollen, aber wir waren so beschäftigt ...«

Jewel wurde wieder rot und Anita hob die Brauen. Als Nate klar wurde, was er gerade gesagt hatte, wäre er am liebsten im Boden versunken.

»Ich meinte nicht –« *Lieber Himmel.* Er sah Anita an und

überlegte krampfhaft, wie er sich am eigenen Schopf aus diesem Fettnäpfchen herausziehen sollte. »Ich hatte es mir gestern schon überlegt. Ich denke, er hätte Spaß daran. Und Taylor könnte mitkommen, dann kann Jewel Krissy zum Tanzen bringen.«

Jewel schüttelte den Kopf. »Ich gehe lieber ins Haus, bevor du mich noch mehr in Verlegenheit bringst.« Sie lächelte und zeigte Nate, dass sie ihm nicht böse war.

»Tut mir leid, Babe«, sagte er, aber sie war schon verschwunden.

»Es ist okay, Nate. Ist doch schön, dass ihr *beschäftigt* seid«, sagte Anita.

Er rieb sich mit der Hand übers Gesicht. »Das meinte ich nicht. Ich wollte Jewel nicht in Verlegenheit bringen.«

»Ich weiß. Aber weißt du was? Ein bisschen Verlegenheit tut ihr gut. Sie hat viele Jahre solcher Verlegenheit verpasst. Sie hat viel nachzuholen.« Anita lächelte. »Taylor kann nach der Schule zu Katie gehen. Ich rufe ihre Mutter an. Bist du sicher, dass es dir nichts ausmacht? Patrick kann ziemlich mürrisch sein, wenn er es darauf anlegt.«

»Ich war ja selbst mal in diesem Alter. Ich denke, ich kann mit ihm umgehen.«

»Ja, das kannst du sicher. Ich glaube, das haben wir alle gebraucht, Nate. Vielen Dank. Ich weiß, dass Jewel es dringend brauchte.« Sie sah kurz zum Haus hinüber. »Sie hat *dich* gebraucht, Nate. Vermutlich hat sie dir verziehen?«

Er nickte zögernd. Er war sich nicht sicher, ob *verzeihen* das richtige Wort war. »Wir versuchen beide, nach vorn zu sehen. Ich werde mich wegen Rick immer schuldig fühlen, aber ich bin mehr im Frieden mit mir, seit ich mit dir und Jewel geredet habe.« Er reichte ihr die Briefe. »Ich wollte dich fragen, ob es dir etwas ausmacht, wenn ich einen der Briefe behalten würde.« Er deutete auf den, der zuoberst auf dem Stapel lag.

»Kein Problem. Ist es der, in dem er dir seinen Segen gibt?« Sie reichte Nate den Brief. »Behalte ihn ruhig.«

Krissy kam aus der Tür gerannt. »Mom, kannst du mir das Geld für die Spendenaktion in der Schule geben?« Sie lächelte Nate zu. »Hallo. Was machst du hier?«

Er zuckte mit den Schultern, als sei es nichts Besonderes, dass er so früh da war. Gleichzeitig hatte er das Gefühl, bei Jewel und ihrer Mutter eine unsichtbare Grenze überschritten zu haben und nun noch mehr ein Teil der Familie zu sein.

»Ich dachte, ich könnte euch zur Schule fahren«, sagte Nate.

Anita kramte Geld aus ihrer Tasche und reichte es Krissy.

»Glaubst du wirklich, dass ich nicht mitkriege, was hier gespielt wird? Ich weiß, dass ihr zusammen seid.« Krissy stemmte eine Hand in die Hüfte und sah Nate herausfordernd an. »Stimmt's?«

Anita lächelte ihn an.

»Ertappt«, sagte Nate mit schiefem Grinsen. Hoffentlich ärgerte sich Jewel nicht, weil er ihr zuvorgekommen war und ihre Beziehung eingestanden hatte.

»Cool.« Krissy drehte sich um und rannte ins Haus. »Patrick!«, schrie sie. »Ich hab die Wette gewonnen!«

»Lieber Himmel«, murmelte Nate leise.

»Willkommen in unserer Welt«, sagte Anita lachend.

Für Nate war das kein Spaß. Er wollte schon so lange zu Jewels Welt gehören.

Patrick trat grinsend aus der Tür. »Das kostet mich fünf Dollar.«

Nate lachte. »Fünf Dollar? Willst du dir die verdienen?«

»Und wie?« Patrick trat mit der Schuhspitze gegen ein

Grasbüschel.

»Komm irgendwann diese Woche nach der Schule mit mir zu Sam und hilf uns bei den Rough Riders.«

Anita lächelte ihrem Sohn zu. »Ich muss los. Patrick, mach das mit Nate. Es macht dir bestimmt Spaß, und du kannst dir etwas Geld verdienen für diese Spiele, die du unbedingt kaufen willst.«

»Dann darf ich also?« Er sah seine Mutter verwundert an.

»Na klar. Hauptsache, du benimmst dich und tust, was Sam und Nate dir sagen.« Sie öffnete ihre Autotür. »Oh, Patrick, sag Jewel, dass ich Katies Mutter frage, ob Taylor zu ihnen gehen kann, während Krissy beim Tanzen ist.«

Nate wartete, bis Patrick wieder im Haus verschwunden war, bevor er sich zu ihr wandte. »Wahrscheinlich wird Jewel dich nachher noch fragen, aber heute Abend ist das jährliche Lagerfeuer bei meinen Eltern, bei dem wir den Weihnachtsbaum verbrennen. Wir würden uns freuen, wenn ihr kommt.«

Sie lächelte ihn an. »Rick hat diese Lagerfeuer geliebt. Wir kommen gerne, danke für die Einladung. Wenn wir Jewel jetzt noch dazu bringen könnten, Krissy bei anderen Leuten mitfahren zu lassen, hätte sie etwas mehr Freizeit und ein bisschen mehr Spaß.«

Nate wusste, dass es nicht einfach werden würde. Bis Jewel akzeptierte, dass sie nicht immer und überall zur Stelle sein musste, war es ein langer Weg, aber er war fest entschlossen, sie bei jedem Schritt zu begleiten.

Zwanzig

Chelsea hatte Jewel den ganzen Tag immer wieder aus den Augenwinkeln beäugt. Sie waren so beschäftigt gewesen, dass Jewel keine Zeit hatte, ihr von Nate zu erzählen, doch jedes Mal, wenn sie an ihn dachte, spürte sie, wie es ihren Körper heiß durchflutete. Gestern Abend hatte sie sich zwar gewünscht, dass sie mehr Erfahrung hätte, um nicht unbeholfen und ungeschickt zu erscheinen, aber alles war ihr so einfach und natürlich erschienen. Es war, als wüssten ihre Hände instinktiv, wie sie streicheln und ertasten sollten, während ihr Körper ohne Zögern auf seine Berührungen reagierte, auf seine Hände, seinen Mund, seine …

»Ich habe einen Rabattcoupon über zehn Prozent. Ist der noch gültig?« Eine Frau schob einen Gutschein über den Ladentisch und riss Jewel aus ihren Träumereien.

Chelsea stand an der zweiten Kasse und betrachtete sie verwirrt. Wahrscheinlich fragte sie sich, wo Jewel mit den Gedanken gewesen war.

»Ja. Den können Sie noch bis nächsten Freitag einlösen.« Jewel begann, die Einkäufe der Kundin einzutippen.

Chelsea beugte sich vor und sagte leise: »In zehn Minuten hast du Feierabend. Wann wirst du mir alles erzählen?«

Jewel lächelte die junge Mutter an. »Das macht achtundzwanzig zweiundneunzig, bitte.«

Die Kundin hob ihr Baby auf die andere Hüfte, und während sie in ihrer Handtasche wühlte, flüsterte Jewel: »Nicht hier.«

Chelsea hob die Brauen.

Jewel bediente die nächsten Kundinnen, und als sie fertig war, bat Chelsea die Aushilfe Mira, die Kassen zu übernehmen, und folgte ihr in den hinteren Teil des Ladens. Jewel ahnte, dass ihr eine eingehende Befragung bevorstand.

»Hast du das so gemeint, wie ich es verstanden habe?«, fragte Chelsea.

Jewel zupfte mit den Zähnen an der Unterlippe, und Chelsea kreischte und umarmte sie so fest, dass Jewel kaum noch Luft bekam.

»Du hast ihm also verziehen!«

»Du siehst aus, als hättest du im Lotto gewonnen«, neckte Jewel sie.

»Ich nicht, aber du! Nate ist ganz sicher ein Hauptgewinn. Ich kann es kaum fassen, dass du es den ganzen Tag für dich behalten konntest. Das ist ein riesiger Schritt. Ich finde, wir sollten feiern.« Chelsea tippte sich nachdenklich ans Kinn. »Eine Jewel-schnappt-sich-den-heißesten-Typen-von-Peaceful-Harbor-Party!«

Jewel schnappte sich ihre Handtasche. »Wenn du es so sagst, klingt es wie ein Wettbewerb.«

»Tut mir leid, so meinte ich es nicht. Ich bin nur so froh. Es ist, als hättest du dir deinen Trainings-BH vom Leib gerissen und seist endlich bereit, eine Frau zu sein.« Chelsea seufzte verzückt. »Du und Nate. Ich freue mich so für euch. War es so, wie du es dir erträumt hast?«

»Du weißt doch, dass ich nicht der Typ bin, der von Sex träumt.«

»Ich weiß, aber ich bin mir sicher, dass fast jede Frau in Peaceful Harbor unter vierzig – und über vierzig wahrscheinlich auch – von den Braden-Jungs fantasiert hat. Hmmm.«

»Ich dachte, wir hätten uns auf eine Regel geeinigt.«

Chelsea winkte abwehrend mit der Hand. »Ich mach doch nur Quatsch. Er ist total heiß und alles, aber ich mag meine Männer dunkelhaarig und er ist blond, daher ... Aber Spaß beiseite. Bist du glücklich?«

»Unglaublich glücklich. Ein bisschen wund ... aber glücklich.«

Chelsea lachte schnaubend. »Es hat sich aber gelohnt, oder?«

»Absolut.« Jewel genoss es, über etwas anderes zu reden und nachzudenken als ihre Pflichten in der Familie. »Nate wird mich wohl immer an Rick erinnern. Und ich darf nicht vergessen, dass er nur seinen Job gemacht hat. Aber ich denke, mit der Zeit wird es mir leichter fallen. Nate ist ehrlich und fürsorglich. Und ...« Sie dachte an den Nachmittag bei Rough Riders.

»Er schubst mich, Chels.«

»Beim Sex?« Chelsea betrachtete sie besorgt.

»Oh, mein Gott, nein. In dieser Hinsicht ist er sehr behutsam. Aber er lässt mich Dinge über mich selbst sehen, die ich vorher nicht wirklich sehen wollte. Er schubst mich in die richtige Richtung.« Sie dachte an den Tsunami, der gestern in ihr getobt hatte. Und obwohl Nate sie gezwungen hatte, etwas zu erkennen, vor dem sie die Augen verschlossen hatte, war sie erleichtert, endlich über die Ängste sprechen zu können, die sie so lange in sich vergraben hatte. Sie wusste, dass sie mit Nate über alles reden konnte. Und während sie noch überlegte, ob sie

Chelsea davon erzählen sollte, wurde ihr klar, dass die Freundin sie wahrscheinlich verstehen würde. Sie war in guten und schlechten Zeiten für Jewel da gewesen.

Sie holte zitternd Luft und fragte: »Meinst du, ich enge die Kinder ein?«

Chelsea setzte sich auf die Schreibtischkante. »Nun, wir haben nur ein paar Minuten Zeit, bevor du sie abholen musst, daher bin ich mir nicht sicher, wie ehrlich ich sein sollte. Ich will nicht, dass du zu spät kommst.«

»Also meinst du, ich enge sie ein.« Jewel verspürte einen schmerzhaften Stich.

»Ich denke, du liebst sie so sehr, dass du sie beschützen willst. Aber manchmal schützt du sie zu sehr. Verstehst du, was ich meine?« Sie berührte Jewels Hand. »Das ist nichts Schlimmes. Aber du solltest schon darüber nachdenken.«

Jewel wollte nicht wahrhaben, was Chelsea sagte, aber sie wusste, dass sie es nicht einfach wegschieben konnte. »Okay. Danke, dass du ehrlich bist.«

»Ich bin immer ehrlich zu dir.« Sie gingen zurück in den Laden. »Hör mal, wenn du reden willst, nachdem du die Kinder geholt hast, weißt du ja, wo ich bin.«

»Danke.« Jewel wusste, dass Chelsea nicht nur aufrichtig, sondern auch mitfühlend war. Trotzdem war ihr klar, dass sie nicht zurückkommen und reden würde. Da war jemand anderes, mit dem sie darüber sprechen musste. Jemand, der genau das durchlebt hatte, was sie jetzt durchlebte.

Eine halbe Stunde später betrat Jewel hinter ihren Geschwistern das Haus ihrer Mutter. »Ach, das hätte ich fast vergessen: Mom nimmt euch heute Abend mit zu den Bradens zum Lagerfeuer«, sagte sie.

»Cool.« Patrick ging direkt nach oben zu seinen Videospielen.

»Das klingt lustig«, sagte Krissy.

»Ein Lagerfeuer? Das hört sich toll an. Kann Katie jetzt für eine Weile rüberkommen?«, fragte Tay. Katie wohnte im Nachbarhaus und war seit der Vorschule Tays engste Freundin.

»Ja, klar, aber du kennst die Regeln. Ich muss Krissy zum Tanzen bringen, also bist du entweder bei Patrick oder nebenan. Ihre Mutter ist zu Hause, oder?«

»Jep.« Taylor riss die Küchentür auf und rannte zu Katie hinüber.

Jewel nahm das Abendessen aus dem Gefrierschrank und stellte es zum Auftauen auf den Tisch.

»Mom hat gesagt, wir bestellen heute Abend Pizza.« Krissy kam in die Küche. Sie hatte sich schon zum Tanzen umgezogen.

»Oh?« Sie legte die Portionen in den Gefrierschrank zurück.

»Jep. Wir bestellen nach dem Tanzkurs eine kolossale Pizza bei Tony.« Sie nahm einen Apfel aus dem Kühlschrank. »Du kannst mit uns essen, wenn du willst.«

»Danke, aber ich glaube, das Lagerfeuer wird euch dazwischenkommen. Nun, mal sehen, was Mom dazu sagt. Vielleicht esst ihr vor dem Lagerfeuer? Auf jeden Fall danke für das Angebot, aber ich glaube, ich esse heute Abend mit Nate.« Sie warf einen Blick auf die Uhr. »Bist du so weit?«

»Ja.« Krissy nahm ihre Tasche aus dem Schrank im Flur.

Jewel brüllte nach oben: »Patrick, wir gehen! Wenn Taylor in einer halben Stunde nicht zurück ist, geh rüber zu Katie und sieh nach, ob sie noch da sind.«

»Jaja«, brüllte er zurück.

Jewel brachte Krissy zur Tanzschule und fuhr dann quer durch die Stadt zum Friedhof. Wie immer, wenn sie sich diesem Ort näherte, waren ihre Nerven angespannt. Sie parkte das Auto und saß einen Moment einfach da und schaute auf die grasbewachsene Anhöhe mit ihrem Meer an Grabsteinen, von der aus man die Stadt überblicken konnte.

Als sie ihren Vater begraben hatten, hatte Jewel wochenlang jeden Tag geweint. *Er wird immer bei dir sein*, hatte ihre Mutter gesagt. Dann hatte sie erklärt, dass die, die man liebt, einen nie wirklich verlassen und dass ihr Vater immer auf sie aufpassen würde. Als Nate und Rick zum Militär gingen, hatte sie darum gebetet, dass ihr Vater auf sie aufpassen würde. Und als Rick fast vier Jahre später starb, wurde ihr klar, dass ihr Vater vielleicht immer über sie wachte, dass er sie aber nicht beschützen konnte.

Sie hatte geweint, als Rick getötet wurde, allerdings nur ein paar Tage. Zum Trauern hatte sie keine Zeit gehabt. Plötzlich war sie die Älteste und musste stark sein für ihren Bruder und ihre Schwestern – und für ihre Mutter. Es war ganz anders gewesen als damals, als ihr Vater gestorben war, und sie hatte schnell gelernt, ihre Traurigkeit tief genug zu vergraben, um funktionieren zu können. Erst spät in der Nacht, wenn sie allein war, hatte sie diese Traurigkeit an die Oberfläche kommen lassen. Aber selbst diese Zeit war begrenzt gewesen. Nacht für Nacht waren Krissy und Taylor auf der Suche nach Trost in ihr Zimmer gekommen.

Jewel ging den Hügel hinauf zum Grab ihres Vaters. Wut und Traurigkeit brannten in ihr. Seit November des letzten Jahres war sie nicht mehr auf dem Friedhof gewesen. Damals waren sie alle zusammen gekommen, um Blumen auf Ricks Grab und das Grab ihres Vaters zu legen. Ihre Geburtstage lagen nur fünf Tage auseinander. Sie war nicht gern hier, aber wer ging schon gerne auf einen Friedhof? Sie hatte immer ein schlechtes Gewissen, wenn sie hier war. Womit hatte sie es verdient, am Leben zu sein, wenn ihr Bruder und ihr Vater ihr Leben verloren hatten? Warum mussten sie sterben? Ob ihre Mutter sich manchmal so fühlte? Sie sprachen nie über Rick oder ihren Vater. Sie wusste gar nicht mehr, warum. Sie erinnerte sich nur, dass es so unangenehm war, dass sie eines Tages aufgehört hatte, es zu versuchen.

Sie kam zum Grabstein ihres Vaters und erlaubte der Traurigkeit, Besitz von ihr zu ergreifen. In einer Stunde und zwanzig Minuten musste sie Krissy abholen, was bedeutete, dass sie eine Stunde Zeit hatte, ihren Gefühlen freien Lauf zu lassen, und zwanzig Minuten, um sich zusammenzureißen.

Jewel hockte neben dem Grabstein ihres Vaters und blickte dann zu Ricks Stein hinüber, der sechs Jahre später aufgestellt worden war und ebenso einsam dastand. Früher hatte sie sich gefragt, ob die beiden zusammen waren, ob ihr Vater auf Rick gewartet hatte, als Rick starb, und ob ihr Vater bei dem Bootsunfall ums Leben gekommen war, weil Gott wusste, dass Rick sterben würde, und nicht wollte, dass er allein war. Aber diese Fragen drehten sich immer im Kreis, es gab keinen Anfang und kein Ende. Es gab keine Antworten. Es war nur einer der Teufelskreise, aus denen sie sich befreien musste.

Jetzt stellte sie eine andere Frage, auf die sie keine Antwort bekommen würde. Waren sie der Ansicht, dass sie die Kinder total vermasselt hatte?

Tränen traten ihr in die Augen, und aus Gewohnheit zwang sie sich, nicht zu weinen. Sie war inzwischen so daran gewöhnt, ihre Gefühle zu unterdrücken, dass sie sich selbst daran erinnern musste, dass es in Ordnung war, traurig zu sein.

Es war in Ordnung, sie zu vermissen.

Es war in Ordnung, dass es wehtat.

Im Moment beobachtete sie niemand und sie musste

niemandem ein Vorbild sein. Sie war allein mit ihren Gefühlen und das war so ungewohnt. Selbst wenn sie abends in ihrer Wohnung war, verspürte sie den Druck, für ihre Familie stark zu sein. Sie konnte nur stark sein, wenn sie sie in Sicherheit wusste. Und sie waren nur dann sicher, wenn sie innerhalb der Grenzen von Jewels Sicherheitszone lebten. Nicht in der von Patrick und den Mädchen. Und nicht in der ihrer Mutter. In Jewels Sicherheitszone.

Warum hatte ihre Mutter zugelassen, dass sie ihnen das antat? Hatte sie jemals versucht, Jewel davon abzuhalten, so zu sein? Jewel konnte sich nicht daran erinnern. Die letzten paar Jahre waren eine einzige Ansammlung von Pflichten gewesen. Sie hatte nichts weiter getan, als dafür zu sorgen, dass es allen gut ging, und zuzusehen, dass sie einen Tag nach dem anderen überstand.

Sie sank neben dem Grabstein ihres Vaters nieder. »Was habe ich angerichtet, Dad? Wie kann ich das wiedergutmachen?«

Sie lauschte den Vögeln in den Bäumen und den vorbeifahrenden Autos auf der Straße unterhalb der Anhöhe. Es gab keine magische Stimme, die ihr Antworten ins Ohr flüsterte, kein Zeichen von oben. Sie kam sich ein bisschen albern vor, wie sie mit tränenüberströmtem Gesicht dasaß und mit dem Grabstein ihres Vaters sprach. Sie wischte sich die Tränen ab, und da sie praktisch veranlagt war, versuchte sie herauszufinden, was sie wollte und warum sie gekommen war.

Ihr Blick ging zu Ricks Grabstein. Er fehlte ihr so sehr, und sie hatte ein schlechtes Gewissen, weil sie sich kaum an die Dinge erinnern konnte, die sie am meisten vermisste: sein Lächeln, seine Stimme, sein Lachen. Sie vermisste seine Direktheit, die Art, wie er ihr sagte, sie solle sich zusammenreißen, wenn sie sich ärgerte, nur um sie gleich darauf in die Arme zu nehmen und ihr zu versichern, dass alles gut werden würde. Das erinnerte sie an Nate, aber der Gedanke an ihn wurde schnell von einer anderen Emotion überdeckt, und die fühlte sich sehr nach Groll an.

»Du hast mich im Stich gelassen.« Die Worte kamen flüsternd, und sie kamen so unerwartet, dass sie zusammenzuckte und sich erschrocken die Hand vor den Mund hielt. Wie konnte sie nur so selbstsüchtig sein und es laut aussprechen?

Sie sah sich auf dem leeren Friedhof um, als hätte sie jemand hören können.

Rick hat mich nicht im Stich gelassen. Es war nicht seine Entscheidung zu sterben.

Die Tränen, die nun folgten, kamen aus ungeahnten Tiefen. Es war nicht seine Entscheidung gewesen, aber er war nicht mehr da. Sie hatte die Aufgabe, sich um die Familie zu kümmern, allein schultern müssen, dabei konnte sie sich kaum um sich selbst kümmern. Jetzt hatte sie alles vermasselt. Schuldgefühle und Wut brandeten in ihr auf.

Warum hatte sie niemand gewarnt? Warum hatte niemand gesagt: »He, Jewel, du machst alles kaputt. Mach mal halblang. Lass die Kinder atmen.«

Lass dich selbst atmen.

Sie wollte atmen. Sie wollte es so sehr, dass ihre Lungen schmerzten. Gestern Abend hatte sie zum ersten Mal geatmet, zum ersten Mal seit einer gefühlten Ewigkeit. Sie hatte ihre Lungen und ihr Herz geöffnet, als sie mit Nate zusammenkam, und es war, als wäre ihr ganzes Wesen mit frischem Sauerstoff gefüllt.

Er hatte sich ihr rückhaltlos geöffnet und gleichzeitig ihre

Schutzmauern durchschaut. Und anstatt ihrem Schmerz und ihrer Wut auszuweichen, hatte er ihr mit Stärke und Liebe zur Seite gestanden und ihr geholfen, sich ihren Fehlern zu stellen.

Und er hatte sich seinen eigenen Fehlern gestellt.

Jewel hob den Kopf und straffte die Schultern. Es war Zeit für sie, ihren Ängsten und Fehlern ins Gesicht zu sehen und Verantwortung für sie zu übernehmen. Sie musste ihrer Angst entrinnen, ein weiteres Familienmitglied zu verlieren. Und sie musste einen Weg finden, wie sie ihre Geschwister ihr Leben leben und sie ihre eigenen Fehler machen lassen konnte, ohne sie durch die Grenzen einzuschränken, die für sie Sicherheit bedeuteten. Bei der Vorstellung wurde ihr das Herz schwer, aber sie zwang sich, stark zu bleiben, weil sie wusste, dass es das Beste für sie und ihre Familie war.

Sie wollte auch ihr Leben leben.

Mit Nate.

Sie stand auf, wischte sich die Tränen von den Wangen und tat etwas, wozu sie bisher nie den Mut gehabt hatte. »Ich kann nicht mehr alles machen. Es ist nicht gut für uns. Falls du über mich wachst, denkst du hoffentlich, dass ich das Richtige tue. Ich bin jedenfalls davon überzeugt, dass es richtig ist.«

Sie kniff die Augen gegen die Tränen zusammen und flüsterte: »Auf Wiedersehen, Dad. Auf Wiedersehen, Rick.«

Sie drehte sich um und zwang sich, zu gehen und ihre Vergangenheit hinter sich zu lassen.

Es war Zeit, sich um ihre Zukunft zu kümmern.

Einundzwanzig

Nates Eltern lebten in einem alten Haus im viktorianischen Stil auf einem großen Grundstück am Meer. Sie hatten das Haus im Laufe der Jahre renoviert, dabei aber den Charakter des Hauses bewahrt. Ihnen war es wichtig, die Geschichte zu respektieren, und daher hatten sie die alte Steinmauer repariert, die den üppigen Rasen begrenzte, anstatt sie abreißen zu lassen und durch einen mit Dünengras bewachsenen Abhang zu ersetzen und den Übergang zum Strand natürlicher zu gestalten. Als Kinder waren Nate und Rick stundenlang immer wieder von der knapp zwei Meter fünfzig hohen Mauer gesprungen. Jetzt saßen seine Mutter und Jewels Mutter darauf, ließen die Füße baumeln und schauten auf das Meer hinaus. Nate stand auf der Terrasse und sah Patrick und Krissy zu, die Marshmallows über dem Lagerfeuer rösteten, während Ty neben ihnen auf der Gitarre klimperte. Sam, Jewel und Taylor standen am Feuer und wärmten sich die Hände. Vom Meer her wehte eine kühle Brise.

Sein Vater und Tempe kamen auf ihn zu. Tempes Rock flatterte im Wind. Sie verschränkte die Arme vor der Brust und ihr Vater legte den Arm um sie und zog sie an sich. Er sagte etwas und Tempe lächelte und schmiegte sich noch enger an ihn. Während Nate die Menschen beobachtete, die er am meisten liebte, musste er an Rick denken. Er wünschte, Rick könnte all das mit ihm teilen, aber er war froh, dass er daran gedacht hatte, den Rest von Ricks Familie einzuladen. Auf der Fahrt zum Haus seiner Eltern war Jewel recht still gewesen, doch nun wirkte sie fröhlicher und gelöster. Alle amüsierten sich gut und er hatte Jewel schon lange nicht mehr so strahlend lächeln sehen.

Er konnte den Blick nicht von ihr wenden, als sein Vater und Tempe zu ihm traten. Jewel ließ ihre Geschwister kaum aus den Augen. So ging es schon den ganzen Abend, und Nate erinnerte sich, dass Rick nach dem Tod seines Vaters dasselbe getan hatte.

»Die Dinge entwickeln sich rasant, nicht wahr, Nate?«, fragte sein Vater und schaute zu Jewel hinüber.

Es war das erste Mal, dass seine Familie ihn und Jewel als Paar sah. Wie lange hatte er auf diesen Moment gewartet! Sein Vater konnte nicht wissen, dass sie vorher in Jewels Wohnung eine Tasche gepackt hatten, sodass sie ein paar Nächte bei ihm bleiben konnte. Nate hoffte, dass der heutige Abend nur der Anfang war und dass sie nie wieder würde gehen wollen. Ihre Beziehung hatte sich tatsächlich rasant entwickelt, doch ihm konnte es nicht schnell genug gehen. Er blickte seinen Vater an, der ihn lächelnd betrachtete. Es war, als sei Nate für ihn plötzlich vom Kind zum Gefährten geworden. Er spürte, dass sein Vater wusste, was in ihm vorging.

»Und das ist gut so«, sagte Nate. Er sah Tempe an. »Tempe, du bist hier die Therapeutin. Geht es alles zu schnell?«

Sie lächelte. »Ich bin nicht *deine* Therapeutin. Wie fühlt es sich für dich an?«

Sein Vater lachte leise. »Schau ihn dir doch nur an. Wann

hast du Nate zum letzten Mal ohne diese Last auf den Schultern gesehen? Junge, als du vorhin Hand in Hand mit Jewel in den Garten kamst, wurde alles anders.«

»Ja, Dad, du hast recht. Es fühlt sich großartig an, Tempe. Ich habe immer noch Schuldgefühle wegen Rick und fühle mich für seine Familie verantwortlich. Aber seine Mutter hat mir die Briefe zu lesen gegeben, die er ihr geschrieben hat. Offenbar wusste er die ganze Zeit, was ich für Jewel empfinde.«

»Und wie geht es Jewel?« Tempe sah zu ihr hinüber. In diesem Moment trafen sich Jewels und Nates Blicke.

Jewel winkte ihm lächelnd zu, während er ihr einen Luftkuss schickte.

»Gut, glaube ich. Sie hat ihr eigenes Päckchen zu tragen, aber wir helfen uns gegenseitig. Wir werden das schaffen.«

»Dann geht es auch nicht zu schnell«, sagte Tempe. »Da kommt Jewel. Los, Dad, wir geben den beiden besser ein bisschen Privatsphäre.«

»Ihr könnt ruhig bleiben«, sagte Nate, obwohl er sich freute, Jewel für ein paar Minuten für sich zu haben.

»Geh nur, Tempe. Ich komme gleich.« Ihr Vater wartete, bis sie außer Hörweite war, dann wandte er sich Nate zu. »Das Leben kann einem böse zusetzen, Nate. Ich bin froh, dass du bereit bist, zurückzuschlagen.«

Nate musste lächeln. Sein Vater hatte nie um den heißen Brei herumgeredet. »Bereust du es eigentlich, dass du damals aus gesundheitlichen Gründen aus der Armee ausgeschieden bist?«

Sein Vater verschränkte die Arme vor der Brust. »Ich bedaure, dass ich nicht so für mein Land kämpfen konnte, wie ich es wollte, aber ich denke, das weißt du.« Er richtete seine dunklen Augen auf Nates Mutter und lächelte. »Aber ich bin froh, dass ich auf diese Weise mehr Zeit mit deiner Mutter und euch Kindern hatte. Wie sieht es bei dir aus? Bereust du die Entscheidung, beim Militär auszusteigen? Ist da vielleicht doch noch der geheime Wunsch, weiterzumachen?«

Nate warf Jewel einen Blick zu, die ihren Schritt verlangsamt hatte. Er wusste, dass sie ihr Gespräch nicht unterbrechen wollte. Er streckte eine Hand aus und sie trat lächelnd an seine Seite.

In ihrer weißen Caprihose und dem leuchtend blauen Top, das ihre blauen Augen hervorhob, sah sie hinreißend aus. Sie schaute ihn an, als könnte sie es kaum erwarten, wieder in seinen Armen zu liegen. »Nein, Dad. Ich habe etwas Besseres vor.«

Jewel sah Mr. Braden nach, als Nate sie an sich zog. Sie liebte es, seine Arme um sich zu fühlen, und sie liebte es, mit seiner Familie zusammen zu sein.

»Geht es dir gut? Du warst so still auf dem Weg hierher.«

»Ja. Ich war nur nervös.« Sie legte ihm die Hände an Brust und stellte sich auf die Zehenspitzen, um ihn zu küssen.

»Nervös? Weil wir deine Sachen in mein Haus gebracht haben? Oder wegen meiner Familie?« *Bitte sag, dass es wegen meiner Familie war.*

»Wegen deiner Familie. Schließlich ist es das erste Mal, dass ich als deine Freundin hier bin. Ich liebe es, mit ihnen zusammen zu sein, und jetzt bin ich gar nicht mehr nervös. Es kam mir vor wie ein großer Schritt, und ich hatte Angst, sie könnten mich mit anderen Augen sehen oder so.«

»Ah, verstehe. Weil du als meine Freundin hier bist. Als meine Geliebte. Als die Frau, über die ich hoffentlich später herfallen werde.«

Bei seinen Worten pochte ihr Herz wie wild. Verlegen flüsterte sie: »So kannst du doch hier nicht reden.«

Er nahm sie in die Arme und küsste sie. Als sie sich voneinander lösten, strich er ihr sanft über die Wange, und sie war froh über diese kleine Geste.

Seine Stimme wurde ernst. »Ich habe eine Entscheidung getroffen wegen des Restaurants, aber bevor ich alles festmache, möchte ich deine Meinung dazu hören.«

»Okay ...« *Das Restaurant?*

»Ich würde das *Tap It* gerne eröffnen, so wie Rick und ich es geplant hatten, aber wenn du das Gefühl hast, dass es schwierig ist oder dich traurig macht, lasse ich es sein.«

Bis zu diesem Augenblick hatte sich Jewel keine Gedanken gemacht, wie es für sie wäre, wenn Nate das Restaurant aufziehen würde, doch nun hatte sie nicht die geringsten Zweifel. Sie schlang ihm die Arme um den Hals und küsste ihn wieder und wieder auf den Mund.

»Wirklich?« Sie hatte das Gefühl, als könnte sie jeden Moment vor Aufregung platzen.

»Ja, wirklich. Also bist du einverstanden?«

»O Nate! Das ist wundervoll. Ich kann mir keine schönere Würdigung für Rick vorstellen, als seine Träume wahr werden zu lassen.« Sie küsste ihn erneut. »Danke! Hast du es meiner Mutter schon erzählt? Können wir es ihr sagen? Oh mein Gott, sie wird so glücklich sein!«

Nate lachte und nahm sie so fest in die Arme, dass sie mit den Füßen in der Luft baumelte. »Jewel Fisher, ich liebe dich so sehr.« Er presste seine Lippen auf ihre. »Ich denke immer, ich könnte dich nicht mehr lieben als genau in dieser Sekunde, aber das stimmt nicht. Ich liebe dich mit jeder Sekunde mehr.«

Er legte seine Lippen auf ihre und Jewel versank in dem Kuss. Die Stimmen der anderen verblassten, und alles, was übrig blieb, war Nates Liebe, die sich wie ein Band um sie legte.

Seit ihrem Besuch auf dem Friedhof und der Ankunft bei seinen Eltern hatte Jewel das Gefühl, als sei ihre Liebe zu Nate noch tiefer und fester geworden. Ihre Liebe zu ihm nahm mehr Raum in ihr ein und gab ihr das Gefühl, ganz zu sein, und zwar unabhängig von ihrer Familie. Dieser Gedanke erschreckte und beglückte sie zugleich. Und als sie nun über den Rasen zu den anderen gingen, um ihnen von seinen Plänen zu berichten, sehnte sie sich nach mehr.

Für sie selbst, für Nate und für sie beide zusammen.

Zweiundzwanzig

Am Freitagnachmittag stand Jewel mit einem Arm voller Kleider an der Kasse eines Modegeschäftes und beobachtete, wie Krissy einem etwa gleichaltrigen Jungen verstohlene Blicke zuwarf. Jewels erster Impuls war, sie zu ermahnen und ihr zu sagen, sie solle aufhören, den Jungen zu beäugen, doch sie hielt sich gerade noch rechtzeitig zurück. Schließlich war es ganz normal für ein Mädchen in Krissys Alter. Ihre Gedanken wanderten zu Nate. Am Morgen hatte er sie bekniet, mit ihm im Bett zu bleiben, und am liebsten hätte sie seinen Bitten nachgegeben. Oh, wie gerne wäre sie noch bei ihm geblieben. Ihre Körper waren ineinander verschlungen, nachdem sie sich geliebt hatten, sein Körper glühte, seine zärtlichen Worte hüllten sie ein und sie hatte ihre ganze Selbstbeherrschung aufbieten müssen, um aufzustehen. Lächelnd dachte sie daran, wie er sie ins Badezimmer gejagt hatte und wie sie sich unter dem warmen Wasserstrahl der Dusche noch einmal geliebt hatten.

Ihre Welt hatte sich im Laufe einer einzigen Woche so sehr verändert, auch wenn sie noch einen weiten Weg vor sich hatte. Es kam ihr vor, als sei sie eine Raupe gewesen, die langsam und bedächtig durchs Leben kroch. Nun hatte sie sich aus ihrem

Kokon befreit, breitete ihre Flügel aus und entdeckte immer wieder neue Seiten an sich selbst.

»Ich kann es noch gar nicht glauben, dass du mich dieses Kleid kaufen lässt. Danke, Jewel.« Krissys Stimme riss sie aus ihren Gedanken.

»Bitte sehr. Aber vergiss nicht: Wir haben eine Abmachung.« Es war ein niedliches pastellblaues Sommerkleid, das ihr bis zum Knie ging und genau das Richtige war für eine hübsche Zwölfjährige – nicht zu kindlich und nicht zu sexy.

»Ja, ich verspreche, nur flache Schuhe dazu zu tragen. Nichts mit hohen Absätzen.« Krissy begutachtete Jewels Rock und das Top. »Warum kaufst du dir nichts? *Du* bist schließlich nicht zu jung für einen Minirock.«

Jewel lachte. »Ich denke, ich verzichte auf das Recht, einen zu tragen, aber trotzdem danke.«

»Ich dachte nur, wo du doch jetzt einen Freund hast, willst du vielleicht etwas anziehen, was ein bisschen süßer aussieht. Nicht, dass ich etwas gegen deinen Rock und deine Bluse hätte, aber …« Sie zuckte mit den Schultern. »Die Schwester meiner Freundin ist einundzwanzig und sie trägt wirklich hübsche Sachen von *Anthropologie*, diesem Laden am anderen Ende der Mall neben Macy's.«

Endlich waren sie an der Reihe. Jewel legte die Kleider auf die Ladentheke und betrachtete sich in dem großen Spiegel daneben. Sie hatte immer noch die Sachen an, mit denen sie heute früh zur Arbeit gegangen war. Es sah … Nun ja, es gab nichts daran auszusetzen.

»Haben Sie alles gefunden, was Sie gesucht haben?«, fragte die Kassiererin.

»Ja, danke.« Jewel war noch gar nicht auf den Gedanken gekommen, sich für Nate herauszuputzen. So viel von all dem war neu für sie. Ein paar sexy Dessous würden ihr allerdings schon Spaß machen. Nicht, dass sie sie mit ihrer zwölfjährigen Schwester im Schlepptau kaufen würde, aber je länger sie darüber nachdachte, desto mehr hatte sie Lust auf etwas Aufreizenderes als Shorts oder ihre Arbeitskleidung.

Sie bezahlte die Sachen, die sie für Krissy ausgesucht hatten, und als sie den Laden verließen, sagte Jewel: »Zeig mir mal dieses Geschäft, von dem du eben erzählt hast.«

Eine Stunde später hatte Jewel ein neues sexy Kleid, ein Paar Pumps und einen hübschen neuen BH. Jetzt musste sie nur noch einen Grund finden, all das zu tragen. Sie lächelte. Nate war Grund genug.

Als sie am Haus der Fishers ankamen, sagte Krissy: »Danke noch mal, Jewel. Das hat heute richtig Spaß gemacht.«

Jewels Herz machte einen kleinen Satz. Außer nach der Kanufahrt hatte sie selten gehört, dass den Kindern irgendetwas mit ihr Spaß machte. Meist hetzten sie von der Schule zum Tanzen und dann weiter zu irgendeinem Termin oder sie drückte ihnen Lunchpakete in die Hand.

»Ich fand es auch toll, Krissy. Danke, dass du mir mit meinem neuen Outfit geholfen hast.«

Taylor und Katie waren in der Küche und rührten in einer großen Schüssel. Die Arbeitsflächen waren mit Mehl bedeckt, in der Spüle lagen Eierschalen, auf dem Tisch standen eine offene Tüte mit Zucker und andere Backzutaten wild durcheinander.

»Hi, Tay und Katie. Was macht ihr?« Jewels Puls beschleunigte sich.

»Wir machen Kekse für meine Klassenparty morgen.« Taylor lächelte stolz.

Jewel sah sie streng an. »Die hätte ich machen können. Du weißt, dass du den Ofen nur benutzen sollst, wenn ein

Erwachsener im Haus ist.«

»Patrick ist hier und er ist fünfzehn«, antwortete Taylor.

Jewel stürmte durch das Wohnzimmer zur Treppe. Ja, Patrick war da, aber wie sie ihn kannte, konnte das Haus niederbrennen, während er in seinem Zimmer saß und ungerührt Videospiele spielte, bis die Feuerwehr kam und ihn aus den Flammen rettete.

»Patrick!«, brüllte sie nach oben.

»Ich bin hier.«

Sie drehte sich um und sah Patrick mit einer Computerzeitschrift auf der Couch liegen.

»Reg dich ab, sie backen nur Kekse.« Patrick schwang die Beine auf den Boden und setzte sich auf.

»Du solltest da drinnen sein und sie beaufsichtigen, wenn du sie den Ofen benutzen lässt. Wer weiß, was da alles passieren kann.« Jewel stemmte die Hand in die Hüfte und er verdrehte die Augen.

»Sie weiß, was sie macht, und ich bin in der Nähe. Was soll schon passieren?«

Außer »etwas Schlimmes« fiel Jewel keine Antwort ein und sie wusste, dass Patrick nur wieder die Augen verdrehen würde. »Hm.« Sie ging zurück in die Küche und begann, aufzuräumen und die Arbeitsflächen abzuwischen.

»Das wollten wir machen«, sagte Taylor.

»Ich fang schon mal an.« Jewel brachte den Zucker zurück in die Vorratskammer, während Taylor und Katie den Teig auf das Backblech legten. »Hast du das Blech eingefettet?«

»Jep«, antwortete Taylor.

Katie hielt die Dose mit Backspray hoch. »Wir haben alles so gemacht, wie meine Mutter es mir gezeigt hat, Jewel.«

Die Uhr am Ofen piepte und Taylor griff nach den

Ofenhandschuhen.

»Warte, Tay. Lass mich das machen.« Jewel nahm die Handschuhe und Taylor presste die Lippen zusammen.

»Ein Blech habe ich schon rausgeholt.« Taylor deutete auf die Kekse auf dem Gitterrost, die Jewel nicht gesehen hatte.

»Wir waren vorsichtig«, fügte Katie hinzu.

Jewel schaute vom Ofen zu den Mädchen. »Oh. Gut gemacht.«

Patrick kam in die Küche und lehnte sich an den Türrahmen. »Und ich habe hier gestanden und aufgepasst.«

»Oh.« Vielleicht reagierte sie ein bisschen zu hastig.

Taylor streckte die Hand nach den Ofenhandschuhen aus. »Katie ist an der Reihe, die Kekse rauszuholen. Darf sie? Bitte?«

Jewels schlug das Herz bis zum Hals. Wenn Katie etwas zustieß, während sie bei ihnen zu Besuch war, würde sie sich das nie verzeihen. Taylor, Katie und Patrick sahen sie an, als sei sie vom Mars. Schließlich lenkte sie ein, blieb aber neben Katie stehen, als sie die Kekse aus dem Ofen holte und das Blech auf dem Herd abstellte.

»Jetzt halte ich das Blech fest.« Taylor zog einen Ofenhandschuh an und packte das Blech am Rand. »Und Katie nimmt die Kekse mit dem Pfannenwender herunter und legt sie zum Abkühlen auf den Rost. So wie du und Mom es mir beigebracht habt, Jewel.«

Jewel war stolz auf Taylor, weil sie so vorsichtig war. Sie hatte mit ihren Geschwistern gute Arbeit geleistet. Rick und ihr Vater wären stolz auf sie – und das machte sie sehr stolz auf sich selbst.

Jewel sah zu, wie Taylor und Katie unter Gekicher die Küche aufräumten. Krissy versprach, aufzupassen, dass Taylor ihre Hausaufgaben machte. Als alles geregelt war, nahm Jewel ihre Schlüssel und machte sich auf die Suche nach Patrick, der vor ein paar Minuten nach draußen gegangen war.

Sie fand ihn mit seinem Handy auf der Veranda. Er bedeckte das Mikrofon mit der Hand und sah Jewel an.

»Hör mal, es macht dir doch nichts aus, wenn ich Nates Bruder Sam ein paarmal pro Woche nach der Schule zwei Stunden lang bei Rough Riders aushelfe, oder?« Patricks Augen waren voller Hoffnung. »Ich kann mit dem Fahrrad hinfahren.« Auch seine Stimme klang hoffnungsvoll. Es war offensichtlich, wie wichtig es ihm war. »Mom sagt, es ist in Ordnung, aber bevor ich Sam zusage, wollte ich dich fragen. Sonst sage ich zu und du überzeugst Mom, dass es eine keine gute Idee ist. Wie mit dem Schulbus.«

Jewel sah ihn mit offenem Mund an. Auch wenn sie es nicht wahrhaben wollte: Für ihren Bruder stellte sie inzwischen ein lästiges Hindernis dar. Sie setzte sich neben ihn auf die Treppe. Zu sehen, wie selbstverständlich er davon ausging, dass sie sich ihm in den Weg stellen würde, war wie ein Schlag in die Magengrube. Hatte sie ihn so sehr gegängelt? Sie schluckte schwer.

Ja, das habe ich.

Wie konnte es sein, dass sie es nicht bemerkt hatte? Warum hatte ihre Mutter nicht eingegriffen und dem ein Ende gesetzt?

Patrick hielt immer noch das Telefon an sein Ohr gedrückt. Sie musste mit ihm reden, wollte aber nicht, dass jemand zuhörte. »Kannst du deinen Freund zurückrufen?«

»Ich ruf dich zurück«, sagte er und beendete den Anruf. Sein Blick wirkte leer, als wartete er nur darauf, dass sie sagte, es sei keine gute Idee. Es schmerzte sie, das zu sehen. Dass sie ein mulmiges Gefühl bei der Vorstellung hatte, dass er mit dem Fahrrad quer durch die Stadt fuhr, schob sie beiseite.

Sie atmete tief durch. »Mom hat gesagt, dass es okay ist?«

»Mm-hm.«

Er wappnete sich gegen ihr Nein. Jewel wusste, dass ihre Entscheidung vieles verändern würde, über das sie dann keine Kontrolle mehr hatte. Nates Worte gingen ihr durch den Kopf. *Sie haben keine Angst, Jewel. Bitte projiziere deine Ängste nicht auf sie.*

»Mom hat hier das Sagen, also ...« Ihr wurde flau im Magen, ihr Atem ging flacher, als sich ihr Leben schneller und schneller drehte und außer Kontrolle geriet. Sie umklammerte ihre Schlüssel und spürte, wie sie ihr in die Haut schnitten. Vor ihrem inneren Auge sah sie die Zeile in Ricks Brief vor sich: *Mach die Dinge, die ich verpasst habe.* Plötzlich wurde ihr klar, dass er damit nicht nur sie gemeint hatte. Er wollte das Beste für die Kinder. Und in einer Welt zu leben, in der sie Angst hatten, die sichere Blase zu verlassen, die sie um sie herum aufgebaut hatte, war nicht gut für sie.

Auf der kognitiven Ebene wusste sie das, aber auf der emotionalen Ebene war sie voller Panik. Ihr Herz raste, als sie die Kontrolle aufgab, und ihr wurde schwindelig bei der Vorstellung, dass Patrick mit seinem Fahrrad die Mountain Road hinauffuhr.

»Was sagst du da?« Patricks Augen weiteten sich.

Der ungläubige Ton seiner Stimme verriet, dass er nicht wagte, ihre kryptische Antwort so zu deuten, wie sie sie gemeint hatte, und das ließ ihr Herz noch schneller schlagen. Obwohl sie in Gedanken ihren Zeitplan durchging, um zu sehen, ob sie es irgendwie schaffen konnte, ihn nach der Schule zu Rough Riders zu bringen und wieder abzuholen, hielt sie sich zurück und sagte ihm nichts davon.

»Dass es nicht wirklich meine Entscheidung ist.« In ihrem

Innern zog sich alles zusammen und gleichzeitig hob sich eine Last von ihren Schultern. Wie angewurzelt hockte sie auf der Verandatreppe.

Ihre Mutter kam die Einfahrt hochgefahren und riss Jewel aus ihrer Starre.

»Du wirst es Mom also nicht ausreden? Oder mir sagen, dass ich nicht so weit mit dem Fahrrad fahren darf? Oder versuchen, mich zu fahren?« Patrick stand auf und starrte Jewel mit großen Augen an.

Ein leises Kopfschütteln war alles, was sie zustande brachte.

»Ehrlich?« Er sah sie fragend an.

»Ehrlich«, flüsterte sie.

»Ja!« Er boxte begeistert in die Luft, drückte eine Taste an seinem Handy und rannte ins Haus.

»Wow«, sagte ihre Mutter und setzte sich zu Jewel. »Was war das denn?«

»Ich bin mir nicht sicher, aber ich glaube, es hatte etwas mit Erwachsenwerden zu tun. Oder vielleicht mit Aufgeben?«

Das strahlende Lächeln ihrer Mutter zeigte Jewel, dass sie so etwas erwartet hatte. Jewel bohrte nicht nach. Sie wollte nicht wissen, was ihr Bruder und ihre Mutter besprochen hatten. Es war nicht länger ihre Aufgabe, über jede Einzelheit Bescheid zu wissen, und sie verspürte ein beängstigendes Gefühl von Freiheit.

»Wie war eure Einkaufstour?«

»Es hat wirklich Spaß gemacht. Mehr Spaß als sonst. Krissy hat mir sogar geholfen, ein neues Outfit für mich auszusuchen.« Sie kramte ihre Brieftasche hervor. »Hier ist das Wechselgeld von Krissys Sachen.«

»Oh, Schatz, behalte es ruhig. Nimm es als Benzingeld.« Anita lächelte. »Was hast du dir gekauft?«

»Danke für das Angebot, Mom, aber ich brauche das Geld nicht.« Jewel streckte ihr das Geld entgegen, doch ihre Mutter schüttelte den Kopf.

»Lass nur. Seit meiner Beförderung sind wir finanziell gut aufgestellt, das habe ich dir doch gesagt. Behalte es bitte, ja? Und nun erzähl mir, was du gekauft hast.«

Jewel lenkte ein. »Vielen Dank. Ich habe mir ein Kleid gekauft.«

Anita hob die Brauen. »Ein Kleid? Irgendwas Verführerisches vielleicht?«

»Mom.« Jewel schüttelte den Kopf. »Wann habe ich jemals etwas Verführerisches getragen?«

Ihre Mutter beugte sich vor und senkte die Stimme. »Aber jetzt hast du Nate.«

Jewel musste lächeln. Die Gedanken ihrer jüngeren Schwester und ihrer Mutter gingen offenbar in eine ganz eindeutige Richtung. Sie beschloss, den Kommentar zu ignorieren, und stand auf, um zu ihrem Jeep zu gehen.

»Jewel?«

»Ja?«

»Du bist eine wunderbare große Schwester, und ich weiß zu schätzen, was du für mich und die Kinder tust. Aber jetzt, wo du Nate hast, solltest du dich nicht verpflichtet fühlen, deine Freizeit hier zu verbringen. Auch wenn Patrick ständig die Augen verdreht und Krissy herumzickt, sind sie sehr verantwortungsbewusst. Sie haben schließlich gute Vorbilder.«

Als Jewel hörte, wie ihre Mutter ihr sagte, sie solle loslassen, durchzuckte sie eine schmerzhafte Traurigkeit, trotz des Kompliments. Sie wusste, dass ihre Mutter nur versuchte, das Beste für sie alle zu tun, aber das machte es nicht einfacher zu akzeptieren.

»Den Kindern geht es gut, Schatz. Widme dich deiner Beziehung zu Nate. Das habt ihr beide verdient.«

Jewel lehnte sich an die Seite des Jeeps und raffte den Mut zu einem schwierigen, aber notwendigen Gespräch mit ihrer Mutter zusammen. Die Fähigkeit, ihr Selbstvertrauen zusammenzusammeln, war nicht neu. Sie hatte ihr ganzes Leben damit zugebracht, sich gegen das eine oder andere zu wappnen, aber das hier war anders. Sie würde eine Wunde aufreißen, von der sie nicht wusste, wie sie entstanden war. Ein Teil von ihr wollte ihrer Mutter die Schuld geben, was ihr ein schlechtes Gewissen bereitete.

»Mom, hast du etwas Zeit? Ich würde gerne mit dir reden.«

Ihre Mutter runzelte die Stirn. »Aber sicher, Schatz. Was gibt's?«

»Ich …« Jewel sah weg. »Das ist schwieriger, als ich gedacht habe.« Sie zwang sich, dem besorgten Blick ihrer Mutter zu begegnen. »Warum hast du zugelassen, dass ich alle einenge?«

Ihre Mutter schüttelte verwirrt den Kopf. »Ich glaube, ich verstehe nicht.«

»Die Kinder. Du hast zugelassen, dass ich ihnen alles Normale nehme.« Sie wollte eigentlich nicht lauter werden. Ihr war nicht einmal aufgefallen, dass sie so ärgerlich auf ihre Mutter war. Aber jetzt, wo sie diese Frage gestellt hatte, sprudelte der Groll an die Oberfläche.

»Schatz, ich habe mein Bestes getan, so gut ich konnte. Schließlich konnte ich dir nicht einfach auf den Kopf zusagen, dass du zu fürsorglich bist.« Ihre Mutter kam zu ihr und lehnte sich neben sie an den Jeep. Ihr Blick war weich und warm.

»Warum nicht?« Jewel spürte, wie sie zitterte, und holte tief Luft, um ihre aufkeimende Wut unter Kontrolle zu bekommen. »Ich hätte doch auf dich gehört.«

»Oh, Jewel. Erinnerst du dich nicht?« Die Stimme ihrer Mutter war kaum mehr als ein Flüstern.

»Erinnern? Woran?«

»Setz dich einen Moment zu mir.« Sie setzte sich in das Gras an der Einfahrt und klopfte auf den Platz neben sich. »Bitte?«

Jewel ließ sich neben ihr ins Gras sinken. »Woran soll ich mich erinnern?«

»Schätzchen, noch bevor dein Vater starb, warst du ein vorsichtiges Kind, aber du bist immerhin mit dem Fahrrad zu deinen Freundinnen gefahren und hattest Spaß an Schulfesten und anderen Dingen. Aber nach Dads Tod war all das vorbei. Ich erinnere mich noch, wie Rick euch nach dem Tod von Dad zu einer Kanufahrt mitgenommen hat. Sam Braden hatte das Geschäft damals noch nicht übernommen, aber Nate, Sam und Cole waren dort, weil Rick sie darum gebeten hatte. Er hatte selbst noch ein bisschen Angst und wollte daher zum Fluss, nicht aufs Meer. Aber er wusste, dass ihr, um nach vorn schauen zu können, dem Wasser weiterhin trauen musstet, ihr solltet wissen, dass es sicher ist. Du hast einen Anfall bekommen. Du hast dich geweigert, dich ins Boot zu setzen, aber Rick und Nate haben dich irgendwie überredet. Damals war mir klar, dass sich die Dinge für dich ändern würden.«

»Ich wusste gar nicht mehr, dass ich einen Anfall bekommen habe.« Sie hatte kaum eine Erinnerung an diesen Nachmittag, abgesehen von der Erleichterung, die sie verspürt hatte, als sie wieder zu Hause war.

»Nun, das überrascht mich nicht. Es sollte mich nicht wundern, wenn du das meiste aus der Zeit nach Daddys Tod vergessen hättest. Und ich war damals auch nicht gerade in Bestform. Rick und Nate haben viel Zeit mit euch verbracht, besonders mit dir. Die Kinder waren klein, sie hatten es leichter, aber du …« Sie streckte die Hand aus und strich Jewel eine Strähne von der Schulter. »Liebes, du hast damals vieles von dem aufgegeben, was du früher gemacht hast. Ich habe versucht, mit dir darüber zu reden, aber du hast dichtgemacht.«

»Ich habe dichtgemacht? Daran erinnere ich mich nicht. Ich dachte, es würde dir schwerfallen, darüber zu reden.«

Ihre Mutter lächelte liebevoll. »Ich denke, es war eine schwere Zeit für uns alle, und wir erinnern uns nur an das, was wir brauchten, um irgendwie weiterzumachen. Vielleicht ist es uns beiden schwergefallen.«

»Aber warum sprichst du nie über Rick und Dad?«

»Ich habe es versucht, aber es war zu schmerzhaft für uns alle. Immer, wenn ich die Sprache auf Rick oder Dad brachte, hast du deine Mauern noch fester um dich gezogen. Aber du hast recht. Ich hätte nicht aufgeben, sondern einen anderen Weg finden sollen, an dich heranzukommen. Es tut mir leid. Dein Vater war mein bester Freund seit der Highschool. Ich habe ihn so sehr geliebt. Als er starb, fiel es mir schwer, zu denken, geschweige denn, ein neues Leben ohne ihn anzufangen. Aber schließlich ist es mir gelungen, ist es uns gelungen. Ich fürchte nur, ich habe mich nicht genug um dich gekümmert.«

Jewels Herz fühlte sich an, als steckte es in einem Schraubstock. »Doch, das hast du. Du hast es so gut gemacht, wie du es damals konntest. Es tut mir leid. Ich hätte nichts sagen sollen.«

»Nein, ich bin froh darüber. Ich habe es so gut gemacht, wie ich es damals konnte, aber es war nicht gut genug. Ich habe versucht, ein Leben zu führen, das ich mir nie vorgestellt hatte. Ich musste arbeiten, auf die Kinder aufpassen und versuchen, die Stimmung in unserer Familie aufrechtzuhalten. Und darüber habe ich vergessen, dass du dir ein Leben ohne ihn genauso wenig vorgestellt hast wie ich. Und als Rick getötet wurde ...«

Jewels Augen füllten sich mit Tränen.

»Du hattest Ricks Pflichten bereits übernommen, als er zum Militär ging. Und nach seinem Tod, als ich *wieder* am Boden zerstört war, warst du, meine starke, fürsorgliche Tochter, entschlossen, nicht noch einen Bruder oder eine Schwester zu verlieren. Ich habe mit Therapeuten über dein Bedürfnis gesprochen, deine Umgebung – und die der Kinder – zu kontrollieren, und ich habe versucht, das umzusetzen, was sie vorgeschlagen haben. Aber letztendlich hast du die Zügel nur noch mehr gestrafft und sie von mir weggedrängt. Ich dachte, es würde mit der Zeit besser werden. Erinnerst du dich nicht, dass ich dich fast angebettelt habe, ins Wohnheim auf dem Campus zu ziehen, als du aufs College gegangen bist, statt von zu Hause aus zu pendeln?«

»Ja, aber ich dachte, du kommst ohne meine Hilfe nicht zurecht.«

Ihre Mutter schüttelte den Kopf und ergriff ihre Hand. »Nein, Schätzchen. Damals hatte ich mich schon wieder gefasst, aber du warst nicht bereit loszulassen. Und weißt du noch, als Krissy diese Platzwunde hatte und genäht werden musste? Es war das einzige Mal, dass du zu einer Party gegangen bist und im Wohnheim übernachtet hast, vollkommen normal für jemanden in deinem Alter. Danach hast du dich noch tiefer in ihr Leben eingegraben. Wie oft habe ich dir gesagt, du sollst nicht für uns kochen, sondern ein bisschen Spaß haben? Wie oft habe ich dir gesagt, dass die Kinder mit dem Bus zur Schule fahren können? Oder dass du dich mit einem Mann verabreden solltest?«

»Öfter, als ich zählen kann.« *Aber du hast nicht darauf bestanden, dass ich sie alleine machen lasse.* Jewel hörte die Worte in ihrem Kopf, und als sie erkannte, dass sie ihre Mutter für ihre eigenen Fehler verantwortlich machte, fühlte sie sich noch schlechter.

»Schatz, es tut mir leid. Ich mache dir keine Vorwürfe, aber hast du jemals versucht, dich selbst zu hinterfragen? Du bist ein Dickschädel. Das hast du von deinem Vater.« Das Lächeln ihrer Mutter dämpfte Jewels Schmerz. »Es gibt keine Regeln, sei es bei der Kindererziehung oder bei der Trauer um den Ehemann oder Sohn. Und auch bei der Trauer um Vater oder Bruder gibt es keine Regeln. Wir sind nicht perfekt. Ich wollte dich nah bei mir haben, als ich um Rick trauerte, und weiß jetzt, dass es egoistisch von mir war. Ich bin deine Mutter. Ich hätte dich zwingen sollen, mehr auszugehen und die Kinder so leben zu lassen, wie du es in deiner Kindheit getan hast. Es tut mir leid, dass ich es nicht getan habe. Aber in den letzten Jahren habe ich versucht, dich dazu zu ermuntern.«

»Das weiß ich, und vermutlich hätte ich auf dich hören sollen, aber ich hatte solche Angst, Mom. Denkst du, ich habe die Kinder vollkommen vermasselt?«

»Nein, Schatz. Kinder sind wie Stehaufmännchen.« Sie legte Jewel den Arm um die Schulter und zog sie an sich. »Ich denke, es brauchte Nate, um zu dir durchzudringen.«

Jewel atmete tief aus und hatte das Gefühl, aus einem Tunnel ans Licht zu treten und endlich sehen, atmen und leben zu können.

»Ja, Nate war genau der Richtige.« Sie sah ihrer Mutter direkt in die Augen und stellte die schmerzhafteste Frage von allen. »Meinst du, ich bin komplett vermasselt?«

Wieder schüttelte sie den Kopf. »Nein, Liebes. Ich glaube,

du lernst gerade wieder zu leben.«

Jewel saß lange schweigend da, bis sie schließlich zu dem Schluss kam, dass sie eine weitere Frage stellen musste. Sie wollte sie wirklich nicht stellen, aber sie musste alles verstehen.

»Du wusstest, dass Nate Rick auf die Versorgungsfahrt geschickt hat, bei der er erschossen wurde?«

Ihre Mutter drückte ihre Hand. »Ja. Ich habe es ungefähr zwei Wochen nach Ricks Tod erfahren.«

»Du hast es mir nie gesagt.«

»Jewel, manchmal muss eine Mutter entscheiden, was ihre Kinder wissen sollten und was nicht. Du warst damals nicht mit Nate zusammen und er war ein wichtiger Teil unserer Familie. Er tat das, was er bei seinem Einsatz eben tun musste. Es war nicht seine Schuld, dass Rick gestorben ist, und ich sah nicht ein, warum ich euer Verhältnis zu dem Mann belasten sollte, für den euer Bruder nur gute Worte hatte.«

Jewel wischte sich die Tränen ab und beide standen auf. Wenn es möglich war, sich durch Wissen zu läutern und zu reinigen, dann hatten die Ereignisse der vergangenen Tage sie blitzsauber gemacht.

Sie hatte eine letzte Frage, doch die war nicht ganz so schwierig.

»Warum habe ich Angst, in der Dunkelheit draußen allein zu sein?«

»Ist das nicht offensichtlich?«

Jewel schüttelte den Kopf.

»Weil es da keine Wände gibt.«

Dreiundzwanzig

Am Montagmorgen setzte sich Nate erschrocken im Bett auf. Die Sonne schien bereits und Jewels Wecker hatte nicht geläutet. Sie hatten das Wochenende zusammen verbracht. Jewel musste am Samstag und Sonntag arbeiten und Nate hatte am Samstag mit Patrick bei Sam ausgeholfen und am Sonntag im Mr. B. bedient. Gestern Abend hatten sie beide bei Kerzenlicht auf der Terrasse gesessen und waren dann auf der Couch eingeschlafen, nachdem sie sich geliebt hatten. Nate war um drei Uhr aufgewacht und hatte Jewel ins Schlafzimmer getragen, aber er musste vergessen haben, ihr Handy mitzunehmen, denn wochentags stellte Jewel den Wecker immer auf sechs Uhr.

Er zog sie sanft an sich und gab ihr einen Kuss auf die Stirn. »Jewel, dein Wecker hat nicht geläutet. Du musst aufstehen, die Kinder müssen zur Schule.«

Jewel kuschelte sich an ihn und drückte ihre Hüften an seine. Sein Körper sehnte sich nach ihr, aber er wusste, dass er sich nicht zu früh freuen sollte. Gleich würde sie merken, dass sie verschlafen hatte, und hastig aufspringen.

»Babe?«, sagte er ein wenig lauter. »Aufwachen!«

Sie griff zwischen seine Beine und legte ihre Hand um seine

Erektion. »Du bist ja schon wach«, sagte sie mit schläfriger Stimme.

Er stöhnte und schob seine Hüften vor. »So sehr ich auch mit dir schlafen will, ich will nicht die Schuld dafür bekommen, dass ich dich nicht rechtzeitig aus dem Bett gescheucht habe.«

Sie schlängelte sich an seinem Körper hoch und presste ihre Lippen auf seine. »Ich fahre nicht rüber, um die Kinder fertig zu machen.« Sie küsste sich seinem Bauch hinunter, während er zu begreifen versuchte, was sie da gesagt hatte.

»Du fährst nicht?«

Sie schüttelte ihren Kopf. Dabei fielen ihr die Haare in die Augen und sie sah so wunderbar sexy und schläfrig aus, dass es ihn fast umbrachte. Ach, wem redete er da etwas ein? Er war so wahnsinnig in Jewel verliebt, dass ihn fast alles an ihr umbrachte.

»Was ist los? Hast du es denn gar nicht eilig?«

»Ich habe gerade gemerkt, dass du recht hast. Das Leben ist voller Dinge, die sich nicht kontrollieren lassen, und ich will mich nicht für den Rest meines Lebens davor fürchten. Und ich möchte auf keinen Fall, dass die Kinder Angst vor allem haben. Sie fahren ab sofort mit dem Bus zur Schule und ich koche kein Abendessen mehr. Ich werde nur noch mein Leben leben.«

»Dein Leben leben.« Er traute seinen Ohren kaum. »Und was ist nach der Schule? Wie kommen die Kinder nach Hause?«

»Mit dem Bus?«

»Und zum Tanzkurs?« Er legte den Kopf schief. Ganz bestimmt würde sie jetzt sagen, dass sie Krissy weiterhin zur Tanzschule bringen würde.

»Nur noch ein, zwei Wochen lang, bis Mom mit den anderen Müttern eine Fahrgemeinschaft organisiert hat. Ich habe Chelsea gesagt, dass ich die Leitung des Ladens übernehme, also kann ich mir nicht mehr freinehmen.« Sie lächelte, und er legte seine Lippen auf ihre und drehte sie auf den Rücken.

»Ich bin so stolz auf dich. Das heißt, du musst nicht mehr im Morgengrauen los.« Er küsste sie. »Was bedeutet, dass wir morgens mehr Zeit haben.«

»Wir haben morgens, nachmittags, abends und nachts mehr Zeit. Und am Wochenende. Nate, wir haben nichts als Zeit, außer wenn du im Restaurant bist und ich im Laden.«

Er berührte die Kette, die sie seit ihrem Besuch im *Whispers* ständig umhatte. »Wir hatten immer Zeit. Jetzt haben wir so viel mehr. Wir haben einander.«

Danksagung

Die Geschichte von Nate und Jewel zu schreiben war herzzerreißend und wunderbar erfüllend zugleich. Jewel hat in ihrem kurzen Leben solch schreckliche Verluste erlitten. Als ich mich in sie hineinversetzte, wurde mir klar, dass sie Nate ebenso brauchte wie er sie. Den dunklen Schatten, den der Verlust eines geliebten Menschen hinterlässt, kann man nicht auslöschen, aber ich bin überzeugt, dass die Liebe den Schmerz lindern und das Herz heilen kann.

Ich möchte Kathleen Shoop und Lynn Mullan für ihre unendliche Geduld danken, mit der sie die Entwicklung dieses Romans begleitet haben. Ich weiß eure Freundschaft sehr zu schätzen. Vielen Dank auch an alle meine Freunde und Fans, die mich immer wieder ermutigen, weiterzuschreiben.

Ich würde mich freuen, wenn Sie mich auf Facebook besuchen würden. Machen Sie mit bei unseren Chats über unsere liebenswerten Helden und eigensinnigen Heldinnen und erfahren Sie aus erster Hand, was sich in ihrer fiktionalen Welt tut (in englischer Sprache):
www.Facebook.com/MelissaFosterAuthor

Und vergessen Sie nicht, sich für meinen Newsletter anzumelden. Auf diese Weise sind Sie immer bestens informiert:
www.MelissaFoster.com/Newsletter_German

Auch diesmal möchte ich meinem wunderbaren Lektorenteam danken: Kristen Weber, Penina Lopez, Jenna Bagnini, Juliette Hill, Marlene Engel und Lynn Mullan, und ebenso meinem deutschen Team: Rita Kloosterziel, Rabea Güttler und Judith Zimmer.

Dem Mann, der der Held meiner realen Welt ist, und unseren Kindern kann ich nicht genug danken. Ihr macht jeden neuen Tag besser als den vorangegangenen. Danke.

Lesen Sie hier einen Auszug aus dem nächsten Band!

Voller Einsatz für die Liebe

Die Bradens (Peaceful Harbor)

LOVE IN BLOOM – HERZEN IM AUFBRUCH

Eins

Cole Braden atmete das süße Aroma der Kaffeespezialitäten und Backwaren ein, als er Jazzy Joe's Café betrat. Endlich Freitag. Das bedeutete weniger Patienten in seiner orthopädischen Praxisklinik und – zumindest diese Woche – etwas Zeit, um seinem Vater und seinen Brüdern bei dem Segelboot zu helfen, das sie gerade überholten. Doch im Moment konnte er nur an einen French-Vanilla-Maple-Cappuccino und einen fettarmen Cranberry-Walnut-Muffin denken, die Spezialität von Jasmine und Joey Carbo. Die Zwillinge machten diese Muffins nur freitags, und nach der schwierigen Operation eines Patienten mit einem Schienbeinbruch hatte Cole sich diese Köstlichkeit verdient.

»Willkommen bei Jazzy's …«, rief Jasmine von ihrer Seite des Tresens, wo sie eine lange Kundenschlange bediente. Die lockigen dunklen Haare waren in einem Pferdeschwanz zusammengebunden, versuchten aber, sich daraus zu befreien, während Jasmine eine Tüte über den Tresen schob und Cole zuwinkte.

»… Joe's«, ergänzte ihr großgewachsener, dunkelhaariger Zwillingsbruder mit einem Grinsen. Sie begrüßten jeden im Café mit einem gemeinsamen munteren Spruch. Manchmal war

Joe schneller mit seinem *Willkommen bei JJ's* oder *Willkommen bei Joe's*, aber nie sagten sie *Willkommen bei Jazzy Joe's*, und das brachte Cole stets zum Lächeln. Als Arzt hatte er täglich mit durchdachten Diagnosen und präzisen Behandlungen zu tun. Da freute er sich über die spontan-originelle Begrüßung des Zwillingsteams.

Cole ging an den bunten Stühlen vorbei, auf denen die Gäste saßen und sich unterhielten, und an einem Sofa, auf dem es sich ein Paar mit dampfenden Tassen gemütlich gemacht hatte. An der Kaffeestation füllte er sich einen Becher zum Mitnehmen. Er konnte die süße Flüssigkeit praktisch schon schmecken. Als er nach einem Deckel griff, tauchte eine hübsche Blondine neben ihm auf. Ein schüchternes Lächeln blitzte kurz auf, bevor sie rasch den Blick auf die Maschine richtete. Coles Augen wanderten an ihrem eng anliegenden Tanktop hinab zu ihren knappen blauen Laufshorts mit dem sexy Hintern und den schlanken Beinen.

»Becher?« Sie sagte es so leise, dass er dachte, sie spräche vielleicht mit sich selbst.

Cole langte über sie hinüber und berührte sie dabei leicht. Sie roch so süß und so frisch wie ein Sommerregen. Er gab ihr einen Becher. »Hier, bitte.«

»Danke. Ich wäre nie auf die Idee gekommen, *oben* danach zu suchen. « Sie sah gerade lang genug zu ihm auf, dass er den grasgrünen Farbton ihrer Augen bewundern konnte, bevor sie ihre Aufmerksamkeit wieder der Kaffeemaschine zuwandte.

Er zeigte auf ein weiteres Regal unterhalb des Tresens, wo noch mehr Becher aufbewahrt wurden. »Sie unterhalten die Kunden hier gern mit Suchspielen.«

Sie nickte und setzte die Maschine in Gang. Der Cappuccino tröpfelte aber nur. Sie seufzte, die Schultern sackten leicht nach vorne.

»Es gibt noch mehr Geschmacksrichtungen.« Er zeigte auf die anderen Maschinen.

»Danke, aber dies ist die Lieblingssorte meiner Freundin. Ich weiß nicht, was sie sonst mag.« Sie zog die Augenbrauen zusammen und ihre hinreißenden grünen Augen funkelten.

»Hier, nehmen Sie meinen.« Er gab ihr seinen Becher. Als Ältester von sechs Geschwistern war er es gewohnt, sich zuerst um die anderen zu kümmern, und dieser schönen Blonden mit den einladenden Lippen und den seidigen Haarsträhnen, die ihr immer wieder in die Augen fielen, würde er so ziemlich alles abgeben.

»Nein.« Sie winkte abwehrend. »Das kann ich nicht annehmen.«

»Bitte, es macht mir nichts aus.« Er drückte ihr den Becher in die Hand, und sie lächelte zaghaft, vorsichtig wie ein junges Kätzchen, das sich nicht sicher war, ob die ausgestreckte Hand Gefahren barg. Er war an Frauen gewöhnt, die nahmen, nahmen und nochmals nahmen, ohne sich darum zu kümmern, von wem. Ihre Vorsicht faszinierte ihn.

»Danke, das ist süß von Ihnen.« Sie nahm den Becher. »Sind Sie sicher?«

Cole lächelte. »Ja, bin ich. Ich nehme mir einfach nur einen Muffin. Ich hoffe, Ihre Freundin mag den Cappuccino.«

Er ging zu dem Tresen mit den Backwaren, um sich einen Muffin zu holen, und sie folgte ihm. Ihr Blick wanderte über die Schilder mit den Namen der Köstlichkeiten, während Cole sich ein Stück Papier nahm und nach dem letzten seiner Lieblingsmuffins griff.

»Ach, ich muss diesen fettarmen Cranberry-Walnut-Muffin finden. Den mag Tegan am liebsten.«

Er hielt mitten in der Bewegung inne und lachte leise. *Ist nicht dein Ernst, oder?* Wäre sie nicht so sexy und so süß, würde er ihr seine Lieblingsleckereien nicht so leicht abtreten. »Wirklich? Cranberry-Walnut?«

Sie biss sich auf die Unterlippe, versuchte, ein schuldbewusstes Lächeln zu unterdrücken, und nickte.

Er packte den Muffin ein und gab ihn ihr.

»Danke, aber jetzt habe ich wirklich ein schlechtes Gewissen. Zuerst nehme ich Ihren Kaffee weg und jetzt ...« Sie sah auf die Tüte und drückte ihm dann den Kaffeebecher wieder in die Hand. »Hier, Sie nehmen den, und meine Freundin kann den Muffin haben.«

»Nein, seien Sie nicht albern.« Er packte für sich selbst einen fettarmen Blueberry-Muffin in eine Tüte. »Ihre Freundin hat heute ihren Glückstag.« Er stellte sich hinter sie in die Schlange. »Ich habe Sie hier noch nie gesehen.«

»Ich bin nur für ein paar Wochen hier.« Sie sah noch einmal skeptisch auf den Kaffee und die Tüte. »Zu Ihrem Leidwesen, nehme ich an, wo ich Ihnen diese tollen Sachen wegschnappe.«

Das war doch jetzt mal eine Idee! Wie gern würde er andere *tolle Sachen* mit ihr anstellen.

»Kaum.« Er hielt ihren Blick gefangen, bis Jasmine sich räusperte, um ihnen vorsichtig mitzuteilen, dass sie die Schlange aufhielten. Die Blondine errötete und trat an den Tresen.

Jasmine gab die Artikel in die Kasse ein und sagte dann lächelnd: »Das macht dann acht Dollar fünfzig.«

Die Blondine klopfte sich auf den Hintern, so als suchte sie nach einer nicht existierenden Hosentasche.

»Oh mein Gott!«

Cole schüttelte den Kopf und ihre Wangen nahmen einen noch dunkleren Rotton an. »Ich übernehme das, Jasmine.« Er stellte seine Tüte auf dem Tresen ab und holte sein Portemonnaie heraus. »Sie sollten mir wahrscheinlich Ihren Namen verraten. Normalerweise lade ich Frauen, deren Name ich nicht kenne, nicht zum Frühstück ein.«

Sie verbarg ihr Gesicht hinter der Hand, ein süßes Stöhnen entwich durch ihre Finger, und Cole fragte sich unweigerlich, wie sie wohl klingen mochte, wenn sie ein lustvolles Stöhnen von sich gab. Er konnte sich nicht daran erinnern, wann er das letzte Mal so auf Anhieb an einer Frau interessiert gewesen war, aber diese konfuse Blondine mit der mörderischen Figur weckte seine Neugier.

»Ähm …« Ihr Blick glitt über sein Gesicht, so als denke sie gut über eine Antwort nach. »Leesa, mit Doppel-e. Vielen Dank …?«

»Cole.«

»Danke, Cole. Wenn Sie mir verraten, wo ich Sie erreichen kann, werde ich es Ihnen zurückzahlen, versprochen.«

»Na, das ist ja mal ein super Anmachspruch«, kommentierte Jasmine mit einer hochgezogenen Augenbraue, als sie Cole sein Wechselgeld gab und ihre Aufmerksamkeit dem nächsten Kunden widmete.

»Nein, nein«, widersprach Leesa rasch. »Wirklich, das war kein Anmachspruch. Ich war am Strand zum Joggen, und als ich hier vorbeifuhr, dachte ich, ich bringe meiner Freundin etwas mit, dabei hab ich mein Geld wahrscheinlich zu Hause gelassen.«

»Danke, Jazz.« Cole gab Leesa den Kaffeebecher und die Tüte, und sie gingen gemeinsam zur Tür. »Keine Sorge, sie will mich nur ärgern. Wir kennen uns schon aus der Schule.«

Er hielt ihr die Tür auf, kniff wegen der blendenden Sonne etwas die Augen zu und sah auf die Uhr. Seine Sprechstunde begann in zehn Minuten. Er musste zurück in die Praxis.

»Lassen Sie mich kurz nachschauen, ob ich mein Portemonnaie im Auto habe.« Sie zeigte auf ein gelbes Cabrio.

»Süßes Auto. Aber ich denke, ein paar Dollar kann ich für Sie erübrigen.«

»Für meine *Freundin*«, korrigierte sie ihn.

»Für Ihre Freundin. *Klar*. Glauben Sie, ich nehme Ihnen das noch ab?«

»Oh mein Gott! Das ist *wirklich* für sie.«

Es gefiel ihm, wie ihre Wangen erröteten und ihre Augen glühten, wenn sie so durcheinander war. Er überlegte, ob er sie nach ihrer Nummer fragen sollte, aber für gewöhnlich gabelte er keine Touristinnen in seiner kleinen Heimatstadt auf, auch keine so schönen.

Er beugte sich zu ihr und versuchte, die zwischen ihnen flirrende Hitze zu ignorieren, als er sagte: »Alles gut, das war nur Spaß. Es gefällt mir einfach, wie Sie aussehen, wenn Sie sich so aufregen. War nett, Sie kennenzulernen, Leesa mit Doppel-e. Viel Spaß in Peaceful Harbor.«

Eine Stunde später saßen Leesa und ihre Freundin Tegan im Wartezimmer der Schmerzklinik von Peaceful Harbor und warteten darauf, dass der Gips von Tegans Knöchel entfernt wurde. Sie hatte ihn sich vor ein paar Wochen beim Toben mit ihrer Nichte gebrochen und sich seitdem zur Genüge darüber ausgelassen, wie lästig dieses verdammte Ding war. Das störte Leesa allerdings nicht. Während der Collegezeit hatten sie zusammengewohnt und einfach alles miteinander bequatscht, vom Studium und den Männern über Schuhe bis hin zu ihrer beruflichen Entwicklung. Tegan war wie die Schwester, die sie nie hatte, und sie war dankbar für ihre Freundschaft und ihre Unterstützung. Ihr zuzuhören, wie sie über ihren Gips schimpfte, war nichts im Vergleich zu all den Stunden, in denen Tegan Leesa in den Wochen vor deren Besuch ihr Ohr geschenkt hatte.

Leesa blätterte durch eine Zeitschrift, um zur Ruhe zu kommen. Nach ihrer Begegnung mit diesem unverschämt heißen Typen Cole hatte sie kalt geduscht, doch ihren Puls hatte das nicht beruhigt. Der nahm allein schon bei dem Gedanken an ihn an Fahrt auf, und das machte sie wahnsinnig. Ihr Leben stand im Moment komplett kopf, und nach einem Mann suchte sie mit Sicherheit gerade nicht. Doch das änderte nichts an der Erinnerung an seine schwelenden dunklen Augen, seine tiefe Stimme oder sein leises Lachen, das so aufrichtig klang, dass es auch sie zum Lächeln brachte. Seit Wochen hatte sie keinen Grund zum Lächeln gehabt, doch als er sie vorhin so begehrlich angesehen hatte, während sie in ihrer Heimatstadt von den meisten keines Blickes mehr gewürdigt wurde, hatte sie sich wie eine attraktive Frau gefühlt – und das war zugegebenermaßen ein fantastisches Gefühl gewesen.

»Du siehst aus, als schwebtest du ganz oben auf Wolke sieben«, sagte Tegan, die auch gerade in einer Zeitschrift blätterte. »Denkst du immer noch an Mr. Groß-dunkel-und-hilfsbereit?«

»Nein«, antwortete sie ein wenig zu schroff. Tegan verdrehte übertrieben die Augen und machte ihr deutlich, dass sie ihr das nicht abnahm.

»Annalise.«

Leesa warf ihr einen bösen Blick zu und flüsterte: »*Leesa*, bitte.« Sie benutzte den neuen Namen erst, seitdem sie in

Peaceful Harbor war. Auch wenn Tegan ihr versicherte, dass hier niemand gehört hatte, was sie in Towson durchgemacht hatte, wollte Annalise kein Risiko eingehen – und so war sie zu *Leesa* geworden. Zumindest fürs Erste.

»Okay, tut mir leid. Dann kann es nur bedeuten, dass du an diesen verzogenen Bengel denkst, der dein Leben ruiniert hat.« Sie schlug die Zeitschrift zu und legte sie weg. »Willst du darüber reden?«

»Ich hab es satt, darüber zu reden, Teg. Ich hab schon zu viel Zeit damit verbracht. Eine wochenlange Untersuchung, Verhöre, endlose Fragen, mich ständig für etwas verteidigen müssen, was ich nicht getan habe. Ich hab nicht nur meine Anstellung verloren, sondern auch die Girl-Power-Gruppe, und du weißt, wie sehr ich das geliebt habe.« Girl Power war ein Verein zur Stärkung des Selbstvertrauens und des Selbstwertgefühls von Mädchen, in dem sie mehrere Jahre lang eine Gruppe geleitet hatte. Sie vermisste die Mädchen schrecklich. Zum Glück hatte ihre Freundin Patty, die mit ihr zusammen die Gruppe geleitet hatte, die Arbeit übernommen. Leesa wünschte, sie könnte die letzten Wochen ihres Lebens vergessen. Aber wie sollte das gehen, nachdem sie sich so sehr angestrengt hatte, um Lehrerin zu werden, nur damit ihr dann durch die falsche Anschuldigung eines zwölfjährigen Jungen alles genommen wurde – ihre fast zweijährige Beziehung zu Chris Megraw gleich mit dazu. Ihr wurde übel beim Gedanken an den Vorwurf, sie hätte sich an einem Schüler vergriffen.

»Ja, hast du, aber du hast gewonnen. Die Anschuldigungen wurden fallengelassen«, erinnerte Tegan sie.

»Ich bin mir nicht sicher, ob man da von Gewinnern und Verlierern sprechen kann. In den Augen aller Einwohner von Towson – der Stadt, in der ich verdammt noch mal aufgewachsen bin – habe ich für alle Zeiten einen Riesenfleck auf meiner weißen Weste.« Vor alledem hatte Leesa sich einen hervorragenden Ruf als Englischlehrerin einer siebten Klasse erarbeitet, wurde von Freunden und Kollegen intensiv unterstützt und hatte geglaubt, einen Freund zu haben, der sie liebte. Was für ein Witz! Sie war beurlaubt worden und hatte eine tief in ihr Privatleben eindringende Untersuchung über sich ergehen lassen müssen. Bis die Anschuldigungen für unbegründet erklärt und fallengelassen worden waren, hatten genug Samen des Zweifels keimen können, sodass sie selbst in den Augen ihrer stärksten Unterstützer Fragen sehen konnte – oder zumindest zu sehen glaubte. Sie war klug genug zu wissen, dass das, was sie durchgemacht hatte, vielleicht einfach ihre Wahrnehmung verfälscht hatte. Aber wirklich, sie könnte es niemandem vorwerfen, wenn er Zweifel hätte. Das Wort des Jungen stand gegen ihres.

Tegan nahm ihre Hand und drückte sie sanft. »Deshalb bist du hier. Um neu anzufangen.«

»Keine Ahnung, ob ich wirklich bleibe und hier neu anfange. Ich hab ja immer noch das Angebot für die Stelle in Baltimore, da muss ich mich noch entscheiden, aber ich hoffe, dass ich nach einigen Wochen hier wenigstens ein paar Antworten habe. Ich brauche einfach etwas Zeit zum Durchatmen. Um alles zu verarbeiten und etwas Abstand zu all dem zu gewinnen, was passiert ist.«

»Du fängst neu an«, beharrte Tegan. »Ich weiß, dass sie dir eine Lehrerstelle in Baltimore angeboten haben, aber, Anna… *Leesa*, du kennst niemanden in Baltimore. Hier hast du mich.« Sie klimperte mit den Wimpern, und Leesas Herz zog sich zusammen, denn Tegans Glaube an ihre Unschuld bedeutete ihr so viel. »Außerdem hat hier niemand eine Ahnung von all dem, und selbst wenn, es würde niemanden kümmern, weil du nicht schuldig bist. Dieses kleine Arschloch hat versucht, dich fertigzumachen, aber er hat es nicht geschafft. Du bist hier, in einem Stück, und du fängst neu an.«

Sie zuckte bei dem Ausdruck *kleines Arschloch* zusammen. Andy Darren, der zwölfjährige Junge, der sie beschuldigt hatte, ihn unsittlich berührt zu haben, hatte nie zugegeben, gelogen zu haben, aber Leesa hegte dennoch keinen Groll gegen ihn.

»Es ist nicht Andys Schuld. Er ist ein Kind. Er hatte keine Ahnung, welche Auswirkung seine Lügen auf mein Leben haben würden.«

Die Situation an sich machte sie wütend, aber Andy hatte ihr gegenüber nur sein junges Herz geöffnet und ihr gestanden, dass er in sie verknallt war, und sie hatte ihn abgewiesen – auf eine professionelle, nette Art und Weise, aber getroffen hatte es ihn wohl dennoch. Wenn sie einen Groll gegen diesen Jungen hegen *könnte*, wäre es vielleicht einfacher für sie, das Geschehene hinter sich zu lassen, aber den brachte sie einfach nicht auf. Die Nachhilfe mit ihm hatte sie angefangen, nachdem er von einem Auto angefahren worden war und zwei gebrochene Beine, gebrochene Rippen, eine Hüftfraktur und eine gebrochene Hand davongetragen hatte. Eine lange Genesungszeit hatte vor ihm gelegen. Er machte eine heikle Phase durch, denn war von all seinen Freunden abgeschnitten, unsicher, ob er je wieder richtig laufen und seine Hand in vollem Umfang benutzen könnte, während er gleichzeitig versuchte, seine Noten im Griff zu behalten. Er war wütend und depressiv, und Leesa hatte sich bei den privaten Nachhilfestunden so sehr darauf konzentriert, ihm zu helfen, das Klassenniveau zu halten, damit er nicht hinter seinen Freunden in der Schule zurückfiel, dass sie ihn nicht ernst genommen hatte, als er sagte, sie würde für die Abfuhr »bezahlen«. Sie hatte gedacht, er wäre nur durcheinander und würde bis zur nächsten Nachhilfestunde darüber hinweg sein.

Jetzt befürchtete sie, dass die Schuld der Lüge langfristig schwer auf ihm lasten würde. Es war keine kleine Lüge gewesen, nicht von der Art, als hätte er den letzten Keks gegessen und dem Hund die Schuld dafür gegeben. Es war eine Lüge mit der Kraft eines Tsunami, und sie hatte ihr ganzes Leben fortgespült. Sie vermochte sich nicht vorzustellen, dass ein Mensch mit einem Gewissen gut mit einer solchen Lüge leben konnte, und sie wusste, dass Andy ein Gewissen hatte. Nach seinem Unfall hatte er sich sogar um die Leute in dem Auto, das ihn überfahren hatte, ebenso viel Sorgen gemacht wie um sich selbst. Die Sorge darüber, wie die Lüge Andy belasten würde, trug sie täglich mit sich herum. Niemand sonst würde sich darum sorgen, oder? Nicht einmal seine Eltern würden nach Anzeichen von Schuld suchen, die ihn zu zerfressen drohte. Letztendlich waren Leesa und Andy die Einzigen, die an diesem Nachmittag dabei gewesen waren, und sie beide kannten die Wahrheit, egal was er den Ermittlern gesagt hatte.

Sie versuchte, die Gedanken an Andy beiseitezuschieben und sich auf etwas zu konzentrieren, mit dessen Verlust sie nicht gerechnet hatte. »Und ich habe Chris verloren.«

Sie und Chris waren seit fast zwei Jahren zusammen gewesen. Als sie ihm das erste Mal von den Anschuldigungen erzählt hatte, war er ungeheuer wütend auf Andy gewesen. Aber Chris unterrichtete an derselben Mittelschule, und als die Untersuchung an die Öffentlichkeit gelangte, machte er sich bald mehr Sorgen darüber, was seine Verbindung zu Leesa seiner eigenen Karriere anhaben könnte, als über das, was sie gerade durchmachte. Nur eine Woche später hatte er ihre

Beziehung beendet und nicht nur ihr Herz zerschmettert, sondern auch ihren Glauben an das Vertrauen, die Loyalität und die Liebe – allesamt Werte, auf die sie sich ihr ganzes Leben gestützt hatte. Zu dem Ganzen kam noch hinzu, dass sie zwei Jahre zuvor ihren Vater verloren hatte, den einzigen Menschen, der immer für sie da gewesen war. Er war ihr Fels in der Brandung gewesen, der Inbegriff des Mannes, dem sie vertrauen konnte, dessen Liebe und Loyalität allgegenwärtig gewesen waren. Aber sie hatte ihn an ein Hirnaneurysma verloren, das zu einem Schlaganfall geführt hatte.

»Noch so ein kleines Arschloch«, sagte Tegan mit Wut in ihren blauen Augen. Sie musste den Schmerz in Leesas Gesichtsausdruck gesehen haben, denn sie fügte hinzu: »Chris hatte dich gar nicht verdient. Welcher Mann stellt sich selbst über die Frau, die er liebt? Tut mir leid, aber das ist keine wahre Liebe, und das weißt du.«

Eine Krankenschwester kam über einen Flur neben der Anmeldung herbei, betrat den Wartebereich und rief Tegan auf.

»Komm!« Tegan erhob sich von dem Stuhl. »Sieh dir mal den heißen Arzt an, der mir den Gips verpasst hat. Ich verspreche dir, *er* wird das Gesicht von Chris für immer aus deinem Gedächtnis löschen.«

Sie folgten der zierlichen Krankenschwester in ein Behandlungszimmer. Tegan setzte sich auf die Untersuchungsliege und das Papier unter ihr raschelte laut.

Leesa ging auf und ab, dachte immer noch an all das, was sie verloren hatte. Seit zwei Wochen war sie nun in Peaceful Harbor und hatte schon einen Job als Kellnerin gefunden, bei Mr. B., einer Mikrobrauerei unten am Jachthafen. Tegan war von dem Job nicht gerade begeistert, denn sie war der Meinung, Leesa sollte direkt wieder eine Arbeit aufnehmen, die mit

Unterrichten zu tun hatte, doch Leesa war noch nicht bereit, auch nur in die Nähe von Kindern zu kommen. Während ihrer Collegezeit hatte sie gekellnert und sie mochte den Kontakt zu den Gästen sowie die flexiblen Arbeitszeiten. Außerdem konnte man sie als Kellnerin sicher nicht beschuldigen, irgendetwas Unsittliches zu tun. Sie war mitten unter Leuten, alle konnten sie jederzeit sehen. Außerdem mochte sie ihre Arbeitgeber wirklich sehr. Sich überhaupt damit auseinandersetzen zu müssen, möglicherweise als *unsittlich* angesehen zu werden, bereitete ihr schmerzhafte Magenkrämpfe.

Vielleicht war es dumm gewesen, Andy zu Hause Nachhilfe zu geben, aber sie liebte es zu unterrichten, sie mochte all ihre Schüler und sie wusste, dass Andy bei der richtigen Anleitung mit der Klasse mithalten konnte. Sie wusste auch, dass die Vorstellung, das Jahr eventuell wiederholen zu müssen, für Andy einer Katastrophe gleichgekommen wäre, und mit Sicherheit ebenso für seinen herrischen Vater. Seine Mutter war stets mucksmäuschenstill gewesen, und Leesa wusste nie so recht, was sie von ihr halten sollte.

»Setz dich. Du machst mich nervös.« Tegan klopfte auf das Papier, das die Behandlungsliege abdeckte. »Möchtest du bei mir sitzen?«

Sie lachte. »Nein, ich bin nicht mehr zehn Jahre alt, danke sehr. Ich wünschte nur, wir hätten das Ganze nicht angesprochen. Ich muss es hinter mir lassen.«

Tegans Blick sprang zur Tür, als sie aufging und der große, breitschultrige, unfassbar gut aussehende Mann hereinkam, der Leesa am Morgen seinen Kaffee und den Muffin gegeben hatte. Mit einem Mal war die Luft im Raum sehr dünn.

Seine dunklen Augen schauten von den Unterlagen auf, die er in der Hand hielt. »Tegan, schön Sie wiederzusehen.« Sein

Blick fiel auf Leesa und ein sanftes, sexy Lächeln umspielte seine vollen Lippen, das ihren Magen in Aufruhr versetzte. »Ach … Leesa mit Doppel-e, wie geht es Ihnen?«

Sie brauchte eine Sekunde, um zu merken, dass er ihren neuen Namen benutzt hatte, und sie hätte schwören können, einen Hauch von Begehren herauszuhören, als er ihn aussprach. Insgeheim rief sie sich zur Ordnung, denn sie wusste, dass es nicht nur verrückt, sondern auch eine Sache war, an die sie gar nicht erst denken sollte. Hatte sie ihre Lektion mit Chris nicht gelernt? Cole brauchte in seinem Leben keine Frau mit einer Vergangenheit, wie Leesa sie hatte – und falls er es je herausfinden sollte, würde er ihr wahrscheinlich genau das selbst sagen.

»Sagen Sie, Leesa, stalken Sie mich? Bis zum Mittagessen sind es noch ein paar Stunden hin, aber falls Sie Hunger haben und etwas Geld brauchen …« Er langte nach seinem Portemonnaie und grinste sie neckend an.

Tegans Blick huschte zwischen den beiden hin und her. »Sie sind der Typ, der mein Frühstück bezahlt hat?«

»Sie sind die Frau, die mein Frühstück gegessen hat?« Er zog eine Augenbraue hoch und Leesa war von dem in seinen Augen funkelnden Humor überwältigt.

»Anscheinend.« Tegan warf Leesa einen anerkennenden Blick zu, den Leesa während ihrer gemeinsamen Collegezeit hunderte Male gesehen hatte.

Leesa kramte ihr Portemonnaie aus ihrer Handtasche. »Ich kann meine Schulden begleichen.« Sie hielt ihm einen Zehn-Dollar-Schein hin.

Cole betrachtete den Schein und sagte in einem tiefen, viel zu verführerischen Tonfall: »Wie gesagt, es war mir ein Vergnügen. Behalten Sie Ihr Geld.« Sie sahen sich lange genug an, dass Leesa seine dichten dunklen Augenbrauen, sein markiges Kinn und die kantige Nase registrieren konnte. Auf seinen Wangen lag dieser dunkle männliche Schatten, der sich bis zum Abendessen – wie sie sich ausmalte – noch köstlich verstärken würde. Trotz seines Oberhemdes konnte sie erkennen, dass er athletisch gebaut war, ohne übermäßig muskulös zu sein. Seine dunkle Hose fiel auf schwarze Lederschuhe, die stilvoll, aber nicht zu auffallend waren. Sie fragte sich, wie er wohl in einer abgetragenen Jeans und barfuß aussehen würde – und bei diesem Gedanken wurde ihr bewusst, dass sie ihn unverwandt anstarrte.

Als hätte er bemerkt, dass er in Anwesenheit einer Patientin eine unsichtbare Linie überschritten hatte, räusperte er sich und legte die Krankenakte auf die Arbeitsfläche. Als er wieder aufschaute, war sein Blick so professionell und ernst wie in dem Moment, als er den Raum betreten hatte.

»Also, können wir dieses Ding endlich runternehmen?«, fragte Tegan.

Atme, Leesa, atme.

Sie hörte zu, wie Cole und Tegan sich über den Zustand ihres Knöchels unterhielten, bis eine Krankenschwester hereinkam und sich daran machte, den Gips zu entfernen. Cole informierte Tegan über die nötige Krankengymnastik, um ihren Knöchel und das Bein wieder zu stärken.

»Leesa wohnt bei mir«, sagte Tegan. »Sie kann mir mit der Gymnastik helfen.«

»Sie brauchen wirklich einen zugelassenen Physiotherapeuten, der mit Ihnen arbeitet«, sagte Cole und lächelte dann Leesa an. »Nehmen Sie es nicht persönlich, aber die richtige Therapie ist wichtig.«

Tegan seufzte. »Sie hat am College Massagekurse belegt. Zählt das nicht?«

Leesa musste lachen.

»Wahrscheinlich schon, wenn Sie eine gute Masseurin suchen. Wir empfehlen jedoch die Arbeit mit einem zugelassenen Physiotherapeuten. Aber falls Sie das wirklich nicht wollen, dann lasse ich unseren Therapeuten eine Liste mit Übungen für zu Hause aufstellen.«

Leesa bewunderte die Professionalität, mit der er Tegans Fragen danach beantwortete, inwieweit sie Auto fahren, tanzen oder Sport machen dürfte.

»Sie hatten Glück. Sie hatten eine simple, kaum verschobene Schrägfraktur des Außenknöchels. Sehr lang dürfte Ihre Krankengymnastik nicht notwendig sein, aber Sie müssen es langsam angehen lassen, bis Ihre Muskeln wieder aufgebaut sind. Ich würde von allen allzu anstrengenden Tätigkeiten in den nächsten paar Wochen absehen.« Er schaute zu Leesa, nun mit einem ernsten Blick. »Es war ein einfacher Bruch, aber jede Verletzung, die nicht vollständig auskuriert wird, kann zu weiteren Problemen führen.«

Sie versuchte, sich auf das zu konzentrieren, was er sagte. Aber wie sollte sie das gehen, wenn sich seine Augen in ihre bohrten und das ganze Zimmer jedes Mal aufgeheizt wurde, sobald sich ihre Blicke trafen? »Ich sorge dafür, dass sie es langsam angehen lässt.« *Was? Wofür sorge ich?* Sie hatte keine Ahnung, warum sie überhaupt etwas sagte.

Er lächelte wieder und seine Augen strahlten warmherzig, so als redete sie über sie beide anstatt über Tegans Verletzung. Peinlich berührt von dem Gedanken sah sie zu Tegan, die sie neugierig angrinste. Mein Gott, was war denn mit ihr los? Dies war Tegans Arzt. Es stand ihr überhaupt nicht zu, derart über ihn zu denken, vor allem wenn sie sich ihre momentane Lebenssituation vor Augen hielt.

Leesa versuchte während des verbleibenden Gesprächs, weder den göttlichen Hintern von Dr. Cole Braden zu beachten, wenn er sich über die Arbeitsplatte beugte, um etwas in der Akte zu vermerken, noch die Art, wie sein Blick auf ihr lag, bis sie keine andere Wahl hatte, als ihn zu erwidern.

»Mit dem Tanzen auf der jährlichen Junggesellen-Auktion wird es dann wohl nichts. Na, das wird ja ein Spaß«, murrte Tegan sarkastisch.

Cole lachte verhalten, so wie heute Morgen in dem Café. Es hörte sich nett an, maskulin und vergnügt, und es entlockte Leesa ein Lächeln.

»Ich bin sicher, dass der Junggeselle, den Sie ersteigern, nichts gegen einen langsamen Kuscheltanz einzuwenden hat«, beruhigte er sie. Ernsthafter fügte er hinzu: »Tegan, nutzen Sie den Gehstiefel, und wenn Sie irgendwelche ungewöhnliche Schmerzen oder Fragen haben, rufen Sie an.« Er wandte sich Leesa zu und sagte mit einer Spur von Verruchtheit in der Stimme: »Und wenn Sie morgen ein Frühstück brauchen … Ich bin früh bei Jazzy's.«

Nachdem er den Raum verlassen hatte, atmete Leesa die Luft aus, die sie die ganze Zeit angehalten hatte.

»Was zum Henker war das denn?«, fragte Tegan.

»Nichts.« *Alles.* Sie schüttelte den Kopf, um dieses gut aussehende Gesicht aus dem Kopf zu bekommen. Sie konnte es sich nicht leisten, sich auf irgendetwas anderes zu konzentrieren, als auf das Vorhaben, ihr Leben wieder auf die Reihe zu bekommen.

Ende des Auszugs

Wenn Ihnen die Vorschau gefallen hat, können Sie *Voller Einsatz für die Liebe* bei Ihrem Online-Buchhändler erwerben und weiterlesen!

Die Bradens (Peaceful Harbor)

Geheilte Herzen

Voller Einsatz für die Liebe

Liebe gegen den Strom

Vereinte Herzen

Melodie der Liebe

Sieg für die Liebe

The Remingtons

Spiel der Herzen

Im Dschungel der Liebe

Herzen in Flammen

Herzen im Schnee

Liebe zwischen den Zeilen

The Bradens & Montgomerys (Pleasant Hill and Oak Falls)

Embracing her Heart

Anything for Love

Trails of Love

…

Entdecken Sie Melissa Fosters Bücher auch auf:

www.melissafoster.com/herzen-im-aufbruch